Kiara London

KISS ONLINE

Kiara London postete schon mit 13 Jahren ihre ersten Geschichten online. Mittlerweile schreibt sie vor allem auf der Plattform Wattpad, wo auch *Kiss Online* zunächst veröffentlicht wurde. Kiara London liebt es, durch Internetforen zu stöbern und von den attraktiven männlichen Protagonisten ihrer Lieblingsbücher zu träumen.

Kiara London

KISS ONLINE

Aus dem amerikanischen Englisch
von Sabine Tandetzke

Ravensburger Buchverlag

Als Ravensburger Taschenbuch
Band 58505
erschienen 2017

FSC MIX
Papier aus verantwortungsvollen Quellen
FSC® C114500
www.fsc.org

1 2 3 4 5 E D C B A

Deutsche Erstausgabe

Umschlaggestaltung: © Artwork Isabelle Hirtz, Inkcraft,
unter Verwendung von Motiven von oneinchpunch/Shutterstock
und Stanisic Vladimir/Shutterstock
Redaktion: Nadja Korthals

Printed in Germany

ISBN 978-3-473-58505-2

www.ravensburger.de

Für alle meine Wattpad-Follower
Dieses Buch hat schon immer euch gehört
und wird für immer euch gehören.

Und für Stephanie und Isabel, meine größten Fangirls.
I love you both.

PROLOG

Ich gehe einen Schritt auf ihn zu und lege meine Arme um seinen Nacken. Da er größer ist als ich, muss ich mich auf die Zehenspitzen stellen, doch er beugt sich zu mir hinunter. Unsere Lippen treffen sich mit so viel Verlangen – kein Vergleich zu unseren bisherigen Küssen. Er umfasst mein Gesicht zärtlich mit beiden Händen und küsst mich mit solcher Innigkeit, dass sich in meinem Kopf alles zu drehen beginnt. Meine Hände lösen sich aus seinem Haar und sinken auf seine Schultern.

Er zieht mich noch ein Stückchen näher zu sich heran. Noch nie bin ich so geküsst, so festgehalten worden.

Für einen Moment vergesse ich, warum wir uns so leidenschaftlich küssen, dass ich kaum noch Luft bekomme. Doch dann gleiten seine Hände zum Saum meines Shirts, als hätte er die Kamera völlig vergessen, und ich weiß plötzlich wieder, wo ich bin.

Widerstrebend entziehe ich mich ihm. Meine Augenlider öffnen sich flatternd, bevor ich zurückweiche und ihn loslasse.

Seine Augen bleiben geschlossen, und ich schwöre, dass ihm der Atem stockt, als ich – laut genug für die Kamera – sage: »*Kiss Cam!*«

EINS

In dem Moment, als Jas sein Tablett mir gegenüber auf den Tisch stellt und mich verschwörerisch angrinst, weiß ich, dass er wieder etwas ausheckt.

»Du wirst nicht glauben, wozu ich Lenny überredet habe«, sagt er, nachdem seine Schultasche zu Boden geplumpst ist und er sich auf der gegenüberliegenden Bank niedergelassen hat.

Ich ziehe eine Augenbraue hoch, lege den Kopf schief und lasse meinen Blick auf der Suche nach Lenny über die Schlange vor der Essensausgabe wandern. »Wozu denn?«, frage ich neugierig und wende mich wieder Jasper zu, nachdem ich festgestellt habe, dass mir zu viele Schüler die Sicht versperren.

Seine Augen funkeln und sein Grinsen wird immer breiter, als er antwortet: »Er wird eine eklige Mischung aus allem essen, was mir so einfällt.«

»Das ist ja widerlich«, sage ich und drehe den Deckel meiner Sprite ab. »Nicht dass er am Ende noch kotzt.«

»Wer wird kotzen?«, fragt Allison, meine beste Freundin

und unverzichtbare Partnerin bei unserem Geschichtsprojekt, während sie ihr Tablett neben mir abstellt.

»So wie's aussieht, wird Lenny wahrscheinlich Pfirsiche mit Mayo essen«, bringe ich sie auf den neuesten Stand. Darauf wird es wohl rauslaufen. Denn wir nehmen von der Essensausgabe immer Obstsalat für Lenny mit, und ich dippe meine Pommes gerade in Mayonnaise.

»Iiih!« Allison schneidet eine Grimasse und wirft Jasper einen vorwurfsvollen Blick zu. »Und du wirst das Ganze filmen, richtig?«

Jasper nimmt seinen Rucksack auf den Schoß, öffnet den Reißverschluss der Vordertasche und holt die Videokamera heraus, für die er, Lenny und ich zusammengelegt haben, die aber offiziell ihm gehört. »Yep!«, sagt er und platziert sie neben seinem Tablett. Allison sieht Jasper genervt an und schüttelt so heftig den Kopf, dass ihre dunklen Haare mitschwingen. »Ihr und euer Vlog«, murmelt sie.

Es ist kein Geheimnis, dass Allison die Challenges hasst, die wir für unseren Video-Blog filmen. Was vor allem daran liegt, dass sie so kamerascheu ist. Ich habe mir das schon längst abgewöhnt – dank Jasper Lahey, der die Abonnenten unseres Channels über alle Neuigkeiten aus seinem Leben und dem seiner Schicksalsgenossen auf dem Laufenden hält – ob man will oder nicht. Hätte der durchgeknallte Jasper mich nicht vor ein paar Jahren eingeladen, bei seinen und Lennys albernen Aktionen mitzumachen, hätte ich meine Scheu vor Kameras – und Menschen – garantiert nie abgelegt.

Aber Allison Steele aus ihrer Komfortzone zu locken, ist noch niemandem gelungen, und so bleibt das Vortragen unserer Geschichtsreferate jedes Mal an *mir* hängen. Allison hat beschlossen, alles ätzend zu finden, was irgendwie mit dem Thema Vloggen zu tun hat. Sie hält sich die Hand vors Gesicht, wenn die Kamera auf sie gerichtet ist, und versetzt Jasper unter dem Tisch einen Tritt, wenn er versucht, sie zum Mitmachen zu überreden.

In diesem Moment kommt Lenny mit wenig begeisterter Miene angetrabt, was Jasper ein fieses Grinsen entlockt. Ein Blick auf die seltsame Mischung von Lebensmitteln auf Lennys Tablett sagt mir, dass die Sache böse enden wird.

»Oh, bitte nicht!«, stöhnt Allison und verbirgt ihre Augen hinter den lackierten Fingernägeln. Ich nicke zustimmend und rutsche hastig einen halben Meter zur Seite, als Lenny sich neben mich setzt.

Jasper, der jetzt mit laufender Kamera und einem albernen Grinsen abwartet, erntet einen finsteren Blick von mir. Er scheint nur aus dunklen Haaren, langen Beinen und dummen Gedanken zu bestehen. Und er würde keine Sekunde zögern, mich für eine witzige Performance vor allen zu blamieren.

Einmal hätte er mich beinahe als Versuchskaninchen missbraucht, um herauszufinden, ob Mentos und Cola tatsächlich wie verrückt schäumen, wenn man sie gleichzeitig in den Mund nimmt. Das war eins der ersten Dinge, die er ausprobieren wollte, nachdem er mir angeboten hatte, bei ihm und Lenny einzusteigen. Ich war schon drauf und dran, alles hinzuschmeißen, als sich in letzter Sekunde Lenny opferte und das Experiment an meiner Stelle über sich ergehen ließ. Es stimmt übrigens, Mentos und Cola verursachen eine mörderische Fontäne. Inzwischen kann Lenny darüber lachen, aber er trinkt immer noch nichts, das auch nur ansatzweise Kohlensäure enthält.

»Du bist echt widerlich«, sage ich halb im Spaß.

»Komm schon, June, Lenny macht das schließlich für uns.« Jasper lacht und richtet die Kamera auf mich. Hätte ich mir auch denken können, dass er auch den Vorspann dieser ekligen Mutprobe aufnimmt.

Jetzt, da die Kamera läuft, scheint Lenny sein Selbstvertrauen wiedergefunden zu haben und gibt damit an, wie viel er schaffen wird.

Es gibt zwei Dinge, die man über Lenny wissen sollte. Erstens, er nimmt jede Herausforderung an. Zweitens, man kann ihn mühelos zum Lachen bringen. In diesem Fall ist der erste Punkt entscheidend.

»Iss das bloß nicht.« Allison hält sich noch immer die Augen zu.

»Zwanzig Mäuse, wenn ich alles schaffe«, fordert Lenny, ohne auf Allisons Flehen einzugehen. »Dreißig, wenn ich es unten behalte.«

»Abgemacht«, sagt Jasper grinsend. »Ich zähle bis drei.«

Lenny nickt und hebt seinen Löffel. Er wirkt nervös, aber hat für die Kamera ein lässiges Grinsen aufgesetzt. »Eins, zwei ... drei!«

Später lasse ich mich auf Jaspers Bett fallen und drehe mich weg, als er zur Vorbereitung unseres wöchentlichen Frage-und-Antwort-Videos für VlogIt den Scheinwerfer anmacht. Als die Matratze schaukelt, weiß ich, dass Lenny sich ebenfalls niedergelassen hat und Jasper die ganze Arbeit überlässt.

»Es tut mir *echt* leid, Juniper«, entschuldigt sich Lenny ungefähr zum hundertsten Mal. Wenn er mich *Juniper* statt nur June nennt, scheint er es wirklich ernst zu meinen.

»Alles okay«, sage ich und versuche, mir das Lachen zu verkneifen. »Außerdem ist es Jaspers Schuld.«

Es war oberpeinlich, als Lenny sich tatsächlich übergeben musste. Wenigstens hat er es noch rechtzeitig aus der Cafeteria geschafft. Trotzdem war es eine dämliche Wette, und ich musste mir für den Rest des Tages Allisons Gejammer anhören, wie widerlich die beiden doch seien.

Nach dem Mittagessen ist Lenny erst zur Schulkrankenschwester und dann nach Hause gegangen. Vorhin hat er wirklich nicht gut ausgesehen, aber jetzt scheint er wieder ganz der Alte zu sein. Das ist auch gut so, denn heute ist der einzige Abend in dieser Woche, an dem wir unser Frage-und-Antwort-Video drehen können.

Ich drehe mich um und sehe zu, wie Jasper zwischen Laptop und Kamera hin und her wechselt und dabei geschickt den Kabeln ausweicht. Ohne das ganze Video-Equipment wäre sein Zimmer ziemlich aufgeräumt. Obwohl wir qualitativ nicht die besten Videoblogger sind, gehören wir zu den Channels auf VlogIt, die die meisten Abonnenten haben. Das heißt, wir sind Partner der Site und verdienen gut damit. Wir könnten durchaus ein erstklassiger VlogIt-Channel sein, aber Lennys Faulheit, mein mangelnder Geschäftssinn und Jaspers fehlende Starallüren haben dazu geführt, dass wir seit drei Jahren so vor uns hinwurschteln. Aber wahrscheinlich gerade *weil* wir so normal und verplant sind, ist die Beliebtheit unseres Channels *Wir-Vloggen-Hier* seit seinem Start rasant gewachsen.

Wir hatten tatsächlich schon Treffen mit anderen Vloggern und unseren Fans aus aller Welt, aber hier zu Hause sind wir nicht besonders bekannt. Unsere Nachbarn halten uns für abgedrehte Teenager mit einem Camcorder. Das ist ganz gut, um nicht abzuheben.

Ein Highlight unseres Channels ist, die Fragen unserer Abonnenten vor laufender Kamera zu beantworten. Jede Fragerunde steht unter einem bestimmten Motto, und heute Abend ist es *Wahrheit oder Pflicht*.

»Wisst ihr was?«, murmelt Jasper, während er die Kamera auf das Stativ stellt. »Es sieht irgendwie aus, als würden wir einen billigen Porno drehen.«

Lenny starrt ihn einen Moment an und prustet dann los. Ich setze mich auf und ziehe eine Augenbraue hoch. »Wie bitte?«

Jasper schüttelt den Kopf über Lennys Lachanfall, grinst aber selbst in sich hinein. »Komm schon, June. Das ist doch nicht zu übersehen. Künstliche Beleuchtung, eine aufs Bett gerichtete Kamera und drei geile Teenager. Das könnte ziemlich heiß werden.«

Bei diesen Worten muss Lenny noch mehr lachen und lässt sich kopfüber in Jaspers orangefarbenes Kopfkissen fallen, um sein knallrotes Gesicht zu verbergen.

Ich schnaube empört. »Du solltest nicht von dir auf andere schließen.«

»Soll heißen?«, fragt er, während er das Ladekabel aus seinem Laptop zieht. Er sieht mich an und lässt seine Augenbrauen auf und ab tanzen, als er sich zwischen Lenny und mich quetscht.

»Ich bin nicht geil«, antworte ich nur.

»Alle Teenager sind geil«, erwidert er achselzuckend und öffnet die Kommentare zu unserem letzten Video auf seinem Laptop.

Lenny hebt die Hand. »Das kann ich bestätigen.«

»Oh mein Gott«, sage ich lachend. »Ich möchte mir lieber nicht so genau vorstellen, was ihr beiden in eurer Freizeit so macht.«

»Auf jeden Fall machen wir es nicht *zusammen*«, betont Lenny und setzt sich kopfschüttelnd wieder auf.

»Wer weiß …«, sagt Jasper mit einem anzüglichen Augenzwinkern, das ihm von Lenny einen Hieb auf den Arm einbringt. Er zuckt zurück und stößt gegen meine Schulter.

Ich schubse ihn weg, stehe auf und tue so, als wollte ich den Raum verlassen. »Dann will ich euch mal nicht länger stören.«

»Nein!«, ruft Lenny. »Stopp! Setz dich wieder hin. Wir müssen das Video heute Abend abdrehen. Morgen hab ich keine Zeit. Muss auf die Zwillinge aufpassen, du weißt schon.«

Lenny schiebt bei allem seine Zwillingsschwestern vor. Wenn er mal keine Lust auf etwas hat, behauptet er einfach, er müsse babysitten. Allerdings weiß er nicht, dass wir wissen, dass das eine dicke, fette Ausrede ist.

Morgen ist Freitagabend. Da muss er garantiert *nicht* babysitten. Jasper und ich wissen genau, dass am Freitagabend die Wiederholungen von *Desperate Housewives* laufen und dass Lenny in Eva Longoria verknallt ist. Uns kann er nichts vormachen. Dazu kennen wir uns schon zu lange.

»Ja, ja.« Jasper seufzt und wirft mir einen vielsagenden Blick zu. Bei der Vorstellung, wie Lenny mit großen Augen und Popcorn mampfend *Desperate Housewives* guckt und jedes Mal anfängt zu sabbern, sobald Eva Longoria ein bisschen nackte Haut zeigt, muss ich ein breites Grinsen unterdrücken.

»Irgendwelche guten Fragen dabei?«, erkundige ich mich über Jaspers Schulter hinweg, nachdem ich mich wieder hingesetzt habe.

»Keine Ahnung, die werden gerade erst geladen. Wollen wir der Reihe nach vorgehen?«

Als wir nicken, stellt er Lenny den Laptop auf den Schoß und schaltet die Videokamera ein. Dann schauen wir alle in die Kamera und lächeln.

»Ich bin Jas.«

»Ich bin Lenny.«

»Ich bin June.«

»Und: Wir vloggen hier.«

Jasper holt sich den Laptop von Lenny zurück, und ich informiere unsere Zuschauer, worum es heute geht.

»Hallo, Leute. Wir haben euch gebeten, uns Fragen zum Thema *Wahrheit oder Pflicht* zu schicken, und es sieht so aus, als wären einige zusammengekommen«, beginne ich und werfe einen Blick auf die Anzahl der Kommentare. »Wir werden sie der Reihe nach abarbeiten, bis wir keine Lust mehr haben, euch unsere größten Geheimnisse zu verraten oder fragwürdige Dinge aus Jas' Speisekammer runterzuwürgen.«

Das bringt Jasper zum Lachen, denn beim letzten Mal, als wir *Wahrheit oder Pflicht* gespielt haben, musste ich rohe Makkaroni mit Käse essen.

»Lenny, würdest du bitte die erste Frage vorlesen? Sieht aus, als sei es sogar ein Top-Kommentar«, bemerkt Jasper und lehnt sich zurück, um Lenny Platz zu machen. »Könnte interessant sein.«

Ich reibe mir die Hände und warte gespannt, an wen die Anfrage gerichtet ist. Ich würde auf Lenny tippen, weil der praktisch *alles* macht, nur keinen Rückzieher.

»TeamJacob3012«, liest Lenny vor. Nachdem er den Text überflogen hat, bekommt er einen Lach-Flash. Es dauert eine Weile, bis er sich so weit wieder beruhigt hat, dass er hervorstoßen kann: »Für alle Jasiper-Shipper da draußen – ich fordere June und Jas heraus, sich zu küssen!«

ZWEI

Ich bin wie erstarrt. Vermutlich schaue ich völlig verdattert in die Kamera. In meinem Inneren kribbeln die Flügel von tausend Schmetterlingen. Seit wir mit dem Videobloggen angefangen haben, will mich ständig jemand mit Lenny oder Jas verkuppeln. Ein klassischer Ship, sozusagen. Laut den einschlägigen Definitionen im Internet versteht man unter dem Begriff »Ship« Folgendes:

- *Eine nicht real existierende Beziehung, die dein Herz trotzdem mit all den »echten Gefühlen« erfüllt, die dich zur Verzweiflung treiben, dir schlaflose Nächte und alberne Schwärmereien bescheren. Manchmal geht es dabei aber auch um real existierende Beziehungen.*
- *Das Wünschen und Ausdenken einer Liebesbeziehung zwischen zwei Personen, die aus Büchern, Fernsehshows, Kinofilmen, Animes, Mangas, Videospielen etc. bekannt sind. In den meisten Fanfictions, also von Fans geschriebenen und online veröffentlichten Geschichten, geht es um die Entwicklung und Fortführung einer solchen Liebesgeschichte.*

- *Abkürzung für eine romantische Beziehung, die von einer entsprechenden Fangemeinde verfolgt wird.*

Ships sind wahrscheinlich die gefährlichsten Dinge im Web, na ja, abgesehen von den Hunderten von Pornoseiten, die nur darauf warten, die Psyche solch unschuldiger User wie wir zu vergiften.

Lenny, Jas und ich wussten nicht mal, dass wir eine große Shipper-Fangemeinde haben, bis wir mitbekamen, dass unsere Namen unter den Kommentaren zu unseren Videos in entsprechender Kombination auftauchten, um zu zeigen, welches »Paar« jemand bevorzugt. Unsere Zuschauer können es gar nicht erwarten, dass zwei von uns zusammenkommen. Es gibt nicht nur Jasiper- (Jasper und Juniper) und Leniper-Anhänger (Lenny und Juniper), sondern auch Jenny-Shipper (Jasper und Lenny). Am beliebtesten ist allerdings die – völlig frei erfundene! – Liebesbeziehung zwischen Jasper und mir. Unsere Fans achten auf jedes Detail. Wenn wir uns in einem Video etwas zu lang anschauen oder uns zu nahe kommen, flippen sie regelrecht aus.

Ihr beiden seid so ein süßes Paar!

Gebt es zu, ihr seid zusammen!

Warum verheimlicht ihr eure Beziehung vor uns?

So, wie ihr euch anstrahlt. Das ist doch eindeutig! Jasiper-Feelings!

Manchmal übertreiben sie es echt. Natürlich sind nicht alle Zuschauer so. Manche sehen sich unsere Videos nur an, weil sie sie witzig finden. Aber über die verrückten Kommentare stolpert man natürlich am ehesten.

Wir streiten übrigens nicht ab, dass zwischen uns etwas läuft. Jasper und ich machen vor der Kamera sogar ziemlich oft Anspielungen. Wir finden es faszinierend, dass einige unserer Zuschauer bei unserer nicht existierenden Beziehung so mitfiebern.

Aber jetzt lache ich verlegen und wende mich Hilfe suchend an Jasper. »Wir sollen uns küssen?«

Jasper blickt auf den Bildschirm, um Lennys Behauptung zu checken. »Sieht so aus.«

Auf einmal habe ich einen Knoten im Magen. Lenny hingegen muss sich mühsam das Lachen verkneifen.

»Hey, es ist doch nur ein Kuss, oder?«, meint Jasper und versetzt mir einen Stoß in die Seite. »Nichts Besonderes.«

»Soll das ein Witz sein?«, zische ich.

Er reagiert erstaunlich cool auf die ganze Sache. Seine Miene ist unbewegt, aber seiner Haltung merkt man die Anspannung an. Küssen ist nun mal *Küssen*.

Egal, wie man es betrachtet, es ist und bleibt etwas sehr Intimes. Egal, ob es sich dabei um einen Freund handelt oder nicht – es ist ein alles verändernder Schritt, den man nicht mehr rückgängig machen kann.

Man überschreitet damit ganz klar eine Grenze.

»Ach, komm schon, June«, sagt Jasper und verdreht die Augen. Er reicht seinen Laptop dem immer noch kichernden Lenny und dreht sich zu mir. »Das dauert nicht mal ’ne Sekunde, nur ein kurzer Schmatz. Außerdem küssen wir uns doch ständig auf die Wange.«

Ich kriege den Mund gar nicht wieder zu und starre ihn ungläubig an.

Bis jetzt habe ich mir meine richtigen Küsse für diejenigen aufgespart, für die ich echte Gefühle empfinde – für meine *festen* Freunde eben.

Jas und ich sind nur befreundet. Natürlich stehen wir uns nah. Fast *zu* nah. Wir sind Nachbarn, haben schon oft beieinander übernachtet, im selben Bett geschlafen und uns im selben Zimmer umgezogen. Und genau deswegen möchte ich keine Grenzen überschreiten.

»Vergiss es«, sage ich nur, wende mich von ihm ab und schaue in die Kamera. »Ich bin raus aus der Nummer, TeamJacob3012.«

Jasper schnaubt und boxt mir gegen die Schulter. »Jetzt stell dich doch nicht so an!«

»Jas, ich werde dich nicht küssen«, sage ich ernst und verschränke die Arme vor der Brust. »Das ist doch abartig.«

»Ach komm«, schaltet sich jetzt Lenny ein. »Ich habe heute Zitronenwackelpudding mit Mayo gegessen. Dagegen kommst du noch ziemlich gut weg.«

Jasper sieht mich fragend an und wartet, dass ich etwas

sage. Ich verstehe nicht, warum er diese Herausforderung unbedingt annehmen will. Jeder von uns dreien ist schon zu Aktionen aufgefordert worden, die ekliger und abgedrehter waren, aber das hier verstößt gegen meine Prinzipien. Besonders gegen meine Prinzipien bezüglich Jasper.

»Ich bin's doch nur«, sagt Jas achselzuckend. »Könnte schlimmer sein.«

Ich beuge mich vor, stütze den Kopf in die Hände und stoße einen tiefen Seufzer aus. »Das ist doch lächerlich.«

»Ist das ein Ja?«, fragt Jasper. Das siegessichere Lächeln ist seiner Stimme förmlich anzuhören.

»Na gut«, stöhne ich und richte mich auf. »Es ist ja nur ein Kuss.«

»Richtig.« Jas nickt. »Nur ein Kuss.«

»Tja, dann«, sage ich nervös, weil plötzlich eine seltsame Anspannung im Raum liegt, aber vielleicht bilde ich mir das auch nur ein.

Kurz bevor man jemanden küsst, gibt es normalerweise diesen *Moment*. Wenn beide merken, dass sie *daran* denken, abwechselnd den Blick senken und sich einander nähern. Wenn die Augen sich schließen und man darauf wartet, dass die Lippen des anderen die eigenen zart berühren. Romantisch und wundervoll.

An dieser Situation ist nichts romantisch und wundervoll.

Die Hände verschränkt, wende ich mich Jasper zu, der aufmerksam beobachtet, wie ich mich zurechtsetze. Dabei fällt mein Blick auf Lenny, der mit einem schiefen Grinsen über Jas' Schulter späht – was genauso unheimlich wirkt, wie es klingt.

Jasper räuspert sich und fährt sich mit der Hand durchs Haar. »Okay, fertig?«

»Ich denke schon.«

»Fertig … und los!«, feuert uns Lenny über Jaspers Schulter hinweg an.

Das ist alles so grotesk, dass ich kichern muss. Schlechtes Timing, denn Jasper hat sich schon vorgebeugt und seine Lippen auf mein Lächeln gepresst. Es geht so schnell, wie er es versprochen hat. Eine flüchtige Berührung, so kurz, dass mir kaum Zeit bleibt, die Augen zu schließen. Keine Gänsehaut, kein Erröten. Nur ein Kuss.

Jasper lehnt sich zurück, grinst triumphierend und hält beide Daumen in die Kamera. »Hat nur ein paar Jahre gedauert, bis wir uns endlich geküsst haben«, witzelt er. »Es besteht also doch noch Hoffnung auf –.«

Ich ramme ihm meinen Ellbogen in die Rippen. »Stopp! An alle: Es hat nicht gefunkt!«

Jasper hat recht behalten. Ich habe mich völlig umsonst aufgeregt. Es ist überhaupt nichts passiert – kein Kribbeln, wie ich befürchtet hatte. Alles ganz locker und easy.

Jasper schüttelt den Kopf. »Fette Lüge. Wir wissen doch alle, dass June mich für einen heißen Typen hält.«

»Jas …«, warne ich ihn.

Er seufzt theatralisch, lenkt aber ein. »*Na gut*, sie hat recht. Sorry, Leute, es hat echt nicht gekribbelt. Aber wir haben es wenigstens versucht. Und nur das zählt.«

Lenny schaut zwischen uns beiden hin und her und grinst. Dann blickt er auf den Bildschirm. »Okay, Aufgabe erledigt. Weiter geht's.«

Jasper rutscht zu ihm rüber, um den nächsten Kommentar zu lesen. »Diesmal ist es Wahrheit und nicht Pflicht«, sagt er. »Und die Frage geht an June.«

Ich blicke mit meinem Profi-Lächeln in die Kamera. »Ach ja? Warum eigentlich immer ich?«

Nach der Session verschwindet Lenny, um das Filmmaterial zu bearbeiten, aber ich bleibe wie üblich bei Jasper, denn ich bin am liebsten so wenig wie möglich zu Hause. Unser Haus ist klein und meistens leer. Mein Vater muss häufig Nachtschichten im Krankenhaus übernehmen und schläft dann den größten Teil des Tages. Meine Mutter arbeitet tagsüber und trudelt erst ein, wenn mein Vater sich schon wieder auf den Weg macht. Wenn ich zu Hause bin, muss ich immer leise sein. Es ist total langweilig, weshalb ich lieber bei Jas bleibe und ihm Gesellschaft leiste, bis seine Mum von der Arbeit kommt.

Jaspers Eltern sind geschieden, und er lebt bei seiner Mutter, die tausendundeinen Job hat, während sie nebenbei studiert, um ihren Abschluss als Diplomkauffrau nachzuholen. Deswegen drehen wir unsere Videos meistens bei Jasper. Es ist niemand da, und wir können so viel Krach machen, wie wir wollen. Ich weiß, dass er sich wünscht, seine Mutter wäre mehr zu Hause. Das kann ich gut verstehen. Er ist oft allein und deswegen bin ich viel hier.

Nachdem Lenny weg ist, verschwindet Jasper in der Küche, und ich gehe mit meinem Rucksack in das mit Möbeln vollgestopfte Wohnzimmer und mache es mir dort gemütlich.

»Cola oder Fanta?«, ruft Jasper aus der Küche.

»Cola!«, rufe ich zurück und hole meine Hausaufgaben zur Integralrechnung heraus. Im Gegensatz zu Jasper bin ich eine absolute Niete, was Zahlen angeht, und dafür, dass er mir bei meinen Mathehausaufgaben hilft, lerne ich mit ihm Geschichte.

Kurz darauf kommt Jasper mit einer Tüte Chips und zwei Dosen Cola ins Wohnzimmer.

»Hey, hast du Aufgabe sieben? Ich glaube, Mr Wright hat uns überhaupt nicht erklärt, wie man die lösen soll«, sage ich, kaum dass er unsere Stärkung neben meinen Füßen auf dem Couchtisch abgestellt hat. Während ich frustriert auf das mathematische Problem starre, wickele ich mir eine meiner rotblonden Locken um den Zeigefinger.

»Keine Ahnung. Lass mich mal nachschauen.« Er lässt sich neben mich fallen und durchwühlt seinen Rucksack, der weit geöffnet auf dem Boden steht.

Ich klopfe mit dem Bleistift gegen meine Lippen und betrachte stirnrunzelnd das Mathebuch, während mir durch den Kopf geht, dass diese Aufgabenstellung viel zu schwer für die nächste Klassenarbeit ist.

»Hey«, sagt er plötzlich. »Haben wir den Fans vorhin eigentlich das Thema für die Fragen der nächsten Woche genannt?«

Ich zucke mit den Achseln. »Keine Ahnung. Ich glaube nicht. Wir beantworten einfach alles, was kommt. Dann haben wir eben mal keinen besonderen Aufhänger.«

»Mit einem Thema wäre es aber sicherer.«

Ich lasse meinen Stift sinken. »Wieso das denn?«

»Wieso?« Er zieht ein Heft aus seinem Rucksack und schlägt es auf, ohne mich weiter zu beachten. »Weil wir uns dieses Mal geküsst haben?«

»Das fandest du also *so* schlimm?«

Langsam blickt er auf, seine braunen Augen huschen über meine angespannte Miene. »Nein. Aber vielleicht sollte es bei dem einen Mal bleiben ... Die Zuschauer wissen, wie wir uns dabei gefühlt haben. Schon vergessen? Kein Kribbeln.«

»Das stimmt doch, oder?«, will ich wissen, während ich die Hausaufgaben von meinem Schoß schiebe, um Platz für die Chips zu machen. Wenn er in dieser Hinsicht gelogen hat, weiß ich nicht, wie ich mit der Situation klarkommen würde. Mein Gefühl sagt mir: nicht besonders gut.

»Na klar«, antwortet er und nimmt noch einen großen Schluck. »Wir könnten uns ruhig noch mal küssen, ich bin mir ziemlich sicher, dass es mir wieder genauso gehen würde – nicht, dass du schlecht küsst oder so. Und das, was wir da gemacht haben, kann man ja auch nicht als richtigen Kuss bezeichnen. Aber ja – definitiv kein Kribbeln.«

»Es war echt eine peinliche Situation«, füge ich hinzu und schiebe mir ein paar Chips in den Mund. Er nickt und greift über mich hinweg nach meinem Mathebuch, um nach der Aufgabe zu suchen, deren Lösung in seinem Heft steht.

Nach ein paar Sekunden wirft er plötzlich das Buch auf den Couchtisch und reißt mir die Chipstüte aus der Hand. »Willst du ganz sichergehen?«

Genervt greife ich nach den Chips. »Was meinst du damit?« Ich stöhne auf, als er die Tüte aus meiner Reichweite hält.

»Dass da wirklich nichts ist – du weißt schon, keine Gefühle oder so.« Er schaut mich unverwandt an und versprüht nicht wie sonst seinen Charme. Kaum zu glauben: Jasper zur Abwechslung mal ernsthaft.

»Das möchte ich lieber nicht rausfinden«, gebe ich zu. Denn ich war vor Ewigkeiten in Jasper Lahey verknallt und will gar nicht wissen, ob das immer noch so ist. Obwohl ich mir sicher bin, dass es längst vorbei ist. Wir sind inzwischen zu eng befreundet, als dass sich solche Gefühle entwickeln könnten. Und das wäre auch nicht gut.

»Bist du gar nicht neugierig?«, hakt er nach.

Bei dieser absurden Frage muss ich ein bisschen lachen. »Neugierig? Jas, wenn Freunde herumexperimentieren, geht das garantiert schief.«

»Nicht, wenn wir es richtig machen.« Er stupst mich auffordernd mit dem Bein an. »Na, was meinst du? Wollen wir ganz sichergehen?«

Da ist es wieder, das vertraute übermütige Glitzern in seinen Augen, und ich weiß genau, dass mir nichts anderes übrig bleibt, als nachzugeben. Jetzt ist eine Challenge daraus geworden, und er will mir beweisen, dass ich mit meinen Befürchtungen falschliege.

Ich klatsche mir mit den Händen auf die Oberschenkel und wende mich ihm zu. »Okay, wie du willst. Besser jetzt als nie – du weißt ja, dass das nicht die letzte Bitte gewesen sein wird, uns vor der Kamera zu küssen, oder?«

»Darum will ich ja auf Nummer sicher gehen.« Er nickt und dreht sich ganz zu mir. »Ein richtiger Kuss.«

»Das ist verrückt«, erinnere ich ihn.

»Wann sind wir denn mal nicht verrückt gewesen, June?«

Ich denke darüber nach, und ja, vielleicht hat er recht. Solange ich denken kann, hat es ein ständiges Auf und Ab in unserer Beziehung gegeben, und unser Hobby hat uns immer wieder in ungewöhnliche Situationen gebracht. Wahrscheinlich wäre es früher oder später sowieso passiert.

»Auch wieder wahr …«, sage ich.

»Na dann.« Er lächelt und beugt sich gleichzeitig vor, um seine Lippen den meinen anzunähern.

Diesmal bleibt es nicht bei einer flüchtigen Berührung. Als hätten wir es schon tausendmal geübt, drehen wir die Köpfe so, dass unsere Nasen nicht zusammenstoßen, legen die Arme um den Nacken des anderen und küssen uns. Es ist ein langer Kuss, länger als erwartet – aber ohne Zunge, das würde eindeutig zu weit gehen.

Irgendwann schmecke ich keine Cola mehr auf seinen Lippen. Nur noch Jasper selbst.

Als wir uns schließlich voneinander lösen, stelle ich erschrocken fest, dass es mir gar nichts ausmacht, ihn zu küssen. Es ist angenehm und fühlt sich gut an. Und das Beste daran: Ich kann ihm in die Augen sehen, meine Finger über sein T-Shirt nach unten wandern lassen und sagen: »Nichts.«

Er nickt mit einem frechen Grinsen und erwidert: »Bei mir auch nicht.«

DREI

Heute gehört die Videokamera mir, so wie jeden Freitag. Von uns dreien bin ich diejenige, die sie am seltensten hat. Manche würden sagen, das liegt daran, dass ich uninteressante Dinge filme, andere, dass ich ein Gedächtnis wie ein Sieb habe – soll heißen, ich vergesse oft, dass ich die Kamera dabeihabe, weswegen ich am Ende überhaupt nichts aufnehme. Meistens trifft Letzteres zu. Das macht Jasper wahnsinnig und ist wahrscheinlich der Grund dafür, dass wir freitags fast nie etwas hochladen, was übrigens kein großer Verlust ist, weil unsere Freitage ungefähr so aufregend sind wie eine Nachtschicht im Altersheim – ohne die dementen Bewohner.

Ein typischer Freitagabend läuft bei uns so ab: Lenny igelt sich zu Hause ein, um sich *Desperate Housewives* anzusehen und Eva Longoria anzuschmachten. Ich gehe rüber zu Jasper, futtere mich bei ihm durch und zwinge ihn, mir eine Fußmassage zu verpassen, während wir stundenlang *Criminal Minds* schauen. Das führt normalerweise dazu, dass ich bei ihm übernachte, weil ich anschließend zu viel

Angst habe, mitten in der Nacht die Straße zu überqueren und nach Hause zu gehen.

Macht es überhaupt Sinn, etwas zu filmen, wenn ich genau weiß, dass ich das Material gar nicht bearbeiten werde, weil unsere abendlichen Aktivitäten quasi in Stein gemeißelt sind? Nein.

Gleich klingelt es zur ersten Stunde, und ich beschließe, die Kamera aus meinem Rucksack zu nehmen und auf dem obersten Bord meines Spinds zu verstauen, weil ich weiß, dass ich heute garantiert nichts aufnehmen werde. Während ich dabei bin, meine Schulbücher auszutauschen, zieht mir jemand die Kapuze meines Sweatshirts über den Kopf, sodass mir die Locken ins Gesicht fallen.

»Ich habe mich schon gefragt, wo mein Kapuzenpulli geblieben ist«, höre ich Jaspers Stimme. Dann schiebt er mich von meinem Spind weg und schnappt sich die Videokamera. »Warum habe ich dir das Ding überhaupt gegeben?«

Ich ziehe mir die Kapuze vom Kopf und versuche, mit einer Hand meine ruinierte Frisur zu retten, während ich mit der anderen meinen schweren Rucksack umklammere. »Weil es nur fair ist.« Ich strecke ihm die Zunge raus und greife nach der Kamera. »Außerdem machen wir freitags *nie* etwas Filmenswertes. Es sei denn, du legst Wert darauf, dass ich festhalte, wie du mir die Füße massierst«, sage ich mit einem fiesen Grinsen, schwinge mir den Rucksack über die Schulter und versuche erneut, ihm die Kamera abzunehmen.

Er lacht, weicht meiner Hand aus und wirft mir ein verschmitztes Lächeln zu. »Woher willst du wissen, dass es heute ein langweiliger Abend wird?«, fragt er und wackelt vielsagend mit den Augenbrauen. Ich verdrehe die Augen und boxe ihm gegen die Schulter, als er sich plötzlich vorbeugt und schmatzende Kussgeräusche macht.

Sichtlich zufrieden mit seinem Auftritt, legt er die Kamera zurück und macht den Spind für mich zu. Dann lässt er sich gegen die Tür fallen und streckt mir theatralisch die Arme entgegen.

»Du bist so ein Idiot!«, fauche ich.

»Ach komm, Baby«, sagt er mit einem schmachtenden Blick aus seinen dunklen Augen, während er nach einem der Zugbänder meines Kapuzenpullis greift. »Tu doch nicht so, als würdest du es nicht auch wollen.«

Jasper ist der geborene Schauspieler und macht aus allem eine Performance, um die Leute zu unterhalten. Obwohl ich inzwischen gegen seine Auftritte immun bin, bringt er mich damit trotzdem immer noch zum Lachen. Und ich habe gelernt, einfach mitzuspielen.

»Du hast ja so recht«, seufze ich dramatisch. »Ich liebe dich bedingungslos, wie verrückt und aus tiefstem Herzen!« Dann mache ich mich los und gehe in Richtung Klassenzimmer.

Er holt mich ein, legt einen Arm um meine Schultern und flüstert mir ins Ohr: »Das *weiß* ich.«

»Haha«, mache ich und schubse ihn weg. »Mal was anderes: Es ist doch okay, wenn ich heute Abend zu dir rüberkomme, oder?«

»Absolut.« Er nickt und legt mir im Weitergehen wieder den Arm um die Schultern. »Mum wird nicht vor zwei zu Hause sein. Ich wüsste gar nicht, wie ich mich sonst beschäftigen sollte.«

Den Blick auf den Marmorboden gerichtet, beobachte ich unsere Schritte. »Lenny versetzt uns mal wieder?«, frage ich, obwohl ich die Antwort schon kenne.

»Eva Longoria ist für ihn wesentlich interessanter.«

»Stimmt«, bestätige ich und schüttele missbilligend den Kopf. »Und bei uns steht *Criminal Minds* auf dem Programm?«

Er grinst und bleibt vor seinem Klassenzimmer stehen. »Wie soll ich dich sonst dazu bringen, bei mir zu übernachten?«, sagt er augenzwinkernd und verschwindet nach drinnen.

Überraschenderweise ist mein Dad wach, als ich kurz nach Hause komme, um meine Schulsachen abzuladen. Der Duft von frisch gekochtem Kaffee begrüßt mich an der Tür, und als ich ihm folge, finde ich meinen Vater neben seinem leeren Kaffeebecher am Küchentresen lehnend. Er ist so verschlafen, dass er gar nicht mitbekommt, wie ich die Küche betrete. Als er schließlich aufblickt, zuckt er zusammen – zu Recht. Es kommt nicht oft vor, dass ich meinen Dad in etwas anderem sehe als in seinem Krankenhauskittel. Doch an diesem Nachmittag steht er in einem alten T-Shirt und karierten Schlafanzughosen vor mir, strubbelige Haare und Bartstoppeln inbegriffen.

»Hey, schick«, bemerke ich und versuche, nicht zu grinsen. Sein Blick folgt mir zum Küchenschrank, wo ich mir einen Müsliriegel vom untersten Bord schnappe, um meinen knurrenden Magen zu beruhigen.

»Hey, June, Süße«, sagt er schließlich, muss sich aber unterbrechen, als der Timer der Kaffeemaschine losgeht. »Ich hatte heute eine lange Nacht auf der Arbeit.«

»Wieder ein Haufen Verrückte in der Notaufnahme?«, frage ich. Inzwischen bin ich an die lustigen und manchmal dramatischen Geschichten über die Leute, die spät nachts in der Notaufnahme landen, gewöhnt. Manche lassen sich wegen der kleinsten Kleinigkeit dort blicken und verschwenden die Zeit des Personals, während andere in so schlechtem Zustand ankommen, dass mein Dad nach seiner Schicht nicht schlafen kann, weil es ihn so sehr belastet.

»Wie immer.« Er lacht leise, als er sich eine Tasse Kaffee eingießt, dann wird sein Gesicht ernst. »Wir hatten letzte Nacht eine Brandverletzte. Sie hatte so schlimme Verbrennungen, dass die Haut kohlrabenschwarz war und sich abschälte. Das Mädchen geht mir einfach nicht aus dem Kopf.«

Ich schneide eine Grimasse, und mein Magen würde den Verzehr des Müsliriegels am liebsten wieder rückgängig machen. Bei manchen dieser Geschichten bekomme ich richtig Gänsehaut. Am schlimmsten ist es, wenn wir mit der ganzen Familie beim Essen sitzen und er mir mit seinen Erlebnissen aus dem Krankenhaus komplett den Appetit verdirbt, so wie jetzt.

»Was ist mit ihr passiert?«, frage ich und setze mich an den Tisch.

»Sie und ein paar Freunde dachten, es wäre eine clevere Idee, mit Benzin und Feuerzeugen eine Mutprobe zu machen. Du weißt schon, wer zuerst kneift, hat verloren …« Er sieht von seinem dampfenden Kaffee auf. »Da mache ich mir sofort Sorgen um dich, Lenny und Jas.«

Ich schnaube genervt. »Wir sind vielleicht blöd, aber so blöd nun auch wieder nicht.«

»Ich weiß«, seufzt er. »Wir haben über Gruppenzwang und all das gesprochen, aber ich mache mir trotzdem Sorgen. Wenn man es mit manchen Spielen zu weit treibt, können Menschen zu Schaden kommen.«

»Diese Art von Spielen spielen wir nicht«, versichere ich ihm und überkreuze meine Beine unter dem Küchentisch. »Wir vloggen. Wir filmen nur, was wir so machen. Und die letzte blöde Sache, die wir aus Spaß gemacht haben, war im Vergleich *dazu* total harmlos. Lenny hat eine Mischung aus Pfirsichen und Mayo und anderem ekligen Zeug gegessen, die absolut ungenießbar aussah.«

Dad nippt vorsichtig an seinem Kaffee, verbrennt sich aber trotzdem die Lippen. »Seid einfach vorsichtig, ja?«

»Natürlich.« Ich lächele ihn an.

Er nickt und geht mit seiner Tasse zum Tisch. Ich sehe ihm zu, wie er einen Stuhl heranzieht und sich setzt.

»Es ist doch okay, wenn ich heute Abend bei Jas bin, oder?«

»Bleibst du wieder über Nacht?«

»Wahrscheinlich.«

Er schweigt eine Weile, die Lippen fest zusammengepresst und den Blick starr geradeaus gerichtet. Angesichts seines ungewohnten Zögerns ziehe ich fragend eine Augenbraue hoch.

»Ihr beiden habt doch keinen Sex, oder?«, sagt er dann und sieht mich fragend an.

Es verschlägt mir die Sprache. Ich pruste ungläubig und laufe knallrot an. Jasper und ich? Der Kerl ist tollpatschig, viel zu groß und schlaksig und hat eine Frisur, die nie richtig sitzt. Er trägt unmögliche T-Shirts mit Sprüchen und Cartoons drauf, rülpst und furzt in meiner Gegenwart ganz ungeniert und sagt und tut die dämlichsten Dinge – und mein Vater denkt, ich hätte Sex mit ihm? Ich konnte Jasper ja gestern nicht mal *küssen*, ohne mich dabei total unwohl zu fühlen, und hatte deswegen erst hinterher gemerkt, dass es gar nicht *so* schlecht gewesen war. Bei dem Gedanken, mit ihm zu schlafen, verkrampft sich alles in mir. »Jasper? Soll das ein Witz sein? Das ist ja *widerlich*, Dad!«

Als er mein entsetztes Gesicht sieht und meinen wütenden Protest hört, verschluckt sich mein Vater vor Lachen fast an seinem Kaffee. »Er ist ein gut aussehender Junge! Ich wollte nur wissen, ob zwischen euch etwas läuft«, verteidigt er sich mit einem amüsierten Funkeln in den Augen. »Ich hatte nicht erwartet, dass du *so* empfindlich reagieren würdest.«

Es ist nicht so, dass Jasper unattraktiv wäre. Glücklicherweise hat er die Phase mit der langen Skatermähne und den Superman-T-Shirts schon längst hinter sich. Inzwischen ist sein dunkles Haar meistens ordentlich gekämmt und sein

Gesicht nur noch in sehr großen Abständen mit Pickeln verziert. Alle halten ihn für gut aussehend, aber ich habe ihn in seinen schlimmsten Phasen erlebt. Und damit meine ich nicht nur sein Äußeres, sondern auch sein beklopptes Inneres. Ich liebe diesen Typen über alles. Himmel, er ist mein bester Freund, aber ich habe uns nie als Liebespaar gesehen. Jedenfalls nicht zurzeit.

Okay, vielleicht vor ein paar Jahren, als ich ein bisschen in den charmanten Klassenclown verliebt war, der wollte, dass ich bei seinem Vlogging-Projekt einsteige.

Aber jetzt nicht mehr. Man erfährt eine Menge über jemanden, wenn man so viel Zeit mit ihm verbringt. Wir sind inzwischen so vertraut miteinander, dass jedes romantische Gefühl todsicher in Peinlichkeit und Kichern untergehen würde.

»Wir sind nur Freunde«, versichere ich Dad nachdrücklich und streiche mir eine Locke hinters Ohr. »Also, ist es jetzt in Ordnung, wenn ich zu ihm rübergehe, oder nicht?«

»Sicher.« Er lächelt und betrachtet seinen Daumen, der über den Rand des Bechers gleitet. »Aber … wie soll ich sagen … Es wäre mir wohler, wenn ihr beiden … na, du weißt schon …«

»Dad!«, rufe ich und lasse meinen Kopf auf die Arme sinken.

»Was denn? Ich mag Jasper. Ich würde mich zwar gern erst mit ihm unterhalten, aber es ist völlig okay für mich …«

»Hör auf!«, kreische ich, ziehe mir die Kapuze von Jaspers Sweatshirt über den Kopf und verknote die Bänder, um meine knallroten Wangen zu verbergen. »Das ist ja voll peinlich!«

Dad lacht lauthals. Die Patientin mit den Brandverletzungen von letzter Nacht hat er offenbar vergessen. Nachdem sein Gelächter einige Sekunden durch den Raum gehallt ist, und sich die Röte von meinen Wangen bis zu meinem Hals ausgebreitet hat, gibt mir Dad schließlich einen Klaps auf den Rücken und steht auf. »Viel Spaß heute Abend«, neckt er mich.

Als ich, ohne zu klingeln, bei Jasper hereinschneie, dröhnt mir der Fernseher so laut entgegen, dass man es nicht mehr als Zimmerlautstärke bezeichnen kann. Von der kalten Herbstluft fröstelnd, ziehe ich meine Stiefel an der Tür aus und schiebe meine Hände in die Ärmel von Jaspers Kapuzenpulli, um sie aufzuwärmen. Während ich den Flur mit den liebevoll gerahmten Familienfotos der Laheys entlanggehe, stelle ich fest, dass offenbar nur hier Licht brennt.

Von der Wohnzimmertür aus sehe ich, dass ich die ersten fünf Minuten von *Criminal Minds* verpasst habe und dass Jasper das gar nicht aufzufallen scheint. Die Beine über die gesamte Länge der Couch ausgestreckt und den Blick auf den Bildschirm gerichtet, ist er völlig in die aktuelle Folge vertieft. Meine Füße sinken in den weichen Teppichboden ein, als ich leise zu ihm hinübergehe und mit meinen in den Ärmeln steckenden Händen seine Beine anstupse. Ohne mich anzusehen, macht er so viel Platz, dass ich neben ihn rutschen kann.

»Das ist die Folge mit dem unheimlichen Taxifahrer, der die Frauen wegen ihres Geruchs entführt«, informiert er mich.

»Oh«, sage ich. »Die ist super.«

»Mhm«, erwidert er zerstreut und streckt seine Hände aus. Ich ziehe meine eiskalten Hände aus den Ärmeln und lege sie in seine warmen. Er umfasst meine Finger und taut sie langsam auf, wie immer. »Es ist kalt draußen«, bemerkt er, und ich nicke.

»Ich war noch kurz bei Lenny, um ihm die Kamera zu geben«, sage ich.

»Du hast doch gar nichts gefilmt.«

»Aber er ist als Nächster dran«, erinnere ich ihn. Jasper führt meine Hände an seine Lippen und pustet darauf, ohne den Blick auch nur eine Sekunde vom Bildschirm zu lösen.

Nachdem wir ein paar Minuten schweigend ferngesehen haben und der Werbeblock folgt, lässt Jasper meine Hände los und steht auf.

Er schlängelt sich um den niedrigen Couchtisch und einen Stapel Zeitungen herum, murmelt ein »Bin gleich zurück« und verschwindet in der Küche, um ein paar Snacks zu holen. Als auf dem Bildschirm ein Werbespot für eine Versicherung erscheint, setze ich mich in den Schneidersitz – die ideale Position, um eine Schüssel Popcorn zu halten – und schaue mich in dem vertrauten, vollgestopften Wohnzimmer um. Leeann, Jaspers Mutter, versucht, alles Mögliche hier unterzubringen, aber der Raum ist einfach zu klein. Außer Sofa, Couchtisch und Fernseher gibt es ein halbhoches Bücherregal einen Schreibtisch in einer Ecke und Leeanns Laufband, das flach an die Wand gelehnt ist. Es ist ziemlich eng, und meistens stolpert einer von uns über irgendetwas – wie jetzt Jasper, der gerade mit einer Tüte Popcorn aus der Mikrowelle und zwei Dosen Cola zurückkommt.

»Verdammt, Ma«, flucht er unterdrückt, als er sich den Zeh an ihrem Hantelset neben dem Couchtisch stößt. »Hier«, knurrt er und reicht mir das Popcorn und die Cola.

Ich ignoriere sein Gejammer und will ihm von meinem Nachmittag berichten. »Weißt du was?«, sage ich.

»Du willst mir mein Sweatshirt wiedergeben?«, rät er und zieht an den Bindebändern, während er sich hinsetzt. Ich blicke auf den Kapuzenpullover hinunter, den ich ihm eigentlich nicht zurückgeben wollte. Vor ein paar Wochen hatte ich unter der Woche hier übernachtet und natürlich Zahnpasta auf mein Shirt gekleckert. Jasper hatte mir seinen roten Blackhawk-Kapuzenpullover zugeworfen, damit ich ihn über die Schmiererei ziehen konnte, die ich angerichtet hatte. Ehrlich gesagt ist es eins der bequemsten Teile, die ich »besitze«, und ich möchte es am liebsten behalten.

»Nein«, sage ich schnell und schlage seine Hand weg, die gefährlich nah über meiner Brust schwebt. Er haut mich zurück, nimmt seine Cola und macht sie auf. »Mein Vater glaubt, dass wir miteinander rummachen, wenn ich bei dir bin.«

Bei meiner Eröffnung hat Jasper gerade einen kräftigen Schluck genommen und ist kurz davor, alles wieder auszuspucken. Gerade noch rechtzeitig hält er sich die Hand vor den Mund und schluckt. Nach einigem Husten und Gelächter fragt er anzüglich: »Hast du ihm das erzählt?« Er kann's einfach nicht lassen.

Gegen meinen Willen muss ich grinsen und boxe ihn gegen den Arm. »Nein!«

Er reibt sich den Arm und bereitet sich darauf vor, schnell auszuweichen, als er sagt: »Ist doch echt witzig, dass alle denken, wir wären zusammen.«

»Na ja«, murmele ich und greife in die Popcornschüssel, während ich meine Aufmerksamkeit wieder auf den Bildschirm richte. »Aber das sind wir nicht«, füge ich hinzu und lehne mich an seine Schulter.

VIER

»Hallo, Leute. Es ist jetzt sechs Uhr und wir müssten eigentlich Unmengen echt heftiger Englischhausaufgaben machen, aber stattdessen haben wir beschlossen, das hier zu drehen.« Ich richte die Kamera auf den Fernsehbildschirm. Wir sind bei Lenny, was eigentlich nur vorkommt, wenn es wieder einen Neuzugang in seiner Videospielsammlung gibt. Diesmal haben wir es dem Originalspiel *Zelda: Ocarina of Time* zu verdanken, das Lenny letzten Freitag auf dem Nachhauseweg von der Schule im Game-Store entdeckt hat. Der Grund, es ausgerechnet bei ihm zu spielen, liegt auf der Hand: Er besitzt jede nur erdenkliche Spielkonsole, wobei die Nintendo-64 eine seiner Favoriten ist. Außerdem ist bei ihm zu Hause mehr Platz, um mitzufiebern und aufgeregt herumzuspringen, wenn man seine Endgegner besiegt hat.

Wir wechseln uns am Controller ab und spielen jeder eine Zeit lang, aber Lenny reißt ihn sich die meiste Zeit unter den Nagel – weswegen Jasper und ich die letzte Stunde überwiegend damit verbracht haben, rumzusitzen, ihm zuzuschauen und ihn anzufeuern.

Seine Eltern sind unsere Spielesessions inzwischen gewöhnt und haben sich in die Küche zurückgezogen, um das Abendessen vorzubereiten, aber seine Zwillingsschwestern Jade und Ruby denken gar nicht daran zu verschwinden. Wie immer sitzen die beiden fasziniert vor dem Fernseher, fragen uns Löcher in den Bauch und recken ihre Köpfe mit dem flaumigen blonden Haar ins Bild. Sie halten sich für einen Teil unserer Fangemeinde, worüber Jasper sich köstlich amüsiert.

Die Füße gemütlich auf das Seitenteil der L-förmigen Couch gestützt, habe ich es mir in dem geräumigen und geschmackvoll eingerichteten Wohnzimmer gemütlich gemacht. Jetzt, da ich die Kamera auf die Jungs gerichtet habe, können unsere Zuschauer das Schauspiel hautnah miterleben. Beide hocken vornübergebeugt und wie gebannt vor dem Bildschirm. Lenny drückt hektisch auf dem Controller herum, während Jasper laut grölt und immer wieder ruft: »Stirb, stirb, stirb!« Als er mitbekommt, dass ich die Kamera angemacht habe, meint er: »Die Grafik dieser Version ist total mies, aber das Spiel trotzdem einfach unschlagbar.« Als er triumphierend die Faust in die Höhe reckt, schwenke ich die Kamera zu mir und kommentiere: »Ich glaube, so ist unsere Zeit besser genutzt.« Kopfschüttelnd blicke ich in die Kamera. »Typisch Jungs. Ladys, den Singles unter euch entgeht wirklich nichts.«

»Schätze, wir vloggen hier grade«, meldet sich jetzt auch Lenny zu Wort. Die Anspannung in seiner Stimme ist deutlich zu hören, und er springt regelrecht aus dem Sitz, als er von seinem Endgegner im Tempel angegriffen wird, einem Schattendämon, dessen Namen ich vergessen habe. Ich mache mir in Gedanken eine Notiz, am Freitag ein Video zum Thema »Jungs – die unbekannte Spezies« zu drehen – denn, machen wir uns nichts vor, der Großteil unserer Zuschauer ist weiblich, und diese Vorstellung hier lässt Jasper und Lenny ziemlich alt aussehen.

»Wer ist denn das?«, piepst Ruby vom Fernseher her, die Augen angesichts der furchterregenden Kreatur, die Lenny angreift, vor Entsetzen weit aufgerissen.

»Das ist das Monster, das unter deinem Bett wohnt«, erwidert Lenny geistesabwesend und grinst breit, als die Kleine loskreischt und sich an Jades Arm klammert.

»Erzähl ihr doch so was nicht!«, schimpfe ich, mache die Kamera aus und lege sie auf den Polsterhocker. Jade springt auf und rennt in die Küche, aus der der Duft von Pasta herüberweht. Ruby folgt ihr kurz darauf, als sie merkt, dass Jade nicht zurückkommt.

»Warum nicht?«, protestiert Lenny. »Immerhin sind sie jetzt verschwunden.«

Ich seufze resigniert, denn ich weiß, dass es Lenny kein bisschen leidtut, dass er sie vergrault hat. Deswegen nehmen wir ihm die Ausrede, er müsse babysitten, auch nicht ab. Lenny und die Zwillinge kommen nicht besonders gut miteinander aus.

Nachdem Lenny den Controller eine weitere halbe Stunde in Beschlag genommen hat, verkünden seine Eltern, dass es Abendessen gibt. Das liefert Jasper und mir einen

Vorwand, nach Hause zu gehen. Obwohl wir meistens eine Weile Spaß zusammen haben, vergisst Lenny beim Zocken irgendwann völlig, dass Jasper und ich existieren. Das ist dann immer ein guter Zeitpunkt, um uns zu verdrücken.

Weil es heute Abend doppelt so kalt ist wie heute Morgen, sprinten Jasper und ich über den gefrorenen Rasen und bleiben vor seinem Haus stehen. Als er mir sagt, dass ich letzten Freitag meine Jogginghose bei ihm vergessen habe, beschließe ich, sie gleich mitzunehmen.

Er probiert ewig mit seinen Schlüsseln herum, bis die Tür endlich offen ist. Aber dann sind wir drin, wo wir uns ausgiebig über halb abgefrorene Ohren und brennende Wangen beklagen. Kaum ist die Haustür hinter uns ins Schloss gefallen, nimmt er meine Hände, pustet darauf und reibt sie aneinander, damit sie wieder warm werden.

»Ich hasse dieses Wetter«, stöhne ich und putze mir die Nase, die schon nach ein paar Minuten in der Kälte läuft wie verrückt.

Jasper nickt zustimmend, hält dann aber mitten in der Bewegung inne und lächelt mich verschmitzt an. »Ich nicht.«

»Aha, und was gefällt dir daran?«

Einer seiner Mundwinkel wandert noch weiter nach oben, bevor er abschließend meine Hände drückt, mir einen Kuss auf die Knöchel haucht und mich mit einem Zwinkern an der Tür stehen lässt. Mit offenem Mund sehe ich ihm nach, wie er triumphierend den Flur entlangstolziert. Als er sich umdreht, um zu sehen, ob ich ihm folge, verschränke ich demonstrativ die Arme vor der Brust.

»Weißt du, was?«, sage ich, ohne nachzudenken, während ich mir die Stiefel von den Füßen kicke. »Manchmal könnte ich schwören, dass du in mich verliebt bist.«

Eine Hand auf dem Treppengeländer, steht er am Ende des Flurs und betrachtet mich schmunzelnd, als ich auf ihn zugehe. »Bedingungslos, wie verrückt und aus tiefstem Herzen.« Er zwinkert mir wieder zu und bedeutet mir, vor ihm die Treppe hochzugehen. Ich knickse übertrieben und tue ihm den Gefallen, wobei ich immer zwei Stufen auf einmal nehme.

»Wie verrückt und aus tiefstem Herzen«, wiederhole ich, als ich oben angekommen bin, und lasse ihn nicht aus den Augen, während ich rückwärts in sein Zimmer gehe.

Lennys Rucksack drückt gegen mein Knie, als ich am Montagmorgen auf dem Rücksitz von Jaspers Auto sitze. Meine Füße habe ich auf die Armlehne zwischen Jasper und Lenny gestützt, damit sie nicht mit dem müllübersäten Boden des winzigen blauen Saturn in Kontakt kommen. Ich starre aus dem Fenster, höre die Punkrocksongs von der CD, die einer der beiden Jungs mitgebracht hat, und sehe den aufsteigenden Atemwolken zu, während ich in dem schlecht geheizten Fahrzeug fröstele. Wie immer sind wir alle ziemlich verschlafen und nicht fit genug, um uns zu unterhalten. Ab und zu nimmt Jasper an einer Kreuzung die Hände vom Lenkrad und jammert darüber, wie kalt es in seinem Auto ist. Lenny hat seinen Laptop auf dem Schoß und überfliegt die Kommentare zu unserem Frage-Video und dem letzten

Vlog. Ich bin kurz davor, die Videokamera aus Jaspers Rucksack zu ziehen und unsere Fahrt zur Schule zu filmen, um alle ein bisschen aufzuheitern.

Plötzlich ertönt ein Glucksen vom Beifahrersitz, und Lenny schnipst gegen meinen Stiefel, um meine Aufmerksamkeit zu erregen. »Das wird dir gar nicht gefallen«, sagt er langsam, während er sich in seinem Sitz umdreht und mich ansieht. »Unsere Zuschauer finden, dass der Kuss von Jasper und dir nicht lang genug war.«

»Glaub mir«, sagt Jasper, »das war er.«

Ich werde knallrot und versetzte seinem Sitz einen unnötig festen Tritt. Weder Jas noch ich haben Lenny erzählt, dass wir uns Donnerstagabend noch mal geküsst haben, nachdem er gegangen war. Und eigentlich geht es ihn auch nichts an. Das war eine Sache zwischen Jasper und mir. Wir wollten ganz sichergehen, dass wir keine Gefühle füreinander haben, bevor wir als Freunde weitermachen. Lenny hat damit nichts zu tun, und deshalb gibt es auch keinen Grund, ihn einzuweihen.

Er sieht uns verwirrt an. Seine Lippen zucken, als sei er kurz davor, eine Frage zu stellen, doch dann überlegt er es sich anders und ignoriert meinen kurzen Schlagabtausch mit Jasper. »Oha«, sagt er und scrollt weiter. »An eurer Stelle würde ich mich auf weitere Küsse vor der Kamera einstellen.«

Ich mache schon den Mund auf, um zu sagen, dass wir jegliche Art von Leinwandküssen auf ein Minimum begrenzen werden, als Jasper mir mit den Worten zuvorkommt:

»Kein Problem. Ist doch nur Küssen, oder, June?« Er schaut mich im Rückspiegel an.

Meine Miene verfinstert sich. »Ich glaube, das ist keine so gute Idee, Jas …«

»Aber ich dachte, wir hätten das neulich geklärt. Darum ging es doch bei unserem Experiment.« Aus irgendeinem Grund wirft Jasper mir einen vorwurfsvollen Blick zu.

»Hey, was denn für ein Experiment?«, fragt Lenny jetzt doch.

Als Jasper lässig sagt: »Ein Kussexperiment natürlich«, reißt Lenny überrascht die Augen auf. »Ihr habt euch noch mal geküsst?«

»Nicht aus romantischen Gründen«, werfe ich ein, denn Jasper hat ein besonderes Talent dafür, Tatsachen zu verdrehen. »Wir wollten nur etwas ausprobieren.«

»Und das wäre?« Aus Lennys Neugier ist mittlerweile Besorgnis geworden, als hielte er es für keine gute Idee, wenn Jasper und ich tatsächlich zusammenkämen.

»Wir wollten uns über unsere Gefühle klar werden, verdammt noch mal«, erklärt Jasper genervt. »Ist doch logisch!«

»Leute, ich dachte, wir wären Freunde. Und Freunde verschweigen keine Küsse.« Lenny schmollt und knallt seinen Laptop mit einer gewissen Endgültigkeit zu. »Es wäre nicht schlecht, wenn ich über euren Beziehungsstatus Bescheid wüsste.«

»Zwischen uns läuft überhaupt nichts«, sage ich entschieden. »Wir wollten bloß testen, ob es zwischen uns kribbelt.«

»Aber ihr habt doch schon vor der Kamera behauptet, dass das nicht der Fall sei«, sagt Lenny skeptisch. Dabei wandern seine Augenbrauen die Stirn weiter hinauf, als ich es je für möglich gehalten hätte.

»Das war ja auch kein echter Kuss«, seufzt Jasper und rollt mit den Augen, als wäre das sonnenklar.

Nachdem wir auf dem Schulparkplatz geparkt haben, sagt Lenny: »Ich möchte nur auf dem Laufenden gehalten werden. Ihr beiden verbringt mehr Zeit zu zweit als wir zu dritt.«

Jasper legte Lenny die Hand auf die Schulter. »Dafür sind doch die Vlogs da, Alter. Aber ich verspreche, dass ich dir alles erzählen werde.«

Ich stöhne über Lennys »cool« und versetze Japers Sitz noch einen Tritt. Er begegnet meinem bösen Blick mit einem frechen Grinsen und zieht seinen Rucksack hinter dem Sitz hervor.

Allison lehnt mit verschränkten Armen gegen den Spind neben meinem und starrt mich aus zusammengekniffenen Augen an. »Du hast *was* gemacht?«

Ich höre auf, Bücher in meine Tasche zu stopfen, und stemme eine Hand in die Hüfte. »Du hast gesagt, du würdest nicht ausflippen«, erinnere ich sie.

Sie verlagert ihr Gewicht aufs andere Bein. »Ich flippe ja gar nicht aus«, sagt sie versöhnlich, aber ihre steife Haltung verrät sie. »Du bist diejenige, die ausflippen sollte. Du hast Jasper *geküsst.*«

»Das war nichts Ernstes«, sage ich und werfe die Tür des Spinds zu. »Es war nur ... ein Experiment.«

»June, du warst mal bis über beide Ohren in ihn verknallt!«

»Na und? Das ist Schnee von gestern.«

Sie schüttelt den Kopf. »Das würdest du dir gern einreden. Aber was passiert, wenn diese Gefühle zurückkommen? Ich meine, du hast ihn *geküsst!* Wenn du dich wieder in ihn verliebst und er dann mit jemand anderem zusammenkommt, was machst du dann? Dich wieder in eine Beziehung mit Milo stürzen? Besser nicht.«

Jeder macht mal einen Fehler. Bei mir war es Milo O'Hara. Er war nicht nur ein Teil meiner rebellischen Phase. Er war auch mein Rettungsanker, nachdem Jasper mir das Herz gebrochen hatte. Ich war damals bis über beide Ohren in Jasper verknallt und dachte, er würde mich auch mögen. Aber dann hielt er wie aus heiterem Himmel Händchen mit irgendeinem Mädchen namens Bree. Daraufhin warf ich mich dem erstbesten Typen an den Hals, der mir versicherte, Jasper sei ein Idiot.

Aber Milo war nicht gerade ein Glücksgriff. Ich erzählte meinem Vater nichts von ihm, bis er nach dreieinhalb Monaten Beziehung einen Knutschfleck an meinem Hals entdeckte. Milo ist der Typ Junge, der einen in Schwierigkeiten bringt. In die Art von Schwierigkeiten, bei denen man seine Mutter morgens um halb drei anrufen muss, damit man von einer Party abgeholt wird, bei der die Leute im Keller Gras rauchen und in den Schlafzimmern rummachen, während dein Freund sich sonst wohin abgesetzt hat. Ich war sauer auf Jasper und bin irgendwie in die Sache reingerutscht. Alle sagten mir, ich solle mit Milo Schluss machen, aber ich wusste nicht, wie. Er schaffte es immer wieder, mich umzustimmen, und in meiner Naivität blieb ich bei ihm. Ich veränderte mich, um ihm zu gefallen, und genoss seine Aufmerksamkeit. Doch im Lauf unserer Beziehung merkte ich, was wirklich lief. Als er mich immer stärker unter Druck setzte, alles aufzugeben, was mir wichtig war, trennte ich mich endlich von Milo.

Es war Allisons Schulter, an der ich mich ausweinte. Sie hatte das alles lange vor mir durchschaut. In diesen Dingen hat sie ein untrügliches Gespür. Jedenfalls würde sie nicht zulassen, dass so etwas noch einmal passiert. Und ich habe meine Lektion gelernt. Zwischen Jasper und mir wird definitiv nichts mehr laufen, also gibt es auch keinen Grund, sich deswegen Sorgen zu machen.

»Allison, ich bin nicht mehr so naiv wie früher. Vertrau mir einfach, ja?«

Sie runzelt die Stirn. »Ich möchte nur nicht, dass du wieder verletzt wirst.«

»Ach komm, das ist längst vergessen.« Ich zucke mit den Schultern und gehe dicht gefolgt von Allison den Flur hinunter. »Das passiert mir garantiert nicht wieder.«

Statt einer Antwort stößt sie einen tiefen Seufzer aus.

»Welcher Trend ist nerviger: Twerking oder dieser Song, wo sich der Typ mit dem Messer zwischen die Finger sticht?«, liest Jasper eine Frage aus den Kommentaren vor, schaut dann sehr ernst in die Kamera und antwortet: »Twerking natürlich.« Sein Blick scheint für einen Moment zwischen Lenny und mir hin und her zu schwenken, dann beugt er sich ganz dicht zur Kamera und flüstert: »Das sage ich natürlich nur, weil hier ein weibliches Wesen im Zimmer ist.«

»Das war trotzdem die falsche Antwort«, erwidere ich und knuffe ihn in die Seite. »Eigentlich hätte die Frage lauten müssen: Was ist nerviger – Dreizehnjährige, die mit dem Arsch wackeln, oder Dreizehnjährige, die sich die Finger abhacken?«

Lenny ist deutlich anzusehen, dass er nicht weiß, ob er das witzig oder völlig daneben finden soll, und Jasper verzieht missbilligend das Gesicht. »Beide Vorstellungen sind ziemlich übel.«

»Abgehackte Finger sind eindeutig schlimmer«, sage ich.

»Ich weiß nicht.« Lenny schüttelt den Kopf. »Mir wäre es lieber, die Zwillinge würden sich die Finger abschneiden, als mit ihrem Hintern vor einer Kamera rumwedeln.«

»Im Ernst?«

»Tja, so, wie du das jetzt sagst …«, wirft Jasper nachdenklich ein, und die beiden Jungen tauschen angewiderte Blicke. Kaum zu glauben, dass Lenny ausnahmsweise mal das Großer-Bruder-Beschützergehabe an den Tag legt.

»Nächste Frage«, sage ich.

»Na gut.« Jasper zuckt mit den Achseln. »Die nächste ist sowieso für dich.«

Ich drehe den Computer zu mir. Angesichts der bescheuerten Fragen, die uns unsere Zuschauer heute stellen, frage ich mich ernsthaft, wie es um ihre geistige Gesundheit steht. Ich bin sicher, dass sie sich die Fragen nur aus Spaß ausdenken, aber über manche muss ich mich doch ernsthaft wundern. Nichtsdestotrotz setze ich mich aufrecht hin und lese die nächste Frage laut vor: »Wie sagst du einem Jungen, dass du nur an einer Freundschaft interessiert bist?« Ich runzele nachdenklich die Stirn und starre wortlos auf den Bildschirm, bevor ich wieder in die Kamera blicke. Obwohl die Frage nicht ungewöhnlich ist, bringt sie beide Jungs zum Kichern. Es fällt mir schwer, meine Gedanken zu sortieren, bevor ich antworte. So etwas hatte ich bis jetzt noch nie und ich möchte dieser Person einen vernünftigen Rat geben.

»Ähm …« Ich lächele leicht, streiche mir die Haare hinter die Ohren und entscheide mich, das zu sagen, was ich selbst in dieser Situation tun würde. »Ich glaube, du musst einfach nur offen damit umgehen. Jemandem falsche Hoffnungen zu machen, führt am Ende nur zu verletzten Gefühlen. Am besten beendest du das Ganze, bevor es überhaupt angefangen hat.«

»Ganz schön kalt«, gibt Jasper seinen Senf dazu. »Willst du dem armen Typen nicht wenigstens eine Chance geben?«

»Gefühle kann man nicht erzwingen«, antworte ich achselzuckend.

»Puh«, macht Jasper und wirft mir einen Luftkuss zu. »Du bist wirklich eine Herzensbrecherin.«

»Ich weiß«, sage ich lachend. Lenny schnaubt und blickt wieder mal zwischen uns hin und her.

»Nächste Frage«, kommandiert Jasper und dreht den komplett mit Aufklebern übersäten Laptop in Lennys Richtung.

Lenny räuspert sich und klappt den Bildschirm etwas weiter nach hinten. »Wie lang ist dein Pe– hey! Äh … Das wüsstet ihr wohl gern, was?« Seine Wangen färben sich zartrosa und er dreht das Notebook von sich weg. Lennys verkrampfter Versuch, locker rüberzukommen, bringt Jasper zum Grinsen, und ich muss mir fest auf die Lippe beißen, um nicht loszulachen.

»Stimmt«, sagt Jasper lachend und blickt zu Lenny, der ihn auf den Arm boxt. Dabei rutscht Jasper fast das Notebook vom Schoß, das ich mir sicherheitshalber schnappe, bevor die Situation aus dem Ruder läuft.

Ich stelle den Computer auf meinen Oberschenkeln ab und scrolle zum nächsten Kommentar. Beim Lesen wird mir ganz flau im Magen. Ich weiß, dass Jasper kein Problem damit haben wird, und ich sollte es auch nicht, also schiebe ich meine Nervosität beiseite und lese den Text so gelassen wie möglich vor: »Zehn Sekunden Jasiper-Kuss.«

Im Handumdrehen verschwindet die Schamesröte von Lennys Wangen und auf seinem Gesicht breitet sich ein triumphierendes Lächeln aus. Ich weiß auch, warum. Sobald wir uns küssen, denkt keiner mehr an seine peinliche Frage.

»Oh, sogar mit Zeitangabe«, sagt er mit schadenfrohem Grinsen und klopft Jasper aufmunternd auf die Schulter.

»Kein Problem«, erwidert Jasper ungerührt, nimmt mir

den Laptop weg und stellt ihn auf Lennys Schoß. »Wenn du willst, kannst du von zehn rückwärts zählen«, sagt er.

»Geht klar.«

Als Jasper sich mir zuwendet, halte ich die Luft an.

Das ist keine große Sache. Es ist nur ein Kuss. Wir haben uns vorher schon zweimal geküsst. Du musst dir überhaupt keine Sorgen machen. Diese Sätze gehen mir durch den Kopf, als Jasper mir die Hand in den Nacken legt und mich zu sich heranzieht. Als ich seine Lippen auf meinen spüre, erinnere ich mich daran, dass es zwischen uns keine Gefühle gibt, wegen denen ich mir Sorgen machen müsste – vielleicht sollte ich mich einfach fallen lassen und es genießen. Als Lenny bis sieben heruntergezählt hat, bewegt Jas den Kopf und stößt gegen meine Nase, was bei mir einen heftigen Lachreiz auslöst. Die Situation ist ziemlich merkwürdig, aber die Anspannung endlich nicht mehr so hoch. Wir sitzen die vollen zehn Sekunden mit aneinandergepressten Lippen da, und ich denke bedauerlicherweise nur daran, dass unser Zuschauer bei seiner Kussanfrage auch ein bisschen mehr Kreativität hätte zeigen können.

Als der Kuss schließlich vorbei ist, löst sich Jasper wegen des dramatischen Effekts ganz langsam von mir und sinkt dann nach hinten aufs Bett, als würde er ohnmächtig werden. Ich ziehe eine Augenbraue hoch.

»Warum macht ihr beiden in unserem Vlog nicht eine eigene Videoreihe auf, in der ihr rumknutscht?« Lenny tätschelt dem bewegungslos ausgestreckten Jasper die Wange. »Kiss *Cam* wäre doch ein cooler Name.«

FÜNF

Erst am Freitagnachmittag wird aus der Idee der »Kiss Camera« ein ernsthaftes Projekt. Als Lenny nach unserer letzten Videosession mit dem Vorschlag kam, hatte ich ihn sofort abgeblockt, weil ich weiß, wie schnell Dinge zum Selbstläufer werden, wenn man erst mal anfängt, darüber zu diskutieren. Danach war das Thema erledigt – dachte ich jedenfalls.

Doch als wir am Freitag an unserem Lieblingstisch in der Schulcafeteria sitzen, kommt Lenny wieder darauf zurück. Er zählt lauter Argumente auf, warum wir es unbedingt probieren sollten, und bringt die vielen Kommentare zu unserem letzten Vlog ins Spiel. Jasper beugt sich über den Tisch, um sie selbst auf dem Bildschirm zu lesen, und versucht dann sofort, mich zu überzeugen.

»Das machst du auf keinen Fall, Juniper!«, schaltet sich Allison ein, als ich kurz davor bin, klein beizugeben.

Ehrlich gesagt weiß ich, dass es eine schlechte Idee ist – witzig und überraschend, ja, aber trotzdem schlecht. Ich weiß auch, worüber Allison sich Sorgen macht, aber es ist völlig unmöglich, dass sich zwischen Jasper und mir etwas entwickelt. Wir sind nicht ohne Grund *nur Freunde.* Als Jasper damals anfing, sich mit Bree zu treffen, beschloss ich, ihn nicht noch einmal so nah an mich heranzulassen. Zwischen uns läuft seitdem alles nur noch auf freundschaftlicher Ebene – und Gefühle sind streng verboten. Und sich zu küssen, ohne dass irgendwelche Gefühle im Spiel sind? Was soll daran so schlimm sein?

Bis jetzt war es für mich unvorstellbar, einfach so rumzuknutschen, aber nachdem ich die Kommentare durchgegangen bin, muss ich zugeben, dass es die Reaktionen unserer Zuschauer wert sind. Es hat schon was, dass sie so mit uns mitfiebern. Es kommt mir vor, als würde man überredet, in eine Achterbahn zu steigen, in die man sonst nie einen Fuß setzen würde, um dann begeistert zu kreischen, während man kopfüber nach unten saust.

Außerdem macht es Spaß zu lesen, welche Aufregung es bei den Leuten auslöst, wenn sich in einer neuen Folge ihres Lieblingsvlogs die Lippen ihres Traumpaars berühren. Ich bin nämlich ein Publikumsliebling, um es mal vorsichtig auszudrücken, und außerdem machen Jasper und ich ja auch nichts *Unanständiges.* Unsere Zuschauer wissen genau, dass zwischen uns in Wirklichkeit nichts läuft – sie *wünschen* es sich nur. Wir tun so, als ob, und das macht es so spannend.

Aber Allison, die mal wieder ihren Senf dazugeben muss, bringt mich unsanft auf den Boden der Tatsachen zurück. Sie hat eben schon einmal erlebt, dass es mit Jasper und mir furchtbar schiefgegangen ist. Vielleicht hat sie gar nicht mal so unrecht, vielleicht lässt mich die ganze Sache doch nicht so kalt, wie ich mir einzureden versuche. Seufzend rücke ich ein Stück vom Bildschirm ab. »Allison hat recht. Das *ist* lächerlich.«

»Wir wissen doch *alle*, dass nichts Gutes dabei rauskommt, wenn Freunde sich küssen«, schiebt Allison hinterher.

»Wir sind ja auch keine *normalen* Freunde«, erinnert Jasper sie. »Wir leben im Internet, und da passiert so was ständig.«

Allison schaut mich an und zeigt anklagend auf Jasper. »Merkst du es nicht? Er spielt das Ganze runter, damit du bei dieser hirnverbrannten Sache mitmachst – das kann doch nur schiefgehen.«

Bislang hat Jasper ungerührt mit den Fingern auf dem Tisch herumgetrommelt, aber jetzt fährt er sie unvermittelt an: »Warum stellst du mich eigentlich immer als miesen Typen hin, Allison? Ich hab doch gar nichts getan.«

»Aber das *wirst* du noch«, faucht sie zurück.

Stille senkt sich über den Tisch.

Selbst das Klackern der Tastatur von Lennys schnellem Tippen bricht abrupt ab, als Allison und Jasper sich über den Tisch hinweg anstarren.

Ich verstehe überhaupt nicht, was los ist. Ja, Allison und Jasper kommen nicht besonders gut miteinander aus. Da ist immer diese Anspannung, die wie eine Wand zwischen ihnen steht. Aber ich dachte, es läge daran, dass die Videokamera sie nervt. Jetzt wird mir allerdings klar, dass sie wütend ist, weil er damals so leichtfertig mit meinen Gefühlen umgegangen ist, und obwohl ich Allison für ihre Loyalität dankbar bin, ist es an der Zeit, ihr klarzumachen, dass das für Jasper und mich längst passé ist – zumal er nicht mal weiß, dass er der Grund für meinen Liebeskummer war.

»Hey, Leute«, sage ich zögernd, um die Stille zu durchbrechen. »Ihr könnt die Krallen wieder einfahren. Ganz ehrlich, ich denke, die *Kiss-Cam*-Sache ist nicht ganz ohne, aber ich habe kein Problem, da mitzumachen, solang wir sofort aufhören, wenn es mir zu viel wird. Ich kann mir nämlich gut vorstellen, dass das schnell zu weit gehen kann.«

Jasper löst seinen Blick von Allisons erschrockener Miene und schluckt. »Du willst das mit *Kiss Cam* wirklich durchziehen?«, fragt er mich.

Ich betrachte Lennys Laptop und denke an all die Likes und begeisterten Kommentare. »Ich glaube schon.«

Während ich meinen Blick zwischen Lenny und Jasper hin und her wandern lasse, spüre ich die Anspannung, die von Allison ausgeht, und beschließe, die Stimmung ein bisschen aufzulockern. »Aber nur, wenn *ihr beiden* auch etwas dazu beitragt – tut bloß nicht so, als wüsstet ihr nicht, dass die Jasper-und-Lenny-Fans vor Aufregung ganz vorn auf der Stuhlkante hocken und auch auf ein bisschen Action warten.«

Lennys Augen weiten sich vor Schreck, und er weicht so weit wie möglich vor Jasper zurück, der ihn breit angrinst und anzüglich mit den Augenbrauen wackelt.

»*Nein*«, krächzt Lenny.

»Ach, komm schon, Leonard. Gib mir ein Küsschen.« Als Jasper sich mit verführerischem Lächeln und klimpernden Wimpern vorbeugt, fällt Lenny vor Schreck vom Stuhl und schaut ihn böse an. Neben mir schnaubt Allison und schüttelt den Kopf.

»Du weißt genau, dass ich nicht so heiße. Hör auf mit dem Scheiß.« Lenny verzieht sich aus Jaspers Reichweite, und Jasper, dessen Gesicht vor Lachen schon krebsrot ist, lehnt sich zufrieden im Stuhl zurück. Auch Lenny läuft rot an und knallt seinen Laptop zu.

»*Fangirls*«, flucht er.

»Ach ja, immer diese Fangirls«, wiederhole ich kichernd.

Jasper dreht sich grinsend zu mir um und fährt sich mit der Hand durch seine verstrubbelten Haare. »Aber jetzt mal im Ernst. Willst du das mit Kiss *Cam* wirklich ausprobieren, June?«

»Bring das von eben vor der Kamera und ich bin dabei.«

Jasper blickt über die Schulter zu einem sichtlich geschockten Lenny, der einen großzügigen Sicherheitsabstand zu unserem Tisch hält. »Abgemacht.«

Ich nicke und sage: »Dann bin ich dabei.«

Allison stößt einen tiefen Seufzer aus, spart sich aber jeden weiteren Kommentar. Als Lenny sich wieder zu uns herüber wagt, teile ich ihm meine Entscheidung mit, und wir verbringen den Rest der Mittagspause damit, über die Vorlieben unserer Fans zu diskutieren und darüber, ob wir nach der Schule ein Video drehen sollen, um den Start von

Kiss Cam anzukündigen. Allison sitzt stumm neben mir und stochert mit missbilligender Miene in ihrem Essen herum.

Mein ungutes Gefühl wegen der schlechten Stimmung zwischen Jasper und Allison hält auch nach der Mittagspause an. Deshalb ergreife ich im Geschichtsunterricht die Gelegenheit, Allison während einer Partnerarbeit über den Vietnamkrieg darüber auszuquetschen, was da vorhin eigentlich genau los war – abgesehen von dem offensichtlichen Auslöser. Ohne mir anmerken zu lassen, wie wichtig mir die Frage ist, hake ich nach.

Allisons beißt die Zähne zusammen, als wäre das ein heikles Thema. »Jasper Lahey ist ein Feigling – aber das hast du nicht von mir«, antwortet sie und streicht das Arbeitsblatt auf ihrem Tisch so energisch glatt, als würde sie mich am liebsten ignorieren und mit der Aufgabe weitermachen.

»Ich kenne niemanden, auf den das weniger zutrifft als auf Jas«, erwidere ich ruhig, und das ist die Wahrheit. Egal was andere Leute von unserem Videoblog halten, er läuft trotzdem mit seiner Kamera herum und filmt. Man kann ihn nicht so leicht in Verlegenheit bringen, wenn überhaupt. Und er steht zu seinen Fehlern. Allison nennt ihn nur deswegen einen Feigling, weil sie ihn nicht leiden kann.

»Da wäre ich mir nicht so sicher«, erwidert sie scharf.

Ich beobachte sie genau, während wir weiterarbeiten. Was ich für Ärger gehalten habe, scheint eher Frust zu sein, und ich nehme mir vor, herauszufinden, was die Ursache dafür ist.

Jasper liegt auf dem Bett und liest, als ich am späten Abend, nachdem wir das Video mit der Ankündigung für *Kiss Cam* gedreht haben, wieder bei ihm eintrudele. Ich war zwischendurch noch mal zu Hause, um meine Eltern zu sehen, bevor sie zur Arbeit beziehungsweise ins Bett mussten, aber nach einer knappen Stunde saß ich wieder allein da.

Es ist nur ein Katzensprung über die Straße, und meine Hände sind gar nicht so kalt, aber kaum habe ich mich neben ihn gesetzt, lässt Jasper sein Buch auf die Brust fallen und streckt mir die Hände entgegen. Nachdem ich meinen Laptop abgestellt habe, reiche ich ihm meine Hände zum Aufwärmen. Er nimmt sie in seine und umschließt meine Finger.

»Bist du dir auch *ganz* sicher mit *Kiss Cam?*«, fragt er nach einer Weile. Er lehnt halb sitzend, halb liegend am Kopfende des Bettes, und sein verwuscheltes dunkles Haar fällt ihm in die Augen.

»Ja«, antworte ich, aber er setzt sich ruckartig auf und lässt meine Hände los. Das Buch fällt ihm von der Brust in den Schoß, sodass nun der Superman-Aufdruck auf seinem T-Shirt zu sehen ist.

»Ich wollte dich da nicht in irgendwas reindrängen, auch beim ersten Mal nicht«, sagt er und sieht mich forschend an. »Es ist nur so, dass das für mich nie eine große Sache war – küssen, meine ich. Es sei denn, es sind Gefühle im Spiel. Aber ich glaube, wir müssen uns keine Sorgen machen, solange nicht einer anfängt, für den anderen etwas zu empfinden. Und dann können wir uns immer noch überlegen, wie wir damit umgehen.«

»Jasper«, unterbreche ich ihn und lege ihm eine Hand auf die Schulter. »Es ist alles okay. Das sehe ich genauso. Es ist nichts Weltbewegendes. Ich meine, schließlich bist *du* es, den ich küsse. Und dir vertraue ich mehr als irgendwem sonst.«

Das bringt ihn zum Lachen, und er versetzt mir einen Stups. »Gut.«

»Wo wir von Vertrauen sprechen …«, sage ich.

Jasper, der gerade nach seinem Buch greifen will, hält mitten in der Bewegung inne und blickt auf. In Gedanken bin ich wieder bei der Szene im Geschichtsunterricht heute Nachmittag. Es kam mir vor, als wüsste Allison etwas über ihn, das ich nicht weiß. Er würde mich doch nichts verschweigen? Jetzt, da ich beschlossen habe, diese *Kiss-Cam*-Sache mit ihm durchzuziehen. Außerdem habe ich ihm gesagt, dass ich ihm vertraue.

»Wir beide sind beste Freunde«, stelle ich klar, und Jasper nickt. »Du erzählst mir doch alles, oder?«

Er runzelt die Stirn, nickt aber.

»*Alles?*«

»Was soll das hier werden?«, fragt er misstrauisch.

Ich spiele nervös mit meinen Händen und frage mich, ob es fair ist, ihn ohne einen echten Beweis so ins Kreuzverhör zu nehmen. »Es ist nur …«, setze ich an und zucke dann seufzend mit den Achseln. »Du und Allison heute.«

An diesem Punkt unterbricht er mich, indem er mir einen Finger auf die Lippen legt. »Sie unterstellt mir alles Mögliche.«

Ich löse seine Finger von meinen Wangen und nehme seine Hand. »Was denn genau?«

»Alles Mögliche eben«, wiederholt er leicht genervt, schlägt sein Buch auf und lehnt sich ohne weitere Erklärung wieder gegen das Kopfende des Bettes.

Weil ich weiß, dass es zwecklos ist, Jasper zu bedrängen, seufze ich nur tief und starte meinen Laptop, um die Kommentare auf VlogIt zu beantworten.Während der Rechner hochfährt, schaue ich rüber zu Jasper. Ich sehe gerade noch, wie er den Blick hastig wieder auf die Buchseite richtet, als hätte er mich heimlich beobachtet.

Es ist normal für mich, aufzublicken und festzustellen, dass Jasper mich beobachtet, aber es ist nicht normal, dass er dann hastig wegguckt und so tut, als wäre nichts gewesen. Vielleicht ist es ihm unangenehm, dass ich seinen Streit mit Allison erwähnt habe. Es hätte mich nicht gewundert, wenn er mich böse angestarrt hätte.

SECHS

Erst als ich meinen Arm quer über die Matratze strecke und dabei Jasper berühre, wird mir klar, dass ich wieder mal bei ihm eingeschlafen bin. Jasper stöhnt schläfrig und rollt sich von mir weg. Dabei zieht er die Bettdecke mit und lässt mich frierend und in halb wachem Zustand zurück. Nach ein oder zwei Augenblicken, die ich brauche, um langsam ganz wach zu werden, mache ich zögernd die Augen auf. Als ich den Kopf drehe, sehe ich Jasper eingemummelt in seine riesige orangefarbene Steppdecke, aus der nur ein zerzauster dunkler Haarschopf herausschaut. Ich kichere leise und setze mich auf.

Es ist später Vormittag, etwa elf Uhr, doch das Zimmer ist noch in Dunkelheit gehüllt. Nur ein schmaler Sonnenstrahl stiehlt sich durch die schweren Vorhänge. Mein Laptop neben mir ist immer noch offen, aber mit schwarzem Bildschirm im Stand-by-Modus. Ich merke, dass sich meine Jogginghose beim Schlafen an den Beinen hochgerollt hat, und schiebe sie schnell wieder nach unten, während ich mir meinen Computer auf den Schoß ziehe.

Lenny hat die *Kiss-Cam*-Ankündigung diese Nacht noch auf VlogIt hochgeladen und ich bin gespannt auf die Reaktionen. Der Computer summt, als meine Finger über das Touchpad huschen, und spielt eine kleine Melodie, als der Desktop auf dem Schirm erscheint. Ich habe ein Foto von Lenny, Jasper und mir als Bildschirmhintergrund, das bei einem Treffen mit einigen unserer Fans aufgenommen wurde. Neben mir stößt Jasper im Schlaf einen tiefen Seufzer aus und zieht sich die Decke über den Kopf. Ich melde mich bei VlogIt an, um unser Video zu checken. Laut Anzeige hat Lenny es gegen zwei Uhr morgens eingestellt. Seitdem ist es schon ein paar Tausend Mal angeklickt worden und hat mehrere Hundert Kommentare bekommen.

sammyforever12: Wird es Extra-Videos geben oder tauchen sie bei euren täglichen Videos auf?

Nachdem ich den Kommentar gelesen habe, schürze ich nachdenklich die Lippen. Lenny, Jasper und ich hatten kurz darüber diskutiert und entschieden, dass *Kiss Cam* in unregelmäßigen Abständen zwischen unseren täglichen Videos auftauchen soll. Ich scrolle weiter.

_noonecares: Vergesst Jasiper, Leute. Jetzt ist Leniper dran! Likes für einen Kuss von Lenny und June!

Meine Reaktion darauf ist heftiges Kopfschütteln. Einen der beiden zu küssen, reicht völlig – außerdem würde Lenny das *niemals* zulassen. Seine Schwärmerei für Eva Longoria bewahrt ihn davor, sich mit jemand anders einzulassen. Immer wenn das Thema Leniper zur Sprache kommt, sagt Lenny mit Nachdruck: »June, ich liebe dich. Aber *das* geht gar nicht.« Ich scrolle weiter.

green_fizzle_pop_girl: Will bloß schnell einen Vorschlag für einen Kuss loswerden. Ich finde, ihr beiden solltet erst miteinander kämpfen und den Fight dann mit einem superheißen Kuss beenden. Habt ihr in letzter Zeit mal die Fanfics gelesen? Denen würde ein bisschen Inspiration ganz guttun …

Meine Augen werden groß und ich muss ein hysterisches Kichern unterdrücken. Soll das etwa heißen, dass es von uns schon Fanfiction gibt? Geschichten, die sich die Fans über uns ausdenken und ins Netz stellen? Hat *Kiss Cam* jetzt schon so eingeschlagen? Mir wird ganz heiß, und mein Gesicht läuft knallrot an, während ich mir auf die Unterlippe beiße, um mir ein breites, idiotisches Grinsen zu verkneifen.

So etwas wie *Kiss Cam* zu produzieren und dann festzustellen, dass jemand dafür eine Fanfiction-Story als Rahmenhandlung erfindet, ist gleichzeitig peinlich und irre aufregend. Eigentlich müsste ich mich fast ein bisschen dafür schämen, dass ich am liebsten auf der Stelle alle Storys lesen würde, die sich unsere Zuschauer über Jasper und mich ausgedacht haben. Bevor meine Neugier überhandnehmen kann, beschließe ich, auf den Post zu antworten.

Wir-Vloggen-Hier: Ein echt kreativer Vorschlag – aber nur, damit bessere Fanfiction geschrieben wird? Ist es schlimm, dass ich gern alles lesen würde, was den Leuten so einfällt? Auf jeden Fall wird *Kiss Cam* ziemlich cool werden – June

Ich drücke auf Enter und gleich darauf taucht mein Kommentar hinter dem des Mädchens auf. Wenige Sekunden später antwortete sie aufgeregt:

green_fizzle_pop_girl: OMG, du hast tatsächlich geantwortet!! Ich bin seit zwei Jahren euer Follower und jetzt zahlt es sich endlich aus! Und JA. Ihr seid die Coolsten. Über euch drei gibt's noch nicht so viel Fanfiction, und das, was es gibt, könnte gut einen kleinen Kick vertragen. Ich wünsch mir SO sehr, dass ihr beiden zusammenkommt, auch wenn es nur in den Fanfics ist – in den GUTEN Fanfics. LIEBE EUCH, LEUTE.

Ich kichere über ihren Kommentar und kann nicht glauben, was da steht. Bis jetzt habe ich nur mitbekommen, dass unsere Shipper sich aus den Videos Bilder rauskopieren, auf denen Jasper und ich uns ansehen oder berühren.

Wäre es schlimm, wenn wir die Liebesgeschichten über uns noch anheizen? Eigentlich ist das doch harmlos. Ich habe schon Fanfiction über andere Paare gelesen, aber ich bin ja auch ein Internetjunkie. Mir ist klar, dass ziemlich zwielichtige Storys dabei rauskommen können, wenn die

Leute über uns schreiben, aber die müssen wir ja nicht lesen. Wenn sie sich irgendwas zusammenfantasieren – sollen sie doch. Wir wollen, dass unsere Zuschauer zufrieden sind, und außerdem ist es sowieso sinnlos, etwas Unvermeidliches verhindern zu wollen.

Obwohl green_fizzle_pop_girl mich zum Lachen und Nachdenken gebracht hat, kann ich mich nicht aufraffen, ihr noch einmal zu antworten, und scrolle weiter.

Ich muss entweder zu viel gelacht oder zu laut getippt haben, denn kurz nach dem Fanfiction-Kommentar strampelt Jasper seine Decke weg, setzt sich im Bett auf und schaut mich genervt an. Es ist gar nicht so leicht, ein schlechtes Gewissen zu haben, wenn die Haare deines Gegenübers auf der einen Seite hochstehen und auf der anderen Seite platt an den Kopf geklatscht sind. Zusammen mit seinem verrutschten T-Shirt und dem verschlafenen Blick macht Jasper einen ziemlich jämmerlichen Eindruck.

»Warum bist du morgens bloß so laut?«, mault er, schmeißt sich neben mir auf den Bauch und vergräbt sein Gesicht tief im Kissen. Seine Stimme klingt gedämpft, als er hinzufügt: »Will doch bloß schlafen.«

»Es ist schon fast Nachmittag«, informiere ich ihn wenig mitfühlend und tätschele ihm den Kopf. »Du warst drauf und dran, den ganzen Tag zu verpennen.«

Er dreht den Kopf und sieht durch seine dichten Wimpern zu mir auf. »Genau das war ja der Plan, June.«

»Schlechte Idee«, sage ich ungerührt und wende mich wieder meinem Laptop zu.

»Was machst du da eigentlich?«, fragt er, während meine Finger über die Tastatur flitzen.

»Ich bin auf VlogIt.«

Er setzt sich auf und krabbelt hinter mich, damit er einen Blick auf den Bildschirm werfen kann. Ich spüre, wie mir sein Atem eine Locke übers Ohr pustet, und will gerade ein Stück von ihm wegrücken, als er mir das Kinn auf die Schulter legt. Nachdem er ein paar Kommentare gelesen hat, brummt er zufrieden und rollt sich dann aus dem Bett. »Sieht so aus, als hätte Jasiper jede Menge Fans, was?« Seine Stimme klingt belustigt, als wäre er beinahe stolz darauf.

Ich sehe ihm zu, wie er mit großen Schritten durchs Zimmer geht, Kommodenschubladen aufreißt und Klamotten aus seinem Schrank zerrt. »Ich geh mal kurz unter die Dusche. Bin gleich wieder da.«

Damit verschwindet er, und ich bleibe auf der Matratze sitzen und starre ihm hinterher. Es gibt Momente in einer Freundschaft, da merkt man plötzlich, dass der andere gar nicht mehr darüber nachdenkt, ob es okay für dich ist, eine Weile allein zu sein und dich selbst zu beschäftigen. Früher ist Jasper immer genau gleichzeitig mit mir aufgewacht, aber das kommt kaum noch vor. Außerdem macht er mir auch kein Frühstück mehr wie in den guten alten Zeiten. Lenny witzelt darüber, dass wir uns langsam in ein »altes Ehepaar« verwandeln. Damit liegt er wahrscheinlich gar nicht so falsch.

Als ich höre, wie das Wasser in der Dusche angestellt wird, beschließe ich, uns etwas zum Frühstück zu machen, solange er im Bad ist. Weil es im ganzen Haus ziemlich dunkel ist, ziehe ich auf dem Weg in die Küche überall die Vorhänge auf. Die Küche ist unordentlich und ziemlich winzig. Geschirr stapelt sich in der Spüle und die Arbeitsflächen sind von Krümeln übersät. Bei diesem Anblick entscheide ich mich gegen Müsli und öffne auf der Suche nach Pop Tarts einen Schrank. Ich muss ein bisschen suchen, aber dann finde ich ganz hinten noch eine Packung. Jasper mag sie zwar nicht so gern, aber für mich ist es die ideale Lösung für ein schnelles Frühstück, wenn ich hier bin. Ich bringe häufiger welche von zu Hause mit, aber der Vorrat hält selten lange vor.

Die Plastikverpackung knistert laut, als ich sie auf dem Rückweg die Treppe hinauf öffne. Ich halte inne, als ich an Leeanns Zimmer vorbeikomme. Ihre Tür, die sonst immer sperrangelweit offen steht, ist heute geschlossen. Ich nehme an, dass sie nach einer langen Nacht spät nach Hause gekommen ist, und versuche, auf dem letzten Stückchen bis zu Jaspers Zimmer so leise wie möglich zu sein.

Dort angekommen, reiße ich die Packung ganz auf und stopfe mir die Hälfte eines Gebäcks in den Mund, während ich mich auf Jaspers Bett fallen lasse. Kurz darauf kehrt er tropfnass und ohne T-Shirt ins Zimmer zurück.

»Weißt du, was?«, nuschele ich, den Mund voller Pop Tart, und lasse meinen Blick zu seiner nackten Brust wandern. »Ich glaube, die Leute haben recht, was uns angeht.«

»Wie meinst du das?«, fragt er und wirft sich mit einer Hand das T-Shirt über die Schulter, während er mit der anderen das feuchte Haar mit einem Handtuch trocken rubbelt.

Ich ziehe vielsagend eine Augenbraue hoch und lasse meinen Blick mehrere Male zwischen seinem Gesicht und seiner nackten Brust hin und her wandern. Selbst seine Freundinnen sind nie lang genug mit ihm zusammen gewesen, um ihn halb nackt zu sehen. Mit freiem Oberkörper herumzulaufen, ist für die meisten Jungen völlig normal, aber nicht für Jasper. Weil er so dünn ist, fühlt er sich in der Öffentlichkeit »oben ohne« unwohl. Aber bei mir macht er sich überhaupt keine Gedanken. Als wir noch jünger waren, war das für mich ein besonderer Freundschaftsbeweis.

»Oh«, brummt er mit einem Lächeln. »Das soll ein Beweis sein? June, ich hab dich schon ungefähr hundertmal in Unterwäsche gesehen. Vielleicht solltest du deine These noch mal überdenken. Ich glaube nämlich, dass die meisten Gerüchte im Internet *mit dir* zu tun haben.« Er lacht und streckt mir die Zunge heraus.

»Du hast mich noch nie in Unterwäsche gesehen«, erwidere ich trocken. »Wir haben abgemacht, dass du nicht guckst.«

»Klar, und daran hab ich mich natürlich *immer* gehalten.« Er zwinkert mir zu.

Mir klappt der Unterkiefer herunter, und ich lasse das Pop Tart, das ich gerade esse, auf sein Bett fallen. »Du hast doch nicht …?«, hake ich nach.

Jasper verlagert das Gewicht auf ein Bein und wirft das Handtuch über einen Stuhl. »Du ziehst dich vor einem Typen um und glaubst im Ernst, dass er nicht hinschaut?« Er lacht und zieht sich ein Shirt über den Kopf. »Träum weiter.«

Ich starre ihn empört an, total geschockt, dass er eine unserer Regeln gebrochen hat. »Dann gehen die Gerüchte auf dein Konto!«

»Keine Angst, ich erzähle niemandem von deinen Oma-Höschen und Spitzen-BHs. Es ist übrigens ziemlich schräg, beides gleichzeitig zu tragen.«

»Pah!«, stoße ich mit finsterer Miene hervor.

»Ich glaube, wir sind quitt«, sagt er ungerührt und schnappt sich das Deo von der Kommode. »Du siehst mich oben ohne – was bei mir echt etwas heißen will –, und ich riskiere den einen oder anderen Blick, während du dich in meiner Anwesenheit umziehst –, was für dich eine große Sache ist. Du erzählst niemandem, wie unspektakulär mein Body ist, und ich prahle nicht damit rum, dass ich dich ständig in Unterwäsche zu sehen bekomme.«

»Ich würde dir am liebsten eine knallen«, sage ich mit einem warnenden Unterton in der Stimme, während mein Gesicht rot anläuft und sich mein Magen vor Verlegenheit zusammenkrampft.

»Es ist doch so«, fährt er unbeeindruckt fort. »Diese Gerüchte existieren doch nur, weil wir Freunde verschiedenen Geschlechts sind. Das hat nichts damit zu tun, wer wen praktisch nackt gesehen hat. Du kennst mich doch auch in Unterwäsche, was soll's?«

»Ich bin ein Mädchen«, stoße ich zwischen zusammengebissenen Zähnen hervor.

»Na und?«, sagt er ungerührt und sprüht sich mit Deo ein. »Wir küssen uns doch auch auf unserem Vlog. Aber das hat nichts mit unserer Freundschaft zu tun.«

Ich beiße die Zähne noch fester zusammen, schließe die Augen und hole tief Luft. »Wenn du so weitermachst, haue ich dir gleich wirklich eine runter, Jas.«

Er sagt nichts mehr, und die Stille dröhnt in meinen Ohren. Ich weiß überhaupt nicht, was da eben passiert ist. Vielleicht reagiere ich total über, und die ganze Sache ist gar nicht so dramatisch, aber für mich fühlt es sich so an. Wir sind beste Freunde. Ich habe mich schon darauf eingelassen, ihn in unserem Vlog zu küssen, was eine heftige Entscheidung und total untypisch für mich war. Und jetzt erzählt er mir einfach so, dass er heimlich hinguckt, während ich mich umziehe? Wir hatten diese Regel aus gutem Grund aufgestellt. Er hat mir sein Wort darauf gegeben. Welche Versprechen hat er noch gebrochen?

»June«, sagt er schließlich, und ich spüre, wie sich mein Körper anspannt, als ich hastig die Augen öffne. »Ich wollte dich nicht wütend machen.«

»Hast du aber«, zische ich und knalle meinen Laptop zu. »Ich weiß, dass du nach anderen Regeln spielst – glaub mir, das hab ich kapiert. Aber wenn wir uns gegenseitig etwas versprechen, wie zum Beispiel, dass du mir nicht beim Umziehen zusiehst, dann erwarte ich, dass ich dir vertrauen kann, immerhin bist du mein Freund.«

Sein Gesicht nimmt einen schuldbewussten Ausdruck an, und als er mich ansieht, wird sein Blick ganz weich.

»Manchmal vergesse ich, dass es zwischen uns immer noch Grenzen gibt.«

»Was soll das denn jetzt wieder heißen?«, frage ich genervt.

Er zuckt mit den Schultern und kratzt sich verlegen am Kinn. »Wir essen ständig zusammen, schlafen im selben Bett – ich meine, du wohnst praktisch hier. Wir werden uns die nächste Zeit ständig küssen. Soll ich weiterreden?«

»Manche Grenzen sind notwendig, wenn man als Junge und Mädchen befreundet ist, sonst …« Ich breche ab und senke den Blick. Das ist genau das, wovor ich Angst habe, was ich aber nie offen zugeben würde. Ich habe Angst, dass mehr aus unserer Freundschaft wird, und ich habe Angst, ihn zu verlieren, falls es schiefgehen sollte.

Er stößt die Luft aus und fährt sich mit der Hand durch die Haare. Ich starre auf meine Füße, während er zu mir herüberkommt und sich neben mich setzt. Er riecht nach Old Spice und Zahnpasta und etwas, das eindeutig Jasper ist. Es ist ein tröstlicher Geruch, und ich kann nicht anders, als mich an ihn zu lehnen und meinen Kopf auf seine Schulter zu legen.

»Ich hab's kapiert«, sagt er leise. »Entschuldige.«

»Ich bin immer noch sauer auf dich.«

Er legt seinen Kopf auf meinen und zieht mich näher an sich heran. »Ich wäre an deiner Stelle auch sauer. Da bin ich wohl zu weit gegangen.«

Ich nicke an seiner Schulter. »Ja, das bist du.«

»Ich werde es nicht wieder tun«, verspricht er. »Beim ersten Mal ist es nur zufällig passiert. Danach war es eine Art Challenge. Ich wollte sehen, ob du mich erwischst oder ob ich damit durchkomme.«

Ich boxe ihn so fest gegen den Arm, dass er zusammenzuckt. »Warum bin ich noch mal mit dir befreundet?«

Er gluckst. »Weil ich dir keine Wahl lasse.«

Womit er vermutlich recht hat.

SIEBEN

Es ist mal wieder ein eiskalter Morgen auf dem Rücksitz von Jaspers Auto. Die Heizung ist voll aufgedreht, spuckt aber nur kalte Luft aus. Ich habe die Finger unter meine Oberschenkel geklemmt, um sie warm zu halten, und die Jacke bis zur Nasenspitze hochgezogen. Jasper bahnt sich schweigend einen Weg durch den Verkehr, die behandschuhten Hände fest um das Lenkrad gelegt. Lenny nickt im Takt zu dem dumpfen Trommelrhythmus der Playlist, die er mitgebracht hat, um sie im Auto abzuspielen.

Wie jeden Morgen sind wir noch viel zu verschlafen, um zu reden. Allerdings schauen sich Lenny und Jasper an jeder zweiten Ampel kurz an und grinsen in sich hinein. Einmal kommt es mir so vor, als ob Lenny sich das Lachen verbeißen muss.

Ich atme tief aus und kauere mich noch enger zusammen. Den Kopf zur Seite gedreht, folge ich mit dem Blick den vielen Wagen, die weit über der erlaubten Höchstgeschwindigkeit an Jaspers Auto vorbeischießen. Wieder sehe ich aus dem Augenwinkel, dass Jasper und Lenny sich verstohlen angrinsen. Ich bin noch zu müde für irgendwelche Spielchen, aber ich werde langsam sauer und frage mich, ob sie sich über mich lustig machen. Ich beschließe, die beiden für den Rest der Fahrt zu ignorieren, was sich jedoch als schwierig herausstellt.

Sobald wir angekommen sind, öffne ich die Wagentür und gehe mit schnellen Schritten über den Parkplatz. Hinter mir höre ich Lenny und Jasper kichern und gedämpft über etwas reden, wovon ich offenbar nichts mitbekommen soll. Die beiden verhalten sich total albern und ich habe keine Zeit für solchen Kinderkram. Stattdessen beschleunige ich meine Schritte und gehe alleine zu meinem Klassenzimmer.

Seit gestern scheinen Jasper und Lenny irgendeinen Insiderwitz zu haben, den ich nicht verstehe. Ich werde immer gereizter, weil sie mich nicht einweihen und weil ich das Gefühl habe, dass sie über mich tuscheln. Ich vermute, dass es dabei um Jaspers und meine Abmachung geht, mir beim Umziehen nicht zuzuschauen. Ein Gedanke, der mich jedes Mal erröten lässt, wenn er mir durch den Kopf schießt.

Eigentlich sieht es Jasper nicht ähnlich, mich mit solchen Spielchen nervös zu machen. Das ist eine neue, provokative Seite an ihm, die mich ärgert. Es kommt mir vor, als würde er das nur tun, um mich zu reizen.

Manchmal muss man sich einfach einem anderen Mädchen anvertrauen. Also beschließe ich, Allison einzuweihen. Sie ist eine meiner engsten Freundinnen – oder genauer gesagt, meine *einzige* Freundin. Sie ist klug und schlagfertig –

manchmal zwar schwer zu durchschauen, aber sie kann ein Geheimnis für sich behalten. Nur deswegen habe ich sie auch so nah an mich rangelassen.

Jetzt starrt sie mich entgeistert an. »Er hat … dich beobachtet …?«, fragt sie mit zusammengekniffenen Augen, nachdem ich ihr berichtet habe, was am Wochenende mit Jasper vorgefallen ist.

Ich nicke. »Das ist doch voll daneben! Oder reagiere ich über?«

Es klingelt zum Beginn der Stunde, und die Schüler um uns herum setzen sich. Das Klingeln beeindruckt uns nicht weiter, wir beugen uns einfach dichter zueinander und senken die Stimme, damit wir weiterreden können, während die Lehrerin die Anwesenheiten kontrolliert.

»Nein«, bestätigt sie, ohne zu zögern, und schüttelt dann den Kopf. »June, die ganze Sache fühlt sich irgendwie nicht richtig an …«

Ich winke ab. »Ich weiß, ich weiß … «

»Da hätten bei dir eigentlich alle Alarmglocken klingeln müssen …«

»Stimmt.«

Als unsere Geschichtslehrerin meinen Namen aufruft, hebe ich abwesend die Hand. Ich bin dankbar, mit Allison sprechen zu können. Die Sache mit Jaspers gebrochenem Versprechen hat mich gestern auch nach seiner Entschuldigung nicht losgelassen. Das hat etwas mit Jaspers Kommentar zu tun, dass er nicht damit »herumprahlen« würde, mich in Unterwäsche gesehen zu haben – als hätte ihm dieser Anblick gefallen. Ich muss zugeben, dass ich bei der Erinnerung an diesen Augenblick ein mulmiges Gefühl habe. Zum einen, weil er mein bester Freund ist, und dann wegen dieser *Kiss-Cam*-Geschichte. Es kommt mir langsam so vor, als müssten Jasper und ich nur *einen* falschen Schritt machen und würden letzten Endes doch zusammenkommen. Das macht mir Angst, denn ich möchte ihn definitiv nicht verlieren.

»Also, erzähl mir noch mal, warum du *Kiss Cam* immer noch durchziehen willst.« Allison sieht mich mit zusammengezogenen Brauen an und in ihrem Blick liegt etwas, das ich nicht richtig einordnen kann.

»Ich glaube, ich verlasse mich einfach darauf, dass ich jederzeit ›Stopp‹ sagen kann«, gebe ich zu. »Eigentlich haben wir noch gar nicht richtig angefangen. Wir haben das Ganze gerade erst *angekündigt,* und VlogIt steht jetzt schon kopf.« Ich mache eine kurze Pause. »Und, ich weiß auch nicht … vielleicht gefällt es mir auch irgendwie, ihn zu küssen?«

Allison mustert mich prüfend, und es sieht so aus, als wollte sie etwas sagen, aber dann greift sie in ihren Rucksack und holt die Geschichtssachen heraus. Ich warte, aber das Einzige, was sie sagt, ist »hier«, als ihr Name aufgerufen wird.

»Allison?«, flüstere ich.

Sie wirft mir einen kurzen Blick zu und legt die Stirn in Falten. Nachdem sie ein paarmal nachdenklich mit ihrem Stift aufs Pult geklopft hat, wendet sie sich mir wieder zu. »Versprich mir eins«, befiehlt sie leise.

Ich blinzele verwirrt. »Ja?«

»Versuch dich daran zu erinnern, wie es vor ein paar Jahren war, als du dich ernsthaft in Jasper verliebt hast.«

Dann wendet sie ihre Aufmerksamkeit dem Unterricht zu, und mir bleibt nichts anderes übrig, als auf meinen Stuhl zurückzusinken und mir durch den Kopf gehen zu lassen, was alles schiefgehen kann. Das ist so ätzend, dass ich stattdessen versuche, mich darauf zu konzentrieren, was VlogIt in meinem Leben zum Guten verändert hat.

Am Ende des Tages habe ich Jaspers und Lennys Geheimnistuerei endgültig satt. Da die zwei immer noch rumlaufen und Witze reißen, die nur sie verstehen, fühle ich mich komplett außen vor. Ganz zu schweigen davon, dass Allison mir rätselhafte Ratschläge gibt und ganz offensichtlich ebenfalls etwas vor mir verbirgt. Jedenfalls fühle ich mich ziemlich erledigt, als die Schule endlich aus ist.

Bei Jasper zu Hause angekommen, stürmen wir zu dritt durch die Haustür. Lenny versucht, mich festzuhalten, während Jasper direkt in die Küche rennt, um unsere Nachmittagssnacks zu holen, also meine Pop Tarts, Lennys Lieblingschips und ein paar Dosen Cola.

Ich schubse Lenny fluchend weg, aber der lacht nur und zerrt schon wieder an mir herum, als wir ins Wohnzimmer kommen.

»Jetzt hör doch mal auf«, stöhne ich genervt. »Was ist heute eigentlich mit euch los? Ihr verhaltet euch total komisch. Und warum braucht Jasper so lange?«

Ich habe den Satz kaum ausgesprochen, als ein lautes Klappern aus der Küche ertönt, gefolgt von einem dumpfen Aufschlag. Plötzlich wird es ganz still: kein Fluchen von Jasper. Nichts, was darauf hindeutet, dass das, was runtergefallen ist und wieder aufgehoben wird – nur das Geräusch einer rollenden Getränkedose. Lenny und ich schauen uns mit großen Augen an und rasen in die Küche, um nachzusehen, was passiert ist.

Als wir um die Ecke biegen, finden wir Jasper bewusstlos auf dem Boden liegend und unsere Snacks in der ganzen Küche verstreut.

»Oh, mein Gott!«, rufe ich erschrocken und weiche den diversen Hindernissen aus, als ich durch den Raum hechte und mich neben Jasper knie.

»Was ist passiert?«, fragt Lenny.

»Woher soll ich das wissen?«, erwidere ich gereizt und zittere leicht, als ich versuche, Jasper wachzurütteln.

»Ist er ohnmächtig geworden?«

Ich werfe ihm einen bösen Blick zu. *Steh da nicht so rum, Mann!*

»Atmet er?«, fragt Lenny, bahnt sich einen Weg durch die Küche und kniet sich neben mich.

Ich lege meinen Finger unter Jaspers Nase und beobachte seine Brust. Meine Augen weiten sich vor Schreck und ich greife panisch nach seinem Handgelenk.

»Du bist die Einzige, die sich mit Wiederbelebung auskennt, June«, sagt Lenny drängend.

»Verdammt noch mal, jetzt ruf doch endlich den Krankenwagen!«, schreie ich regelrecht, während ich Jasper auf den Rücken rolle und seinen Hals überstrecke. Ich schlucke nervös, halte ihm die Nase zu und stabilisiere seinen Kopf.

»Bei einem echten Notfall habe ich das noch nie gemacht ...«

»June!«

Mit wild klopfendem Herzen kneife ich die Augen zu und presse meine Lippen auf Jaspers Mund, um ihn zu beatmen. Allerdings läuft es ganz anders, als ich es beim Roten Kreuz im Erste-Hilfe-Kurs gelernt habe, denn die Übungspuppe packt nicht plötzlich deinen Hinterkopf und steckt dir die Zunge in den Mund. Meine Hände rutschen auf dem glatten Küchenboden weg und ich lande auf Jasper, der eindeutig bei vollem Bewusstsein ist.

Das Nächste, was ich mitbekomme, ist, dass Lennys kehliges, unbändiges Lachen durch die Küche schallt und Jasper mich festhält und mit glühenden Küssen überschüttet, während ich wie erstarrt und mit knallroten Wangen auf ihm liege.

Ich brauche ein paar Sekunden, um zu kapieren, was hier läuft – zu lange, denn so schnell, wie Jasper mich gepackt hat, hat er mich auch schon wieder losgelassen.

Ich schieße wie von der Tarantel gestochen hoch und er setzt sich mit rotem Gesicht und einem hinterhältigen Grinsen auf. Dann dreht er sich schnell um und schaut zum Gewürzregal. »*Kiss Cam!*«, grölt Jasper, und ein hemmungslos lachender Lenny sprintet durch die Küche, nimmt die Kamera vom Regal und richtet sie auf mich.

»Ich hasse euch beide!«, kreische ich und stürze mich auf ihn. Während ich keine Ahnung hatte, was los war, hatten sie die erste Folge von *Kiss Cam* geplant. Ihre ganzen Heimlichtuereien und die ganzen Gedanken, die ich mir gemacht habe – und das alles für eine Kiss-*Cam*-Aufnahme?

Ich schlage auf jeden Teil von Lennys Körper ein, den er nicht mit der Kamera schützt. »Wir haben dich voll reingelegt!«, stößt er hervor.

Dann gebe ich Jasper, der zu einem Ball zusammengerollt auf dem Boden liegt und vor Lachen kaum noch Luft bekommt, einen heftigen Schubs.

»Das war echt das *Letzte*! Ich hab wirklich gedacht, du stirbst, Jas! Oh Mann, mir ist richtig schlecht.« Meine Hände zittern jetzt sogar noch heftiger als vorhin. Ich habe Mühe zu sprechen und muss gleichzeitig kichern, weil ich nicht glauben kann, dass ich darauf reingefallen bin, und die ganze Situation so *absurd* ist. »Wessen Idee war das überhaupt?«

Jasper hustet und steht auf. »Hm«, sagt er nachdenklich. »Ich glaube, der Username war ChloeAnne.«

»Das war so was von daneben«, sage ich ernst, als mir klar wird, dass das der schlimmste Schrecken war, der mir je eingejagt wurde.

Lenny schüttelt den Kopf und lässt die Kamera sinken. »Nein, das war unübertrefflich.«

Als Jasper einen großen Schritt auf mich zumacht, weiche ich instinktiv zurück. »Hey«, sagte er mit einem Flüstern, und ich schaue ihn böse an, als er versucht, sich das

Lachen zu verkneifen. »Hey«, wiederholt er etwas lauter. Dann seufzt er und streckt die Hand nach meinem Gesicht aus. Wieder weiche ich zurück.

»Du hast da noch ein bisschen Spucke.« Er zeigt auf meinen Mundwinkel. Ich wische sie hastig weg, während ich ihn weiter mit Blicken durchbohre.

»Ich hasse euch beide«, wiederhole ich. Sowohl das Adrenalin als auch der Überraschungseffekt sind verschwunden und mit ihnen auch das Lustige an der Situation. »Im Ernst, das war *nicht* witzig.«

Lenny schaut mich prüfend an. Er versucht herauszufinden, ob ich wirklich sauer bin oder nicht.

»Wisst ihr, was«, sage ich. »Die nächste Folge *Kiss Cam* werde *ich* planen. Dann werdet *ihr* mal sehen, wie mies sich das anfühlt.«

Lennys Augenbrauen schießen nach oben. »Ist das dein Ernst?«

Ich drehe mich zu ihm um. »Allerdings, und du wirst mir helfen«, sage ich gefährlich ruhig. Ohne Lennys Unterstützung kann ich so eine Aktion wie diese hier nicht durchziehen. Klar bin ich sauer auf ihn, aber ich merke an Jaspers blödem Grinsen und der Panik auf Lennys Gesicht, dass das Ganze *Jaspers* Idee war. Und deswegen soll *er* auch dafür bezahlen.

Ich wende mich an Jasper. »Und dir, *dir* werde ich richtig eins auswischen.«

Jasper hebt das Kinn. »Mach, was du willst. Aber ich fordere dich heraus, meine Aktion noch zu toppen.«

»Abgemacht«, sage ich.

»Abgemacht«, wiederholt er.

Wir sehen uns eine Weile an, dann verziehen sich unsere Lippen ganz langsam zu einem Lächeln. Zu einem Lächeln, das eher einer Kampfansage gleicht. Ich werde mich bei ihm revanchieren.

Ich habe da schon so eine Idee …

ACHT

Am Dienstag wirft Allison mir beim Mittagsessen über den Tisch hinweg einen missbilligenden Blick zu, während ich kopfschüttelnd und leise kichernd Jasper und Lenny aufnehme, die eine Milchtüte nach der anderen in sich hineinschütten.

»Ich habe *Kiss Cam* gesehen«, flüstert sie, und vor Schreck rutscht mein Finger von der Kamera ab, sodass das Bild verwackelt.

»Ach ja?«, sage ich nervös und hoffe, dass der Krach, den die Jungs machen, unser Gespräch übertönt. Sie sieht mich vielsagend an und zieht eine Augenbraue hoch. Allison ist nach wie vor davon überzeugt, dass das mit *Kiss Cam* keine gute Idee ist, und sie reitet ständig darauf herum, was sie sich für Sorgen macht. Aber sie zieht mich auch damit auf – und dann schäme ich mich immer ein bisschen.

»Mm-hmm«, brummt sie. »Und jetzt musst du dir etwas ausdenken, um dich zu revanchieren, oder wie läuft das?« Sie klingt nicht besonders interessiert, aber dass sie überhaupt fragt, werte ich einfach mal als Unterstützung.

»Ich habe Jasper angekündigt, dass ich mich dafür rächen werde«, murmele ich leise genug, dass die Kamera es nicht aufnehmen kann. »Lenny und ich sind mit der Planung für Donnerstag fast fertig.«

»Ich hoffe, es ist nicht zu verrückt«, sagt sie spitz. »Würde mir für Jasper echt leidtun, wenn er es falsch interpretiert.«

Ich werfe ihr einen genervten Blick zu. »Du *weißt* doch, dass es nicht so ist«, erinnere ich sie.

»Ja, ja.«

In diesem Augenblick fange ich Jaspers Blick auf, der zu mir herüberschaut. Er hält mit Siegergeste beide Daumen hoch, während Lenny eine leere Milchtüte wegschiebt, als müsste er sich gleich übergeben.

»Erster!«, grölt Jasper voller Gewinnerstolz. Kopfschüttelnd richte ich die Kamera auf mich. »Also Leute, da es so aussieht, als würde Lenny mich gleich vollkotzen, macht es euch hoffentlich nichts aus, wenn ich mich jetzt verziehe. Ich vlogge überall, bloß nicht hier!« Und damit schalte ich die Kamera aus und gebe sie Jasper zurück, der sich über Lenny lustig macht.

Allison versetzt mir unter dem Tisch einen leichten Tritt, um meine Aufmerksamkeit wieder auf sich zu lenken. »Denkst du daran, was ich eben gesagt habe?«

»Lenny und ich haben das voll im Griff«, versichere ich ihr.

»Na, dann …«, erwidert sie nur.

Es scheint ein ganz normaler Donnerstag zu sein. Wir haben VlogIt auf Jaspers Laptop gestartet, der zwischen Lenny und mir auf dem Bett steht, während Jasper mit der Beleuchtung beschäftigt ist. Mir ist vor Nervosität ganz flau im Magen, aber auch ein bisschen vor Aufregung.

Als Lenny sich neben mir leise räuspert, drehe ich den Kopf ein wenig. Er kann sich mal wieder nicht zusammenreißen und grinst mich vielsagend an.

»Heute spielen wir *Ja oder Nein*«, informiert uns Jasper überflüssigerweise. Als wüssten wir das nicht genau. Das müsste relativ schnell über die Bühne gehen, weil wir unsere Antworten nur näher erklären werden, wenn es unbedingt nötig ist.«

Es ist gar nicht so leicht, das Kichern zu unterdrücken, das unbedingt aus mir heraus will. Lenny hat gestern anonym eine Ja-oder-Nein-Frage an unseren eigenen Channel geschickt, die absichtlich so formuliert ist, dass man ausführlich darauf antworten muss. Wenn alles nach Plan läuft, wird diese – *meine* – *Kiss-Cam*-Runde ein echter Überraschungserfolg.

»Okay«, murmelt Jasper, während er es sich zwischen Lenny und mir bequem macht und beginnt, durch unsere Kommentare zu scrollen. »Dann wollen wir mal.«

Er drückt die Aufnahmetaste. Wir drei lächeln in die Kamera und wiederholen unsere perfekt eingespielte Anfangssequenz.

»Ich bin Jas.«

»Ich bin Lenny.«

»Ich bin June.«

»Und wir vloggen hier!«

»Letzte Woche haben wir euch gebeten, uns Ja- oder Nein-Fragen zu schicken, Leute«, spricht Lenny in die Kamera und gestikuliert dabei wild, um sich die Anspannung nicht anmerken zu lassen. »Wir werden in den nächsten zehn Minuten so viele wie möglich davon beantworten.«

»Unser heutiger Top-Kommentar ist anonym«, übernimmt jetzt Jasper und fährt mit dem Finger über das Touchpad, um ihn vorzulesen. Ich beiße mir nervös auf die Lippe und starre an der Kamera vorbei auf die Bilder von unseren Fans, die Jasper sich an die Wand gehängt hat. »Die Frage lautet: Jas, hast du June schon mal nackt gesehen?«

Lenny kann sich nicht länger beherrschen und lässt sich mit einem Lachkrampf rücklings auf die Matratze fallen, während ich mir ein Grinsen verkneife. Ich weiß genau, dass es nur dann überzeugend wirkt, wenn es so aussieht, als sei ich wirklich verlegen.

»Nein«, sagt Jasper nur, aber ich schalte mich schnell ein, bevor er einfach so zum nächsten Kommentar übergehen kann.

»Aber er hat mich schon in Unterwäsche gesehen. Das ist doch ziemlich dicht dran, oder?«

Jasper wird tatsächlich rot, und seine Finger verharren kurz über der Tastatur, bevor er den Blick senkt und mich ungläubig anstarrt. Dann fängt er sich wieder und setzt ein cooles Lächeln auf. »Das erfordert keine weiteren Erklärungen«, sagt er mit einem lässigen Zwinkern.

Es fällt mir schwer, den Blickkontakt zu ihm zu halten. »Ich dachte, wir wollten absolut ehrlich sein?«

»Ja, aber du warst nicht nackt, und deswegen hat es nichts mit der Frage zu tun«, sagt er sichtlich angespannt, während sich die Röte auf seinen Wangen noch vertieft.

»Na ja, das hängt von der Definition von ›nackt‹ ab«, sage ich und verschränke die Arme. Ich versuche, mich daran zu erinnern, wie es sich angefühlt hat, als ich am Wochenende herausgefunden habe, dass er öfters zugeguckt hat, während ich mich umzog. Langsam steigen brennende Scham und neu erwachende Wut in mir hoch. Ich hatte mich bloßgestellt gefühlt.

Lenny beobachtet uns zwischen seinen Fingern hindurch. Als er merkt, wie meine Stimmung kippt, wird er unsicher. Auch Jasper ist sichtlich alarmiert. Er beugt sich zu mir und flüstert: »Was soll das?«

»Was denn?«, frage ich empört und schiebe ihn weg. »Was hast du dir eigentlich dabei gedacht, als du mir heimlich beim Umziehen zugesehen hast?«

»Ich habe dir doch schon gesagt, dass es ein Versehen war.«

»Klar«, schnaube ich und verdrehe die Augen. »Du hast ganz zufällig über die Schulter geschaut und mich angeglotzt.«

»Ich hab nur so rumgeguckt und dich dabei im Spiegel gesehen«, verteidigt er sich. In seinen Augen liegt etwas, das verdächtig nach schlechtem Gewissen aussieht.

Ich schüttele den Kopf und balle die Hände zu Fäusten.

»Und dann war es plötzlich ein Spiel.« Als Jasper aufsteht, stehe ich auch auf. Um eine Reaktion zu provozieren, mache ich ihm alles nach. Aus dem Augenwinkel erhasche ich einen Blick auf Lenny, der sich unauffällig die Kamera schnappt und uns folgt. Auf einmal fällt mir wieder ein, warum wir uns hier streiten. Ich muss die richtige Position erwischen. Und den richtigen Moment.

»Ich hab dir doch gesagt, dass es mir leidtut! Ich dachte, wir hätten das geklärt! Woher sollte ich wissen, dass du immer noch sauer bist?«

»Du denkst, du weißt immer alles!«, fauche ich und werfe ihm einen kalten Blick zu. Mein Adrenalinspiegel steigt rasant an und mein Magen zieht sich zu einem festen Knoten zusammen. Ich spüre, wie ich die Kontrolle verliere, die ich Jasper gegenüber sonst immer an den Tag lege. Ich weiß, dass wir keine normalen Freunde sind. Ich weiß, dass er keine Grenzen akzeptiert. Aber all das schiebe ich beiseite. Jetzt geht es nur darum, die Reaktion herauszukitzeln, die ich will.

Jasper bleibt wie erstarrt und mit offenem Mund stehen. Sein Gesicht ist von den Ohrläppchen bis hinunter zum Hals mit einer brennenden Röte überzogen.

»Du hättest uns eine Menge Ärger erspart, wenn du es eher getan hättest.«

Er stottert, stolpert über seine eigenen Worte und starrt mich an, als hätte ich komplett den Verstand verloren. Aber dann schafft er es, sich wie immer zu fangen. Und jetzt ist auch er richtig sauer. »Wenn ich *was* eher getan hätte?«, stößt er ungewohnt sarkastisch hervor.

Ich hatte auf die richtige Gelegenheit gewartet – und hier war sie. Mit einem verschmitzten Lächeln auf den Lippen sage ich: »Mich geküsst.«

Er erstarrt und mustert mich irritiert. »Was?«

Ich gehe einen Schritt auf ihn zu und lege meine Arme um seinen Nacken. Da er größer ist als ich, muss ich mich auf die Zehenspitzen stellen, doch er beugt sich zu mir hinunter. Unsere Lippen treffen sich mit so viel Verlangen – kein Vergleich zu unseren bisherigen Küssen. Er umfasst mein Gesicht zärtlich mit beiden Händen und küsst mich mit solcher Innigkeit, dass sich in meinem Kopf alles zu drehen beginnt. Meine Hände lösen sich aus seinem Haar und sinken auf seine Schultern.

Er zieht mich noch ein Stückchen näher zu sich heran. Noch nie bin ich so geküsst, so festgehalten worden.

Für einen Moment vergesse ich, warum wir uns so leidenschaftlich küssen, dass ich kaum noch Luft bekomme. Doch dann gleiten seine Hände zum Saum meines Shirts, als hätte er die Kamera völlig vergessen, und ich weiß plötzlich wieder, wo ich bin.

Widerstrebend entziehe ich mich ihm. Meine Augenlider öffnen sich flatternd, bevor ich zurückweiche und ihn loslasse.

Seine Augen bleiben geschlossen, und ich schwöre, dass ihm der Atem stockt, als ich – laut genug für die Kamera – sage: »Kiss Cam!«

Als er die Augen aufschlägt, kann ich nichts darin lesen, nichts erkennen außer meinem eigenen Spiegelbild.

NEUN

Der leere Ausdruck in Jaspers Augen verschwindet mit dem nächsten Wimpernschlag und seine vom Küssen geröteten Lippen verziehen sich zu einem Lächeln. Es ist, als würde sich die süße Selbstvergessenheit des Augenblicks in Luft auflösen, als er sich hastig zu Lenny und der Kamera umdreht.

»Wow«, sagt er mit heiserer Stimme und fährt sich mit den Fingern durch seine zerzausten Haare. »Damit hatte ich nicht gerechnet.«

Kein besonders origineller Kommentar. Er ist eindeutig überwältigt und zugleich auf der Hut. Das zeigt auch das Fehlen seines üblichen dramatischen Untertons. Selbst sein Blick ist etwas zu konzentriert auf das Objektiv der Kamera gerichtet.

Lennys Augenbrauen sind so weit nach oben gewandert, dass sie fast mit seinem Haaransatz verschmelzen, und er versucht, meinen Blick über die Videokamera hinweg aufzufangen.

Für eine kurze Zeit sagt keiner von uns ein Wort. Dann

räuspert sich Jasper und setzt sich auf sein Bett. Einige Sekunden schaut er zwischen Lenny und mir hin und her und sagt schließlich: »Sollten wir nicht langsam mal mit den Fragen weitermachen?«

Seine Stimme klingt wieder normal und hat einen amüsierten Unterton, als hätten Lenny und ich uns irgendwie komisch verhalten.

Mit einem abschließenden Blick zu Lenny und einem Achselzucken, das Jasper geflissentlich übersieht, fahre ich mir mit der Hand über den Mund und setze mich rechts von ihm aufs Bett. Lenny grinst uns an und schüttelt sein sichtliches Unbehagen ab, bevor er nach vorn marschiert und die Kamera wieder in Position bringt. Dann nimmt er seinen Platz links von Jasper ein.

Jasper stellt sich den Laptop auf die Oberschenkel und scrollt weiter nach unten. Als er wieder in die Kamera schaut, grinst er breit. »Nächste Frage: Singst du unter der Dusche?«

Nachdem wir den Rest unseres Frage-Videos gedreht haben, nimmt Lenny das Filmmaterial mit nach Hause, um es zu bearbeiten. Dabei hat er es heute nicht besonders eilig. Er mustert mich die ganze Zeit neugierig und blickt immer wieder von Jasper zu mir. Er wüsste wohl zu gern, was während dieses Kusses – der gar nicht so lang und leidenschaftlich ausfallen sollte – vor sich gegangen ist. Ich hätte ihm am liebsten gesagt, er solle *Kiss Cam* aus unserem Vlog rausschmeißen, aber Jasper und mir zuliebe beschließe ich, den Mund zu halten.

Was soll's.

Als Lenny schließlich geht, merke ich, dass mir doch etwas mulmig wird. Er lässt Jasper und mich auf der Couch im Wohnzimmer zurück, wo wir die Abendnachrichten schauen und Däumchen drehen.

»So«, sage ich, nachdem wir ein paar Minuten unkonzentriert auf den Bildschirm gestarrt haben. Jasper dreht seinen Kopf zu mir.

»Ja?«

Ich atme tief ein und bereite mich innerlich darauf vor, alles zu erklären und zu rechtfertigen, was vorhin passiert ist.

»Es war nicht meine Idee. Sondern eine Anfrage, die wir schon vor einer Weile bekommen haben …«

»Die habe ich sogar gelesen«, unterbricht Jasper mich und schüttelt den Kopf. »Ich hätte nicht gedacht, dass du dich traust, das durchzuziehen.«

Ich schnaube, drehe mich ganz zu ihm um und setze mich auf die Knie, damit wir auf Augenhöhe sind. »Und was ist mit *dir?*«

Er schnappt nach Luft und blinzelt ein paarmal. »Dafür hätte ich mir von dir eine gefangen!«

Ich denke über seinen Einwand nach und lasse mich schließlich zurücksinken. »Stimmt.«

Wieder breitet sich Stille aus, diesmal eine leicht schuldbewusste. Das einzige Geräusch stammt von Jasper, der gedankenverloren mit den Fingern auf seinem Oberschenkel herumtrommelt. Er will irgendetwas loswerden, das spüre ich. Also lasse ich mich tiefer in die Polster sinken und warte noch ein paar Minuten.

»Das war ein guter Kuss«, sagt er plötzlich, die Augen auf den Fernseher geheftet und mit angespannten Schultern, als hätte er Angst vor meiner Reaktion. »Ein *echt* guter Kuss«, wiederholt er mehr zu sich selbst.

Ich lasse ihn nicht aus den Augen. Er kratzt sich langsam am Kinn und scheint über das nachzudenken, was er gesagt hat.

»Tatsächlich?«, frage ich in spöttischem Ton. Er spürt, dass ich mich über ihn lustig mache, und dreht sich mit einem fiesen Grinsen zu mir um.

»Oh ja«, bestätigt er mit übertriebener Begeisterung. »Wollen wir noch ein bisschen rummachen?«

Ich schiebe ihn kichernd weg, als er sich mit gespitzten Lippen und klimpernden Wimpern vorbeugt. »Stopp!«, kreische ich, als er sich unter meinem Arm hinwegduckt und noch näher an mich heranrutscht.

Dann setzt er sich rittlings auf mich. Ich bedecke mein Gesicht mit beiden Händen, damit er nicht sieht, dass ich sofort rot werde. Obwohl ich wie wild meinen Kopf hin und her werfe und rufe, dass er mit dem Quatsch aufhören soll, versucht er, meine Hände wegzuziehen.

»Wirst du etwa rot?«, fragt er lachend, während er mit mir kämpft.

»Nein!«, widerspreche ich hastig und würde am liebsten im Sofa versinken, weil ich spüre, wie mein Gesicht brennt. Mein Körper vibriert gleichzeitig vor Lachen und Anstrengung, während ich verzweifelt versuche, aus dieser Situation wieder herauszukommen. Ich könnte so tun, als würde ich Jasper gewinnen lassen, und mich dann überraschend befreien. Mit genügend Kraft könnte ich ihn auch von mir herunterschubsen. Obwohl er nur Spaß macht, wird mir bei dem Gedanken, dass ich verlieren könnte, ein bisschen mulmig. Was hat er eigentlich vor? Ich schäme mich zu Tode, dass ich auch nur daran *denke*, dieser Zweikampf könnte in einem wilden, gierigen Kuss enden.

»Juniper, du bist ja knallrot!« Er hat es schließlich doch noch geschafft, meine Hände vom Gesicht wegzuziehen, und bricht beim Anblick der hochroten Flecken auf meinen Wangen in Lachen aus.

»Oh Gott, das ist so peinlich«, japse ich hilflos und versuche, meine Hände loszumachen.

»Das ist die Rache«, sagt er ungerührt und hält meine Hände weiter fest.

»Wofür?«

Er denkt eine Sekunde nach und ich bemerke, dass das übermütige Glitzern in seine Augen zurückgekehrt ist. Er sucht meinen Blick und beugt sich ein klein wenig vor. Mir stockt vor Schreck der Atem und ich zucke heftig zurück. Ihm entfährt ein leises Lachen, aber er lässt den Blickkontakt nicht abbrechen. Wie in Zeitlupe bewegt er sich weiter auf mich zu, zielt jedoch nicht auf meinen Mund. Er neigt sein Gesicht zu meiner Schulter und dreht seinen Kopf dabei so, dass seine Nase meine Wange streift. Bevor ich etwas dagegen tun kann, habe ich am ganzen Körper Gänsehaut.

Für einen kurzen Moment streicht sein Atem über meine Haut, und ich bin machtlos gegen die Schauer, die mich überlaufen, und die Nervosität, die meinen Körper lähmt.

»Wofür?«, wiederhole ich mit rauer Stimme. Meine Gedanken bewegen sich auf gefährlichem Gebiet, und diesmal ist kein Lenny da, der dafür sorgt, dass wir es bei diesem Spiel nicht zu weit treiben.

Statt einer Antwort presst sich sein Mund auf meine Haut und drückt einen innigen Kuss auf mein Schlüsselbein. Ich stoße zitternd den Atem aus. Aber Jasper hört nicht auf und ich will es auch gar nicht mehr. Er beginnt, eine Spur von Küssen meine Kehle hinaufzuziehen. Meine Hände, die er immer noch festhält, verkrampfen sich, und als er sie schließlich loslässt, wandern sie automatisch zu dem T-Shirt über seiner Brust. Dann haucht er mit offenem Mund einen leichten Kuss auf mein Kinn. Es ist schrecklich, wie sehr ich mir wünsche, dass er meine Lippen küsst, damit es endlich vorbei ist. Diese Situation ist eine einzige Qual. Es kommt mir vor, als würden all meine Gedanken in Begehren und schuldbewusstem Genuss ertränkt. Leider kommt der Kuss, nach dem ich mich so sehne, ausgerechnet von Jasper.

Doch dann löst er plötzlich meine Hände von seinem T-Shirt und rollt sich einfach von mir herunter. Mein Körper kribbelt vor unerfüllten Wünschen und dem plötzlichen Verlust seiner Körperwärme. Ich bin völlig verdattert und zugegebenermaßen ärgerlich, weil er sich so abrupt und grundlos zurückgezogen hat. Schließlich hatte ich mich nicht gewehrt.

Die Hände immer noch halb erhoben, schaue ich ihn von der Seite an. Jasper bemerkt meine Verwirrung. Er hebt eine Augenbraue und legt die Füße auf den Couchtisch. »Dafür, dass du mich heiß gemacht hast«, beantwortet er mit einem frechen Grinsen endlich meine Frage.

Noch nie in meinem ganzen Leben hätte ich ihn so gern geschlagen.

»Wenigstens habe ich dich richtig *geküsst*«, stoße ich hervor und rücke die Sofakissen zurecht. Er schüttelt nur den Kopf und lacht in sich hinein.

Bei der nächsten *Kiss-Cam*-Aktion erwischte Jasper mich wieder. Lenny und ich waren am Freitag nach der Schule zu ihm rübergegangen – das hätte mich schon stutzig machen müssen, denn Lenny hat freitags bekanntlich anderes vor. Jedenfalls war ich völlig überrumpelt, als Jasper wie aus dem Nichts auftauchte und mir einen Kuss aufdrückte.

Die dazugehörige Challenge eines Fans lautete: »Schmatzer statt Kuss.«

Ich revanchierte mich am darauffolgenden Freitag. Aber so *richtig*. Ich baute die Kamera alleine – ohne Hilfe von Lenny – auf und erwischte Jasper eiskalt, als wir zur Tür hereinkamen.

Kiss-Cam-Challenge: »Drück ihn oder sie gegen die Wand.« Ich bin immer noch überrascht, dass ich genug Kraft hatte, um Jasper festzuhalten und in Position zu schubsen.

Nach diesen beiden Clips ist nach außen hin alles wie

sonst und doch hat sich etwas zwischen Jasper und mir verändert. Eine gewisse Anspannung und Verunsicherung begleiten uns ständig und jede Bewegung des anderen wird misstrauisch beäugt. Es treibt mich so langsam in den Wahnsinn. Auch wenn wir oberflächlich betrachtet freundschaftlich miteinander umgehen, legen wir doch etwas Besonderes in jeden unserer Küsse – als wollten wir dem anderen weismachen, da sei noch mehr.

Lenny hilft Jasper und mir, uns gegenseitig Fallen zu stellen, und stachelt uns zu immer verrückteren Aktionen an.

Und Allison? Die lächelt in sich hinein und schüttelt nur den Kopf, als wolle sie mir irgendetwas sagen, könne es aber nicht.

ZEHN

Der Gang zwischen den Warenregalen, den ich hinunterlaufe, ist erfüllt von künstlichem Kiefernduft und dem muffigen Geruch von Weihnachtsdeko, die das ganze Jahr über eingelagert gewesen ist. *Jingle Bells* läuft in Endlosschleife, rote und silberne Glühbirnen blinken unter der Neonleuchtschrift des großen Kaufhauses und alle paar Schritte stolpert man über riesige Schneemänner aus Plastik.

Es ist diese bizarre Zeit des Jahres, ein paar Wochen vor Weihnachten, in der jeder Laden der Stadt – genau zur gleichen Zeit – für die Feiertage aufrüstet. Letzten Donnerstag waren noch Truthahn und Preiselbeersoße im Angebot, und Jasper und seine Mutter hatten meiner Familie geholfen, das Thanksgiving-Dinner zuzubereiten, und jetzt klingeln schon überall die Weihnachtsglöckchen.

Heute, am Tag nach der *Kiss-Cam*-Aktion, bei der ich Jasper an die Wand gedrückt habe, hat er mir während der ganzen Mittagspause quer über den Tisch vielsagende Blicke zugeworfen. Nach außen hin habe ich sie ungerührt an mir abprallen lassen, obwohl ich einen dicken Knoten im

Magen hatte. Mein Vater darf auf keinen Fall von dieser *Kiss-Cam*-Sache erfahren. Er würde das garantiert in den falschen Hals bekommen und mir womöglich Kondome zu Weihnachten schenken.

Jedenfalls werde ich das Gefühl nicht los, dass Jasper sich bald an mir rächen wird. Doch noch wandere ich ganz entspannt mit Allison, Lenny und Jasper durch diesen Mega-Store.

»Hey, Leute, guckt doch mal!« Lennys Stimme klingt übertrieben aufgeregt, und ich muss grinsen, als ich mich umdrehe und feststelle, dass er eine blinkende rote Rentiernase und Ohrenschützer mit einem Geweih aufgesetzt hat. Jasper richtet die Videokamera, die er wie immer dabei hat, auf ihn.

»Wie süß!« Jasper lacht. »Wo hast du das denn gefunden?«

Lenny geht ein paar Schritte zurück und zeigt ihm den Behälter mit den roten Nasen und Ohrenschützern. Jasper trottet hinüber, beginnt ebenfalls, darin herumzuwühlen, und hält Elfenohren und Glöckchen vor die Kamera. Dann fangen die beiden an, verschiedene Outfits anzuprobieren.

Angesichts ihrer kindlichen Begeisterung kann ich nur den Kopf schütteln und lasse meinen Blick zu den Adventskränzen und Christbaumkerzen auf dem obersten Regalbrett wandern. Ich weiß gar nicht mehr, warum wir überhaupt in diesen Gang eingebogen sind. Wahrscheinlich hat uns Jasper hierhergeschleppt.

»Was wird denn dieses Jahr euer großes Weihnachts-Special?« Allisons Stimme klingt zu dieser Jahreszeit meist kratzig von der Kälte, und ich merke erst, dass sie es ist, als ich mich zu ihr umdrehe.

Jedes Jahr zu Weihnachten denken die Jungs und ich uns etwas ganz Besonderes aus. Vor drei Jahren haben wir die Weihnachtsgeschenke unserer Fans vor laufender Kamera geöffnet. Das Jahr danach haben wir die moderne Version eines Krippenspiels aufgeführt. Und letztes Jahr haben wir ein Christmas-Special-Fragevideo gedreht. Für dieses Jahr müssen wir uns noch etwas überlegen. Wir haben unsere Abonnenten schon gefragt, was sie gern sehen würden, aber ich habe mir die Antworten noch nicht angeschaut.

Ich zucke mit den Achseln. »Wissen wir noch nicht genau.«

»Bietet ihr euren Zuschauern denn nicht immer verschiedene Ideen zur Auswahl an?«, fragt Allison verwundert, während sie einen Christbaumschmuck nach dem anderen in die Hand nimmt und betrachtet.

Ich schiebe meine Hände in die Manteltaschen und schaue zu den Jungs hinüber. »Wenn ein Fan einen guten Vorschlag macht, bekommt er normalerweise ein paar Hundert Likes. So treffen wir unsere Vorauswahl.«

»Macht es dich eigentlich nervös, wenn du darüber nachdenkst, was dabei herauskommen könnte?«, fragt Allison weiter.

»Ich vertraue den Zuschauern«, antworte ich.

Allison nickt, weicht meinem Blick jedoch aus.

Plötzlich ertönt hinter uns ein lautes Krachen, und als wir erschrocken herumfahren, stellt sich heraus, dass die

Jungen es geschafft haben, einen tanzenden Weihnachtsmann von einem der Regale zu schubsen. Bevor ich weiß, wie mir geschieht, befiehlt uns Jasper, wegzurennen, und wir werden von ihm und Lenny aus dem Gang und in einen anderen Teil des Kaufhauses gezerrt. Ich tue so, als würde ich Allisons wissendes Lächeln nicht bemerken, als Jasper nach meiner Hand greift.

Etwas später an diesem Abend lehne ich mich mit dem geöffneten Laptop auf dem Schoß gegen Jaspers Kissen. Heute bin ich an der Reihe, die Vorauswahl für unser Christmasspecial zu treffen. Das ist ein echt mieser Job, weil man sich durch Hunderte von Kommentaren ackern muss, um die mit den meisten Likes herauszufiltern. Ich bin schon seit einer halben Stunde dabei und habe bis jetzt eine Liste mit zehn Möglichkeiten. Es überrascht mich nicht, dass es sich bei den meisten Vorschlägen um weihnachtliche *Kiss-Cam*-Themen handelt.

Lenny sitzt mit seinem Laptop zu meinen Füßen. Seit wir mit *Kiss Cam* angefangen haben, verbringt er zunehmend mehr Zeit mit Jasper und mir. Meine Theorie ist, dass er uns im Auge behalten will. Jedenfalls bearbeitet er gerade mit Kopfhörern in den Ohren unser Shopping-Video, heckt also vielleicht ausnahmsweise mal keine Dummheiten aus.

Ich bin mir allerdings nicht ganz sicher, was Jasper gerade macht. Auch er sitzt an seinem Notebook, und ich vermute, dass er Kommentare und E-Mails beantwortet. Ab und zu lacht er laut auf und hämmert wie ein Wilder auf die Tastatur, was mir unendlich auf die Nerven geht. Er scheint eine angeregte Unterhaltung führen.

Mit einem gelangweilten Seufzer scrolle ich durch die nächste Seite mit Kommentaren, die sich alle irgendwie ähneln. Einige erzählen uns, wie sehr sie unseren Vlog lieben, und andere verkünden, sie wollten wahlweise Lenny, Jas oder mich heiraten, aber die meisten gehen in diese Richtung:

Christmas-Kiss-Cam! Yeah! (Hätte aber auch nichts gegen ein bisschen Leniper- oder Jenny-Action, ihr wisst schon … ;) ;))

Küsse unterm Mistelzweig!

Jasiper outet sich zu Weihnachten!

Alle wollen, dass sich Jaspers und meine Lippen berühren oder wir endlich unsere geheime Liebesbeziehung öffentlich machen. Ich finde es irgendwie witzig, dass es offenbar der größte Weihnachtswunsch einiger Leute ist, dass Jasper und ich zusammenkommen, aber gleichzeitig bin ich genervt von ihren kitschigen Vorschlägen. Ich habe außerdem ein schlechtes Gewissen, dass wir die Leniper-Anfragen nicht bedienen können, aber gleichzeitig bin ich dankbar, dass Lenny sich nie auf so etwas einlassen würde. Während ich weiterscrolle, fällt mir ein, dass Jasper und Lenny mir noch eine Jenny-Performance vor der Kamera schulden. Ich notiere es mir in Gedanken für später.

Unsere *Kiss Cams* sollen auf keinen Fall langweilig sein. Jasper und ich versuchen, sie so witzig und überraschend wie möglich zu gestalten. Und wenn es in unserem Weihnachts-Special wieder mal darum gehen soll, dass Jasper und ich uns küssen, sollten unsere Zuschauer sich lieber etwas Originelleres einfallen lassen als einen lahmen Kuss unter irgendeinem Mistelzweig.

Erst auf Seite fünfunddreißig unserer Top-Kommentare finde ich einen Vorschlag, der einen zweiten Blick wert ist – und das aus mehreren Gründen. Er ist nicht nur genial und absolut weihnachtlich, er hat auch noch über dreihundert Likes.

Christmas-Special-Wunsch: Kissmas!

Ich zögere keine Sekunde, strecke den Arm aus und zupfe ein paarmal an Jaspers Pullover, um seine Aufmerksamkeit zu erregen. Ungeduldig wendet er sich mir zu, aber es ist mir egal, ob ich ihn gerade dabei gestört habe, eine irre witzige E-Mail einer seiner VlogIt-Freunde zu lesen.

»Kann ich dir irgendwie behilflich sein, Juniper-Schätzchen?«, fragt er mich leicht amüsiert, als er merkt, wie aufgeregt ich bin.

»Ich glaube, ich habe unser Christmas-Special gefunden.« Sofort werden seine Augen ein bisschen größer, und er setzt sich auf, als wollte er einen Blick auf meinen Bildschirm werfen. Aber ich drehe ihn von ihm weg. »Rate«, kommandiere ich.

»Welche Art von Special ist es denn?«, fragt er. »Damit ich es ein bisschen eingrenzen kann.«

»*Kiss Cam*«, antworte ich. Mehr muss er offenbar nicht wissen, denn seine Antwort kommt wie aus der Pistole geschossen. »Mistelzweig.«

Ich schüttele den Kopf, während mein Mund sich zu einem breiten Grinsen verzieht. Er denkt kurz nach und zuckt dann ratlos mit den Achseln. »Keine Ahnung.«

Lenny sieht zu uns herüber und zieht sich die Kopfhörer aus den Ohren. »Was ist los?«

»Juniper glaubt, dass sie unser Christmas-Special gefunden hat«, informiert Jasper ihn.

Beide schauen mich erwartungsvoll an.

»Denkt mal an Wortspiele«, sage ich, beuge mich ein bisschen vor und warte ab, ob sie von alleine drauf kommen, aber sie sehen mich beide nur völlig verständnislos an. »Kissmas.«

Lennys Miene hellt sich auf und er nickt begeistert.

Es dauert einen Moment, bis Jasper ebenfalls die Erleuchtung kommt, aber dann springt er auf, strahlt mich an und seine Augen werden vor Aufregung ganz groß. »Das ist genial! Kissmas – Christmas.«

»Ganz meine Meinung«, stimme ich ihm zu und drehe schwungvoll meinen Laptop herum, um ihnen den Vorschlag zu zeigen. Sie drängen sich neben mich, um den ganzen Text zu lesen.

Anschließend wiegt Jasper nachdenklich den Kopf, als wüsste er nicht recht, was er davon halten soll. Dann sagt er: »Das ist aber keine richtige *Kiss-Cam*-Aktion. Ich meine, wir wissen ja beide vorher Bescheid.«

»Wer sagt denn, dass die Küsse immer eine Überraschung sein müssen?«, werfe ich ein. Als ich den Vorschlag las, hatte ich zuerst genau dasselbe gedacht. Aber es spricht eigentlich nichts dagegen, einen Kuss zu inszenieren. Schließlich steht es nirgendwo geschrieben, dass man den anderen bei *Kiss Cam* überraschen muss. Wir hatten bloß einen Wettstreit daraus gemacht.

Jasper scheint das genauso zu sehen wie ich, denn nach ein paar Sekunden nickt er zögernd. »Du – äh – du würdest es also nicht komisch finden, wenn wir es richtig planen würden?«

»Dadurch ändert sich doch nichts«, sage ich und wische seine Bedenken weg.

»Abgesehen davon, dass es eine bewusste Entscheidung ist, sich zu küssen, anstatt sich gegenseitig mit Küssen zu überfallen.« Jasper beißt sich auf die Lippe, nachdem er das gesagt hat, und ich verstehe nicht, worauf er hinauswill. Eigentlich finde ich es so sogar besser, weil wir dann wissen, was auf uns zukommt. Es würde ein bisschen so sein wie unser erster Kuss vor der Kamera.

»Das ist doch keine große Sache«, sage ich, aber Jasper macht ein zweifelndes Gesicht. »Im Ernst, es ist wahrscheinlich besser, wenn wir beide Bescheid wissen.«

»Sie hat recht«, schaltet sich Lenny ein. »Für mich wäre es auch viel einfacher.«

Ich nicke und zeige auf Jasper. »Siehst du?«

»Ja«, sagt Jasper, obwohl er noch immer sichtlich zögert. »Ja, du hast recht.«

»Unter einer Bedingung«, meldet sich Lenny zu Wort. »*Ich* plane diese *Kissmas*-Nummer. Es steht mir bis hier, immer nur eure Anweisungen auszuführen.«

»Abgemacht«, sage ich wie aus der Pistole geschossen und Jasper zieht sofort nach.

»Super«, sagt Lenny und reibt sich zufrieden die Hände, wie ein verrückter Wissenschaftler in seinem Labor. »Euer Schicksal liegt jetzt in *meinen* Händen.«

Jasper versetzt ihm einen kräftigen Schubs. »Kümmer dich lieber wieder um die Bildbearbeitung, Leonard.«

»So heiße ich *nicht!*«

»Oh.« Allison seufzt, als ich ihr am nächsten Tag in der Schule von unserem *Kissmas*-Projekt berichte. Sie wirft ihr Haar über die Schulter und lehnt sich, den Kopf in die Hände gestützt, ein Stück über ihr Pult. »Wie *weihnachtlich*.«

Der Unterricht hat bereits begonnen und wir unterhalten uns mit gedämpfter Stimme.

»Ach komm, so schlimm ist es auch wieder nicht, oder?«, meine ich. Aber ehrlich gesagt, fängt mein Magen nur bei dem Gedanken daran an, vor Nervosität zu flattern.

»Klar, ist ja auch ganz normal, dass sich gute Freunde zu dieser Jahreszeit gegenseitig die Zunge in den Hals stecken«, sagt sie.

Ich ziehe die Nase kraus und knuffe sie über den Gang hinweg in die Seite. »Eifersüchtig?«

»Wie sollte ich?«, zieht sie mich auf. »Er ist doch definitiv der Han Solo zu deiner Prinzessin Leia. Der Ron zu deiner Hermine. Der Peeta zu deiner Katniss – was auch immer.«

Ich werde rot und schüttele den Kopf. »Haha.«

»Ich meine doch nur …«

Ein Blick auf die Uhr zeigt mir, dass es noch eine Weile dauern wird, bis ich dieser Unterhaltung entkommen kann. Ich wünschte, ich könnte die Zeiger vorstellen.

»Hast du noch nie das Gefühl gehabt, dass da vielleicht doch was zwischen euch beiden läuft?«, fragt sie und zupft an ihrem Schal. »Denk mal darüber nach. Es hat doch bestimmt geknistert, oder?«

Ich stütze mein Kinn auf die Fäuste und schüttele entschieden den Kopf. »Das ist alles nur Spaß, Allison. Mit dem Thema sind wir durch. Meinst du nicht, ich hätte die Sache längst abgeblasen, wenn mir daran irgendwas komisch vorkommen würde?«

»Nicht, wenn du ihn magst«, gibt sie zurück und ihre Mundwinkel wandern nach oben.

Ich spüre, wie mir ungefähr zum hundertsten Mal die Röte ins Gesicht schießt, und verschränke meine Hände unter dem Tisch.

Wie immer bei dieser Unterstellung krampft sich mir der Magen zusammen. Zwischen uns läuft nichts, das weiß jeder. Und ich habe ganz bestimmt nicht vor, alte Fehler zu wiederholen. Aber was ist, wenn *er* etwas für *mich* empfindet? Allisons komische Andeutungen geben mir mittlerweile zu denken.

Aber das werde ich nicht zulassen. Ich werde dafür sorgen, dass Jasper und ich nur gute Freunde bleiben. So wird niemand verletzt, und ich muss nicht befürchten, am Ende meinen besten Freund zu verlieren.

»Zwischen Jasper und mir läuft nichts«, versichere ich ihr.

»Okay«, flötet sie, aber es klingt nicht überzeugt.

Als es endlich klingelt, stoße ich mich vom Tisch ab und stürme nach draußen, ohne auf Allison zu warten. Ich will einfach nicht, dass sie mir noch mehr Hirngespinste über Jasper in den Kopf setzt. Das ist verdammt gefährliches Terrain.

ELF

Mein Ärger über Allisons Andeutungen in Bezug auf Jasper und mich wird im Laufe des Tages immer größer. Entnervt fummele ich am Schloss meines Spinds herum, doch je nervöser ich werde, desto weniger bekomme ich es auf.

Ich mag Jasper, aber nur als *Freund*. Natürlich lieben wir uns – aber so, wie man ein Familienmitglied liebt. Ich weiß das. Meine Eltern wissen das. Meine Freunde wissen das. Hunderte von Leuten im Internet wissen das. Es ist so selbstverständlich, als würde man betonen, dass Gras grün ist. Wir sind jedenfalls *nicht* ineinander verknallt und das werden wir auch nie sein, weil es mir genau so gefällt, wie es ist. Und, hey, warum sollte man an einer Sache, die gut läuft, etwas ändern?

Vor ein paar Jahren, als Jasper mich in sein Team aufnahm, hatten wir kaum Gemeinsamkeiten. Das veränderte sich, als wir merkten, dass Lenny ein stinknormales Leben führte – mit Eltern, die um vier Uhr von der Arbeit nach Hause kamen und darauf bestanden, dass er abends um neun daheim war. Ganz im Gegensatz zu Jaspers und meinen alten Herrschaften: Jaspers Mutter Leeann war kaum zu Hause, und die merkwürdigen Arbeitszeiten meiner Eltern sorgten dafür, dass ich sie nur selten zu Gesicht bekam. Damals fingen Jasper und ich an, mehr Zeit miteinander zu verbringen.

Sobald Lenny nach Hause gegangen war, unternahmen wir Dinge zu zweit. Und trotz unserer Ticks – wie seine heimliche Liebe für Oldies und meine Abneigung gegen die Farbe Gelb – verstanden wir uns immer besser. Die Freundschaft zwischen uns beiden war wesentlich intensiver als die, die wir zu Lenny hatten. Seit VlogIt stehen wir uns natürlich alle drei nah, aber trotzdem werden immer die langen Nächte bleiben, in denen ich Jasper das Haareflechten beibrachte und er mir zeigte, wie man Mangas liest. Wir hatten eine Menge Zeit ineinander investiert.

Und um nichts anderes geht es hier. Zwischen Jasper und mir besteht eine familiäre Bindung, keine romantische. Unsere Liebe ist rein platonisch – nicht vergleichbar mit dem magischen Prickeln einer ersten Verliebtheit. Okay, zurzeit küssen wir uns ganz schön viel, aber was macht das schon? Es gibt keine sprühenden Funken, keine wohligen Schauer – zumindest nicht auf meiner Seite. Mein Zittern ist nur auf Nervosität zurückzuführen, mein stockender Atem auf Unerfahrenheit und die Gänsehaut auf unser Konkurrenzdenken.

Allison kennt Jasper nicht so gut wie ich. Er ist laut, leidenschaftlich und absolut unberechenbar. Er ist total locker und gleichzeitig von nichts aufzuhalten, wenn er sich etwas in den Kopf gesetzt hat. Ich bin mir sicher, wenn er mich wirklich so lieben würde, wie sie behauptet, würde ich es an seinen Küssen spüren, an seiner Stimme hören. Aber so ist es nicht.

Wenn ich nur daran denke, dass Jasper und ich zusammen wären, wird mir ganz anders. Die Unbeholfenheit, die unseren entspannten Umgang ersetzen würde. Seine Leidenschaftlichkeit im Wettstreit mit meiner zurückhaltenden Art. Wir beide würden ein ziemlich chaotisches Paar abgeben – ständig streitend, nie einer Meinung, immer auf der Suche nach der mühelosen Leichtigkeit, die wir früher hatten. Manche Beziehungen funktionieren als Freundschaft einfach besser, und ich glaube, das haben wir schon vor langer Zeit erkannt. Deswegen ist meine damalige Verliebtheit zu purer Neugier verblasst.

Endlich lässt die Nervosität, die mich noch wenige Minuten zuvor durchströmt hat, nach. Meine Finger umfassen ruhig das Zahlenschloss, und es gelingt mir, ohne große Anstrengung, den Spind zu öffnen. Ich muss sogar unwillkürlich ein bisschen über mich lachen. *Kiss Cam* wirbelt bei uns so einiges durcheinander.

Ich lasse mich rückwärts gegen Jaspers Beine sinken, während er mit meinen Haaren spielt. Lenny, der genau wie ich auf dem Fußboden in seinem Wohnzimmer sitzt, verzieht sich auf die Couch. Er hat seinen Laptop auf dem Schoß und sortiert Vorschläge für unsere *Kissmas*-Aktionen aus, die demnächst starten sollen. Er meint, dass wir bis dahin die normalen Kiss-*Cam*-Clips aussetzen sollten, weil wir unsere Zuschauer sonst zu sehr verwöhnen würden. Als er die Liste herunterscrollt, spiegelt sich der helle Bildschirm in seinen Augen.

Jasper fährt mit den Fingern durch meine Locken, zerstrubbelt sie und zieht sie wieder glatt. Ich lehne meinen Kopf an seine Knie und sehe zu ihm auf. Aus diesem Winkel erscheint seine Nase sehr groß, während die Augen unter den dichten Wimpern kleiner wirken. Er zieht seine Hand weg und streckt mir die Zunge heraus. Ich mache es ihm nach und wende mich dann wieder Lenny zu.

»Küsse unterm Mistelzweig …«

Jasper stupst mich mit dem Knie an. »Sieht so aus, als müssten wir in ein paar Mistelzweige investieren.« Ich revanchiere mich mit einem Ellbogenstoß und schüttele den Kopf.

»Schneeballschlachtkuss …«

Als Jasper mich wieder mit den Knien anstupst, gebe ich ihm einen Klaps auf die Schienbeine und verdrehe die Augen.

»Oh, hört mal: Probiert verschiedene Lippenpflegestifte mit Weihnachtsaroma aus und erratet durch einen Kuss, was der andere aufgetragen hat.«

Diesmal rüttelt mich Jasper so fest an der Schulter, dass ich fast ein Schleudertrauma bekomme. Ich weiß, was er denkt – und es gefällt mir gar nicht. Ist es moralisch eigentlich vertretbar, wenn beste Freunde so etwas tun? Na ja, *Kiss Cam* ist wahrscheinlich auch nicht moralisch vertretbar … aber das mit dem Geschmackstest geht mir eindeutig zu weit.

Jasper schüttelt mich immer noch, sodass die Gedanken pausenlos in meinem Kopf herumgewirbelt werden. Schließlich fauche ich ihn an: »Würdest du vielleicht mal aufhören?«

Er denkt gar nicht daran, deswegen winde ich mich aus seinem Griff, krabbele hinüber zu Lenny und setze mich neben ihn. Lenny dreht den Kopf zu mir und sieht mich mit einem schiefen Grinsen an, während Jasper sich schmollend zurücklehnt.

»Ist doch 'ne super Idee«, sagt Lenny verschmitzt.

Ich muss schon allein bei der Vorstellung stöhnen und schlage die Hände vors Gesicht.

»Wäre durchaus eine Möglichkeit«, meint Jasper in provozierendem Ton, und ich weiß genau, dass er auf eine Reaktion von mir wartet. Lenny nickt nachdenklich.

Ich werfe Jasper einen genervten Blick zu. »Diese Idee ist widerlich.«

Jasper schnaubt. »Soll das ein Witz sein, Baby? Das ist total heiß.«

Mir entgleisen die Gesichtszüge und ich starre ihn fassungslos an. Für einen Augenblick hört man nur das leise Surren von Lennys Computer und Jades und Rubys gedämpfte Stimmen aus dem Obergeschoss. Jasper wirft mir einen herausfordernden Blick zu und wartet darauf, dass sein Lächeln mich wieder besänftigt. Doch ich fixiere einen Punkt in seinem Gesicht, genauer gesagt, die paar verstreuten Sommersprossen, die sich über seine Nase ziehen, und stoße die Luft aus.

»Du bist echt unmöglich.«

»Ich?«, sagt er mit gespieltem Entsetzen. »Niemals!«

»Idiot«, lege ich mit todernstem Gesicht nach.

Lenny findet das aus irgendeinem Grund irrsinnig komisch und wirft lachend den Kopf in den Nacken.

»Findest du etwa, es hat Stil, mich gegen die Haustür zu drücken und mir die Zunge in den Hals zu stecken?«, fragt Jasper mit einem teuflischen Funkeln in den Augen. Sein Haar ist so zerzaust, dass eigentlich nur zwei Hörner daraus hervorschauen müssten, um das Bild komplett zu machen.

Lenny lacht noch lauter. »Autsch, das hat aber gesessen.«

Die unerschütterliche Ruhe, die ich bis eben noch an den Tag gelegt habe, gerät ins Wanken. Meine Haut beginnt zu prickeln, und Wut braut sich in mir zusammen.

»Ich hab dir überhaupt nicht die Zunge in den Hals gesteckt!«, protestiere ich nicht sehr überzeugend.

Als Lennys Gelächter nach meiner Bemerkung noch lauter wird und sein Gesicht puterrot anläuft, würde ich vor Scham am liebsten im Boden versinken.

»Oh doch, das hast du, und es war richtig gut. Aber jetzt zurück zu unserem eigentlichen Thema …«

»Ich hasse dich.«

Jasper legt mir einen Finger auf die Lippen und bringt mich mit einem breiten Lächeln zum Schweigen. »Psst, meine Hübsche, du hast mich nicht ausreden lassen.«

Ich schlage seine Hand weg und kneife warnend die Augen zusammen. Lennys Gelächter ist inzwischen in ein leises Glucksen übergegangen und er schaut interessiert zwischen Jasper und mir hin und her. Er hat den Laptop ein Stück beiseite gestellt, um ihn vor uns in Sicherheit zu bringen, und macht es sich jetzt im Schneidersitz bequem.

»Die Zuschauer bestimmen, was gefilmt wird …« Jasper ist gnadenlos.

»Offensichtlich.«

»Überleg mal«, sagt Jasper, »würdest du lieber weihnachtliche Jasiper-Fanfiction nachspielen oder Lippenpflegestifte testen?«

»Wer hat irgendwas von Jasiper-Fanfiction gesagt?«, frage ich und rolle mit den Augen.

»Als wenn uns das nicht blühen würde«, seufzt er dramatisch. Aus dem Augenwinkel sehe ich, wie Lenny bei dieser Bemerkung nachdenklich nickt, und ich weiß, dass Jasper gewonnen hat.

»Bäh!«, stoße ich hervor und schiebe Jaspers kräftige Finger von meinem Mund. »Na gut. Dann viel Spaß bei der Suche nach Lipgloss mit Weihnachtsgeschmack.«

Jasper grinst triumphierend und fährt sich mit der Hand durch das Haar, als könne er es noch nicht ganz fassen, dass ich tatsächlich nachgegeben habe. »Den werde ich haben«, sagt er. »Glaub mir.«

Als ich später am Abend nach Hause komme, werde ich an der Tür von riesigen grünen Boxen und mehreren, teils ramponierten Pappkartons empfangen. An der Innenseite der Eingangstür hängt zu meinem Schrecken ein festlich geschmückter Weihnachtskranz, der sich beinahe in meinen Haaren verfängt. Als ich die Schuhe ausziehe, stelle ich fest, dass unser normaler Fußabtreter durch ein rot-grünes Exemplar mit Wichtelmännern darauf ersetzt worden ist. Ein schneller Rundumblick zeigt mir haufenweise Flitter, Lametta und Schleifen.

Überwältigt von dieser Deko-Explosion – einschließlich eines seltsamen süßlichen Geruchs in der Luft – sehe ich mich nach dem Verursacher dieses Wahnsinns um. Als plötzlich meine Mutter den Kopf durch die Wohnzimmertür steckt, fällt mir wieder ein, dass heute ihr freier Tag ist. Ein einziger Blick auf sie beantwortet all meine Fragen.

Meine Mum ist einhundertzehnprozentig in Weihnachtsstimmung. Ihr hellbraunes Haar hat sie mit einem roten Haargummi zusammengebunden und sie trägt einen albernen rot gestreiften Pullover. Sogar knallroten Lippenstift hat sie aufgelegt. Dies ist ein wunderbares Beispiel für die Feiertagsbesessenheit meiner Mutter. Egal, um welchen Festtag es sich handelt – sie nimmt mit, was die Jahreszeiten hergeben.

Valentinstag zum Beispiel. Für uns andere ist es ein unerträglicher Tag mit Unmengen rosa Schleifen und ausgeschnittenen Herzchen, für sie ist es die ideale Gelegenheit, sich pinkfarben anzuziehen, Blumen im ganzen Haus zu verteilen und kleine handgeschriebene Zettel auf meine

Kommode zu legen, auf denen sie mir versichert, wie viel ich ihr bedeute. Nur, wer meine Mutter einmal in Aktion erlebt hat, weiß, wie man einen Feiertag richtig begeht.

»Rate mal, was ich heute gemacht habe«, flötet sie mir von ihrem Posten hinter der exzessiv geschmückten Tür zum Wohnzimmer zu.

»Die Steuererklärung?«

Ohne richtig zuzuhören, sprudelt sie los: »Ich habe die Weihnachtssachen rausgeholt – weißt du eigentlich, wie viel wir davon haben? Ach ja, und dein Vater besorgt nächste Woche einen Baum, ist das nicht aufregend? Fürs Erste müssen wir das Haus jetzt nur noch mit dem Rest hiervon schmücken«, sagt sie mit einem Nicken zu den Boxen hinter mir.

Mir bleibt kaum genug Zeit, die Informationen zu verarbeiten, mit denen sie mich gerade überschüttet hat, als sie auch schon weiterredet. »Was stehst du denn im Flur rum, June? Hier zieht es doch. Komm rein. Im Fernsehen laufen schon die ganzen Klassiker.«

Ich trotte durch den mit Lichterketten geschmückten Flur zu ihr ins Wohnzimmer. Noch bevor ich dort ankomme, eilt sie auch schon davon, um *Jingle Bells* auf ihrem iPod-Dock abzustellen. Dann wirbelt sie herum und dreht den Fernseher lauter.

Jetzt kann ich auch den komischen Geruch zuordnen, der mir im Flur in die Nase gestiegen ist: auf den Beistelltischchen neben dem Sofa brennen Apfel-Zimt-Kerzen, die einen schweren, heimeligen Duft verströmen.

»Komm, lass uns zusammen fernsehen«, drängelt sie,

nimmt meine Hand in ihre zarte, kleine und zieht mich zum Sofa.

»Mum.«

»Es kommt *Rudolph, the Red Nosed Reindeer.* Den haben wir schon ewig nicht mehr gesehen«, sagt sie voller Begeisterung, während sie sich niederlässt und die Decke von der Sofalehne zu uns herunterzieht.

»Mum.«

»Hast du's auch bequem?«

»Mum.« Ich seufze, denn sie scheint wild entschlossen zu sein, Zeit mit mir zu verbringen. »Ich habe morgen Schule.«

Für einen Moment wirkt sie überrascht und ihre blauen Augen blicken verwirrt, dann lässt sie sich in die Polster sinken. »Oh.«

So läuft es immer. Sobald sie einen Tag frei hat, schmiedet sie große Pläne und vergisst dabei ganz, dass ich einen anderen Zeitplan habe. Als ich die Enttäuschung in ihren Augen sehe, fühle ich mich richtig mies, denn in Wirklichkeit muss ich noch gar nicht ins Bett. Sie ist bloß so erdrückend, wenn sie in dieser Stimmung ist – aber das ist eigentlich kein Grund, ihr aus dem Weg zu gehen. Also mache ich einen Kompromiss.

»*Einen* Film«, sage ich.

Bei diesen Worten strahlt sie mich an und legt einen Arm um meine Schulter. »Das ist mein Mädchen«, sagt sie stolz und presst ihre Stirn an meine Schläfe. »Wenn Jas dich bloß nicht ständig in Beschlag nehmen würde!«

Meine Wangen werden flammend rot und ich winde mich aus ihrem Arm. »Mum«, seufze ich. »Er nimmt mich nicht in Beschlag.«

Sie lehnt sich zurück und hält mich auf Armeslänge von sich weg. Als ich ihr den Kopf zuwende, bemerke ich ihren mütterlichen Blick. »Ach, Schätzchen, er versucht es aber.«

Ich schüttele nur den Kopf, während sie leise glucksend lacht und mich an sich zieht, um mich zu knuddeln. »Meine Süße, du lebst wirklich in einer Traumwelt.«

Obwohl sie mich festhält und ich ihr Gesicht nicht sehen kann, verziehen sich ihre roten Lippen vor meinem inneren Auge zu einem allwissenden Lächeln.

»Vielleicht lebst *du* ja in einer Traumwelt«, schnaube ich.

»Vielleicht«, räumt sie ein, »aber dann wäre ich nicht die Einzige.«

ZWÖLF

Zunächst scheinen sich die grauen Novembertage jedes Jahr unendlich lang hinzuziehen – und dann steht plötzlich schneller als erwartet der Advent vor der Tür.

Als Jasper am 1. Dezember verkündet, dass *Kissmas* heute starten soll, hätte ich ihm vor Schreck beinahe meinen Kaffee ins Gesicht gespuckt. Offenbar hat Lenny bereits ein Video mit der Ankündigung für unser Christmas-Special produziert. Und da ich am Wochenende nicht auf VlogIt war, hatte ich null Zeit, mich vorzubereiten. Es ist mir schleierhaft, wann Jasper die weihnachtlichen Lippenpflegestifte besorgt hat, die heute zum Einsatz kommen.

»Wenn heute dieser Geschmackstest dran ist, was machen wir dann an den anderen Abenden bis Weihnachten?«, frage ich leicht panisch und versuche, mir zusammenzureimen, wann die ganze Planung stattgefunden hat.

Jasper sieht mich genervt an, während Lenny nur den Kopf schüttelt und sich demonstrativ sein Chili con carne in den Mund schaufelt, als wollte er da auf keinen Fall reingezogen werden.

»Das meinst du doch jetzt nicht ernst, oder?« Quer über den Tisch fange ich Jaspers finsteren Blick auf und zucke hilflos mit den Achseln. Ich bin total verwirrt. Jasper stößt einen langen, dramatischen Seufzer aus.

»Das haben wir doch alles letzte Woche beim Mittagessen besprochen – oder hast du da *wirklich* mal Musik über deine Kopfhörer gehört?«

Bei dem Gedanken an letzten Mittwoch zucke ich leicht zusammen. Ich habe nämlich die Angewohnheit, mir die Dinger in die Ohren zu stecken, auch wenn auf meinem iPod gar keine Musik läuft. Das ist meine Art, ungewollten Gesprächen aus dem Weg zu gehen. Dienstagabend hatte ich mir ein neues Album runtergeladen, das ich am nächsten Tag beim Mittagessen hören wollte. Das heißt, wenn überhaupt, habe ich im Takt genickt und nicht als Zeichen meiner Zustimmung zu irgendetwas.

Jasper schiebt sein Tablett weg, beugt sich über den Tisch und vergräbt stöhnend den Kopf in den Armen.

»Ich habe eine Liste«, sagt Lenny plötzlich und ich lächele ihn dankbar an. »Die kopiere ich dir und geb sie dir heute Abend, dann musst du jetzt nicht länger einen auf Dramaqueen machen.« Dabei sieht er zu Jasper. »Mann, das ist doch echt keine große Sache, ihr das kurz zu erklären.«

»Darum geht's doch gar nicht«, zischt Jasper und hebt den Kopf, um mich anzusehen. »Du kannst doch jetzt nicht *mich* für irgendwelche Entscheidungen verantwortlich machen, von denen ich dachte, dass wir sie letzten Mittwoch alle *gemeinsam* getroffen hätten.«

An dieser Stelle stößt mir Allison, die bis jetzt still ihr Mittagessen gegessen und dem Gespräch gelauscht hat, ihren Ellbogen in die Seite. Ich werfe ihr einen kurzen warnenden Blick zu, bevor ich meine Aufmerksamkeit wieder auf Jasper richte. Ich brauche keine Hilfe, um zu wissen, dass das, was er gesagt hat, Ärger bedeutet.

»Was soll das heißen?«

Jasper zuckt mit den Achseln. »Ich muss zugeben, dass ein paar Sachen auf der Liste stehen, von denen ich dachte, dass du dich nie darauf einlassen würdest, aber immerhin ziehen wir heute Abend die Sache mit den Lippenpflegestiften durch. Ich meine, was könnte noch schlimmer sein?«

Allison stößt mich wieder mit dem Ellbogen an, diesmal nur ganz leicht, als wollte sie mich nicht reizen, aber trotzdem auf etwas aufmerksam machen. Ich beiße mir kurz auf die Unterlippe, um nicht auszuflippen.

»Keine Ahnung, Jas«, sage ich mit ruhiger Stimme. »Was ist denn noch schlimmer?«

Jasper verzieht das Gesicht, starrt konzentriert an mir vorbei, als versuchte er, sich zu erinnern, und fängt dann an aufzuzählen: »Der klassische Kuss unter dem Mistelzweig zu Weihnachten, eine Pfefferminzstange von beiden Seiten essen, bis unsere Lippen sich in der Mitte treffen, einen Weihnachtsfilm sehen und uns jedes Mal küssen, wenn das Wort ›Weihnachten‹ vorkommt … Oh, und versuchen, dem anderen einen Knutschfleck in Form eines Weihnachtsbaums zu verpassen.«

»Na, *super*«, stöhne ich und denke gleichzeitig, dass das

ganz schön viele Küsse sind. Aber was hatte ich auch erwartet? Schließlich heißt das Ganze *Kissmas* – und Jasper küsst gar nicht mal so schlecht. Außerdem hätten die Vorschläge *wesentlich* schlimmer sein können. Von seiner Andeutung her hätte ich mit deutlich heftigerer Knutscherei gerechnet, aber Jasper hat nun mal einen Hang zur Dramatik.

Jetzt meint er auch noch: »Wenigstens wollen sie nicht, dass ich den Rudolph mache und du auf mir … Also, Juniper, wie du siehst, sind das lauter harmlose Wünsche.«

»Oh, Gott!« Allison verbirgt ihre hochroten Wangen hinter den Händen, während Lenny hemmungslos zu kichern beginnt.

Ich bin kurz sprachlos, bringe dann aber ein »Ich habe auch nichts anderes behauptet« heraus.

»Prima«, sagt Jasper schnell und schenkt mir ein breites Grinsen. »Wie wär's mit einem Versöhnungskuss?«

Ich stehe auf und schüttele den Kopf. »Du bist echt unmöglich«, murmele ich. Als ich weggehe, um mein Tablett abzugeben, bekomme ich gerade noch mit, wie sich sein freches Grinsen in ein übertriebenes Schmollen verwandelt.

»Keine Angst«, höre ich hinter mir Allisons Stimme. »Du bekommst noch genug Lippen-Action.«

Mit offenem Mund blicke ich über die Schulter zurück. So viel Schlagfertigkeit hätte ich ihr gar nicht zugetraut.

Als wir später bei Jasper sind, und Lenny mir die vollständige *Kissmas*-Liste überreicht, überzeuge ich mich davon, dass die Aufgaben wirklich nicht so schlimm sind, und beschließe, das Beste daraus zu machen. Schließlich küsse ich nur ganz locker meinen besten Freund, ohne dass es sich irgendwie komisch anfühlt. Wie viele Leute können das schon von sich behaupten?

Als Jasper mir kurz nach meiner Ankunft die Lippenpflegestifte präsentiert, stelle ich bestürzt fest, dass es sich um ein Dutzend Exemplare handelt, und er hat auch schon sechs davon ausgesucht, die er auftragen wird, damit ich sie errate.

Er drückt mir meine sechs in die Hand und geht dann ans andere Ende des Zimmers, um Lenny zu erklären, welche Kameraeinstellungen er verwenden soll. Ich lasse mich auf Jaspers Bett nieder und breite die Lippenstifte vor mir aus. Nach eingehender Betrachtung der niedlichen weihnachtlich designten Etiketten weiß ich nun, dass er mir die Geschmacksrichtungen Heiße Schokolade, Lebkuchen, Kürbiskuchengewürz, Glühwein, Zimtsterne und Kandierte Pflaume zugeteilt hat. Ich habe keine Ahnung, wo er die Dinger aufgetrieben hat, und will mir gar nicht vorstellen, was für Exemplare er sich ausgesucht hat.

Nachdem ich ein paar Minuten beobachtet habe, wie Lenny über die Kabel stolpert und Jasper bei dem Versuch, das Stativ mit vollen Händen aufzubauen, beinahe Kamera *und* Laptop fallen gelassen hätte, setzt sich Jasper schließlich neben mich, und Lenny macht es sich auf der anderen Seite des Zimmers an Jaspers Schreibtisch bequem. Er hat beschlossen, sich aus dem Christmas-Special rauszuhalten, es sei denn, es ergibt sich spontan eine Gelegenheit dazu.

Lenny liebt seine Rolle als Regisseur. Wahrscheinlich hält er das für eine besonders wichtige Aufgabe. Ich glaube, dass es ihm auch deswegen gefällt, weil er dabei nicht so leicht in die Schusslinie gerät, wenn die Leniper-Shipper wieder zuschlagen.

Jasper hält seine sechs Lippenpflegestifte in der Hand und signalisiert mir mit einem Nicken, die Aufnahme zu starten. Vorsichtig – damit meine Stifte nicht über die Bettkante rollen – beuge ich mich vor und drücke den Aufnahmeknopf. Das kleine rote Licht neben dem Objektiv leuchtet auf. Während ich mich neben ihm zurechtsetze, moderiert Jasper die Einführung zu unserem Christmas-Special.

Ich höre zu, wie er unseren Zuschauern »Merry Kissmas« wünscht und ihnen dann erzählt, was sie heute erwartet. Er erklärt, dass jeder von uns sechs verschiedene Sorten Lippenbalsam bekommen hat und dass wir abwechselnd versuchen werden, zu erraten, welchen der andere aufgetragen hat, indem wir ihn von dessen Lippen kosten. Dann nennt er die Geschmacksrichtungen, die ich erraten muss: Pfefferminz, Glühwein, Zimt und Zucker, Schokoladentrüffel, Apfel-Zimt und Geröstete Marshmallows. Anschließend soll ich in die Kamera sagen, welche Sorten ich habe, und dann geht's los.

Jasper beschließt, dass ihm die Ehre gebührt anzufangen. Ich muss die Augen schließen und höre, wie er die Stifte kurz zwischen den Händen hin und her rollt. In der folgenden Stille trägt er einen der Pflegestifte auf. Schließlich darf ich die Augen öffnen.

»Der schmeckt richtig gut«, sagt er zu mir, nachdem er sich probehalber mit der Zunge über die Lippen gefahren ist.

»Ach, ja?«

Als er nickt und sich zu mir hinüberlehnt, wird mir klar, dass ich ihn jetzt küssen muss. Ich mache keine große Sache daraus, beuge mich ein Stück vor, berühre seine cremigen Lippen und gebe mir Mühe, mit nur ein paar langen Küssen so viel Balsam wie möglich zu erwischen. Dann lehne ich mich zurück, lecke mir über die Lippen und versuche zu erraten, was sich hinter dem süßen Geschmack verbirgt. Er ist irgendwie ungewöhnlich und erinnert eher an Vanille als an die anderen Aromen auf seiner Liste.

»Ist es der mit den Marshmallows?«

Er nickt und hält den Stift hoch. »Stimmt, Geröstete Marshmallows. Nicht schlecht.«

»Danke«, sage ich mit einem kleinen Lachen.

Dann bin ich dran und Jasper muss die Augen schließen. Als ich einen Stift aus meinem Haufen auswählen soll, greife ich mir den, der am nächsten liegt. Ohne einen Blick auf das Etikett zu werfen, ziehe ich die Kappe ab und beginne, ihn aufzutragen. Ich teste mit der Zunge, ob ich auch genug erwischt habe, dann sage ich Jasper, dass es losgehen kann.

Als er die Augen öffnet, blickt er lange auf meine Lippen und zwinkert mir dann zu. Das bringt mich zum Lachen, auch wenn nur ein leicht verlegenes Kichern dabei herauskommt.

»Fertig?«, frage ich.

Jasper beugt sich wortlos vor und saugt kurz an meiner Unterlippe, bevor er sich zurückzieht. Mit zusammengekniffenen Augen versucht er, die Geschmacksrichtung zu identifizieren.

Dann murmelt er: »Moment mal«, kommt unerwartet noch mal näher, nimmt mein Gesicht in seine Hände und fährt mit der Zungenspitze über meine Lippen.

Mir bleibt vor Schreck die Luft weg. Ist er jetzt völlig durchgedreht?

Wieder weicht Jasper ein Stück zurück und überlegt. Als ich ihn mit erwartungsvoll hochgezogener Augenbraue ansehe, meint er: »Lebkuchen oder Kürbis.«

»Mit Sicherheit Lebkuchen!«, ruft Lenny quer durch das Zimmer.

Ich werfe zum ersten Mal einen Blick auf das Etikett. Darauf ist ein winziges Lebkuchenhaus abgebildet, eingehüllt von Schneeflocken, die auch den Rest des Stifts zieren. Um den unteren Rand zieht sich in kleinen, fett gedruckten Buchstaben die Aufschrift »Lebkuchen«, die ich Jasper jetzt vor die Nase halte.

»Und woher hast du das gewusst?«, ruft Jasper zu Lenny hinüber.

»Wenn es Kürbis gewesen wäre, hättest du es sofort erkannt. Du trinkst doch ständig Pumpkin-Spice-Latte in der Cafeteria.«

Jasper starrt ihn verdutzt an.

»Ich bin auch total verrückt nach dem Zeug«, fügt Lenny

grinsend hinzu. »Zu dieser Jahreszeit fließt Pumpkin-Spice-Latte durch meine Adern.«

Als ich losprust, schlägt Jasper mir den Lippenstift aus der Hand und verdreht genervt die Augen. »Ich bin von Idioten umzingelt«, murmelt er mit gespielter Verzweiflung in Richtung Kamera.

Ich tue so, als sei ich beleidigt, und beobachte, wie er seine Niederlage lässig überspielt und sich einen neuen Pflegestift aussucht.

So geht es eine Weile weiter. Wir tragen abwechselnd Geschmacksrichtungen auf und versuchen, sie zu erraten. Dabei werden unsere Küsse von Mal zu Mal alberner. Während meine eher nüchtern und harmlos sind, sind seine einfach nur lächerlich.

Meistens zieht er mein Gesicht ganz dicht zu sich heran, küsst mich, leckt sich über die Lippen und wiederholt das Ganze. Einmal stürzt er sich auf mich, schubst mich rücklings auf die Matratze und verkündet lautstark, wie sehr er den Geschmack von heißer Schokolade liebt.

Als er mit dem Daumen zärtlich über mein Kinn streicht und bei jeder sich bietenden Gelegenheit seine Zunge zwischen meine Lippen gleiten lässt, vergesse ich alles um uns herum. Lenny muss laut »Hey! Aufhören!« rufen, damit ich wieder zu mir komme.

Als alles gesagt (oder besser – geküsst) ist, beendet Jasper die Aufnahme, und Lenny fängt an, sich darüber den Kopf zu zerbrechen, wie sich das Filmmaterial am besten für unseren heutigen Vlog zusammenschneiden lässt.

Plötzlich schwenkt er auf dem Schreibtischstuhl zu uns herum. »Und am ersten Tag von *Kissmas*«, verkündet er im Tonfall eines Sportmoderators, »lieferte Team Jasiper eine unglaubliche Kuss-Performance.«

DREIZEHN

Kissmas ist auf dem besten Weg, unser erfolgreichster Weihnachts-Vlog zu werden. Die Zuschauer sind durchweg begeistert von unseren Aktionen, immer mehr Leute schließen sich der Jasiper-Fraktion an, und unser Christmas-Special hat es auf die Startseite von VlogIt geschafft – dabei steht heute erst die vierte Aktion an.

Nachdem wir uns gegenseitig den Lippenbalsam vom Mund geküsst hatten, knabberten wir beim zweiten Mal von beiden Seiten an einer rot gestreiften Pfefferminzstange, als würden wir uns eine einzelne Spaghetti teilen (was übrigens keine gute Idee war, weil unsere Zähne von dem Süßkram furchtbar schmerzten und das Pfefferminz schrecklich im Mund brannte – wir gaben auf, bevor unsere Lippen sich überhaupt berührt hatten), und sahen bei der nächsten *Kissmas*-Aktion zusammen *Der Grinch* und küssten uns jedes Mal, wenn das Wort »Weihnachten« fiel (vierzehn Mal, um genau zu sein). Heute sind die Knutschflecke in Form von Weihnachtsbäumen dran. Bei dieser Aufgabe habe ich ein paar Bedenken, und die lauten folgendermaßen:

- Der beste Ort für einen Knutschfleck (der nicht todlangweilig ist) ist der Hals.
- Mein Dad hat sich seinen Urlaub für die Weihnachtszeit aufgespart und morgen ist sein erster freier Tag.
- Es könnte sein, dass er den Knutschfleck entdeckt.
- Jeden Tag Schal und Rollkragenpullover zu tragen, ist verdächtig.
- Abdeckstift hält nicht lang genug.

Mit anderen Worten: Ich war geliefert.

Meine Hoffnung ist, mich durchzumogeln, indem ich hässliche Weihnachtspullover mit Rollkragenshirts drunter trage, die immerhin zur Jahreszeit passen. Aber da ich nur ein einziges Rollkragenshirt besitze und bis nächsten Freitag noch zur Schule gehen muss, würde das ziemlich verdächtig wirken – siehe Nummer zwei bis vier auf meiner Liste. Meine einzige Hoffnung – die Vorteile viel beschäftigter Eltern:

- 99 % der Zeit hast du sturmfreie Bude.
- Du kannst den ganzen Tag mit Freunden abhängen, ohne dass es auffällt.

Aber – der Nachteil viel beschäftigter Eltern:

- Da sie dich so selten sehen, versuchen sie, es wieder gutzumachen, indem sie dir hinterherschnüffeln, dir ein Loch in den Bauch fragen und dich über längere Zeit hinweg prüfend mustern.

Mit diesen Gedanken im Hinterkopf versuchte ich, Jasper davon zu überzeugen, die Sache mit den Knutschflecken ausfallen zu lassen, aber er blockte ab: »Du hast Ja gesagt, Juniper. Für einen Rückzieher ist es jetzt zu spät.« Es half auch nicht, dass ich ihm die Situation erklärte. Im Gegenteil. Es hatte nur den Effekt, dass er es kaum noch erwarten konnte, das Video zu drehen. Offenbar war die Vorstellung, wie ich versuchen würde, meinen Knutschfleck zu verbergen, für ihn das Highlight des Tages.

Hatten mich unsere üblichen Vlogging-Aktivitäten manchmal schon an den Dreh eines Amateurpornos erinnert, hätte ich mir nicht träumen lassen, wie schlimm es rüberkommen würde, wenn wir ein Knutschfleck-Video produzierten. Die Beleuchtung ist mir noch nie so grell, Jaspers Bett als »Bühne« so billig und die Kameraeinstellung so gnadenlos vorgekommen. Und was hier gleich auf besagtem Bett unter den Scheinwerfern, die so heiß sind, dass sie mich zum Schwitzen bringen, und vor einer Videokamera, die die Ereignisse an die gesamte VlogIt-Community senden wird, geschieht, ist alles andere als unschuldig. Lippen und Zungen und bloße Haut mit blauen Flecken ... Ich sehe es förmlich vor mir – ein Screenshot unseres Videos als Werbung für eine Pornowebsite.

Vielleicht übertreibe ich maßlos, vielleicht bin ich bloß nervös und vielleicht schaut Lenny auch gar nicht mit wissendem Blick und breitem Grinsen von Jaspers Schreibtisch zu mir rüber. Der verdammte Glückspilz ist mal wieder aus dem Schneider, sobald er die Sache anmoderiert hat.

Ich fixiere ihn von Jaspers sicherer Türschwelle aus und schüttele den Kopf. *Verdammter Glückspilz.*

Er zwinkert mir nur zu und zieht eine Augenbraue hoch.

Jetzt taucht Jasper hinter mir auf, der gerade noch kurz ins Bad verschwunden war, als ich die Treppe heraufkam. Als er sich an mir vorbeischiebt, merke ich, dass er sich ein Hemd angezogen hat. Die oberen Knöpfe hat er offen gelassen, sodass man seinen langen Hals in voller Pracht bewundern kann. Sobald er vor mir steht, nimmt er meine Hände und bläst darauf, so wie er es immer tut, wenn ich draußen in der Kälte war. Obwohl meine Hände schon längst aufgetaut sind, presst er seine Lippen auf meine Finger, pustet seinen warmen Atem darüber und sieht mich mit großen haselnussbraunen Augen an. Ich erwidere seinen schmachtenden Blick – natürlich nur aus Spaß – und grinse. Seine Lippen verziehen sich ebenfalls zu einem Lächeln und er lässt meine Hände los.

Als er an mir vorbei zum Bett geht, sagt er über die Schulter: »Ich hoffe, du hast nicht vor, das beim Videodreh zu tragen.«

Obwohl ich genau weiß, was ich anhabe, blicke ich von meinem Sweatshirt zu seinen offenen Hemdknöpfen und kapiere, worauf er hinauswill. Eigentlich wollte ich das Sweatshirt vor dem Dreh ausziehen. Doch als ich jetzt zu Jasper hinübersehe, der es sich mit halb entblößter Brust auf dem Bett gemütlich macht, und mir vorstelle, wie ich in einem Spaghettiträger-Top neben ihm sitze und an seinem Hals sauge, schießen mir so einige *Gedanken* durch den Kopf.

Wenn hier noch mehr nackte Haut aufblitzt, könnte die Sache ziemlich grenzwertig werden. Aber Jasper hat mir deutlich zu verstehen gegeben, dass ich aus dieser Nummer nicht mehr rauskomme. Also ziehe ich mir als Antwort das Sweatshirt über den Kopf und werfe es beiseite, was mir ein anzügliches Grinsen einbringt.

»Unsere Freundschaft ist mir heilig«, flüstert er mir zu, nachdem ich mich neben ihn und vor die Kamera gesetzt habe. Ich weiß, dass er bloß einen harmlosen Witz machen will, aber ich kann nur daran denken, wie er im Wohnzimmer über mir kniete und sein Mund an meinem Hals auf und ab gewandert ist, bis ich vor Sehnsucht, diese Lippen auf meinen zu spüren, fast verrückt geworden bin. Das ist ein gefährlicher Gedanke. Ich lenke mich davon ab, indem ich Lenny auffordere, die Anmoderation zu machen, was er umgehend tut. Offenbar genießt er es, dass ich mich unbehaglich fühle. Seit diese Sache angefangen hat, ist er auf Jaspers Seite, und ich verstehe einfach nicht, warum.

Während Lenny redet, zupft Jasper sein Hemd zurecht und fährt mit der Hand an der Innenseite des Kragens entlang, damit der Stoff nicht am Hals anliegt.

Verunsichert ziehe ich mein Top hoch, um sicherzugehen, dass mein Ausschnitt nicht zu tief sitzt. Jasper ist vielleicht mein Freund und er hat mich schon in Unterwäsche angegafft, aber ich traue seinem Mund nicht, wenn so viel nackte Haut im Spiel ist.

Ich weiß, ich sollte mir nicht solche Sorgen um einen kleinen *Knutschfleck* machen, aber immerhin geht es um Jasper. Für einen dramatischen Auftritt würde er alles tun. Das ist kein Misstrauen, das ist die Wahrheit.

»Wir sind wie Vampire«, flüstert Jasper leise, während Lenny noch redet.

Ich runzele die Stirn und sehe ihn besorgt an. »Was soll das jetzt wieder heißen?«

»Ich würde es dir ja zeigen«, sagt er grinsend, »aber Lenny macht gerade die Einführung zu unserem Video, das würde ihn ablenken.«

»Wenn du mich in den Hals beißt«, warne ich ihn und piekse ihm mit dem Finger in die Brust, »dann beiße ich dich noch *viel fester* zurück.«

»Oh ja«, flüstert er.

Ich will ihn gerade warnen, irgendwelche Spielchen mit mir zu spielen, weil unsere heutige Aufgabe ein sichtbares Zeichen hinterlässt, das ich notfalls meinen Eltern erklären muss, als Lennys Schlussworte mich ausbremsen.

»Und heute wird Jasiper Knutschflecke in Weihnachtsbaumform präsentieren – Fangirls, ihr dürft jetzt kreischen!«

Lenny steht auf, macht eine kurze Pause, um seine Jeans zurechtzuziehen (so hat er mehr Zeit zum Ausblenden) und wendet sich dann Jasper und mir zu. »Viel *Spaß*«, gurrt er, geht Richtung Tür und salutiert noch einmal, bevor er das Zimmer verlässt. »Lenny ist dann mal weg.«

Jasper übernimmt jetzt das Reden, aber ich verstehe kaum etwas, weil mein Herzschlag so laut in meinen Ohren dröhnt. Es ist albern, dass ich wegen dieser Sache nervös bin, aber Lenny – mein Fels in der Brandung, derjenige, der Jasper und mich zurückpfeift, wenn wir zu weit gehen – ist verschwunden, und ich muss mich jetzt zusammenreißen.

Es ist doch nur ein *Knutschfleck*. Nichts als ein blauer Fleck, für den ich eine gute Tarnung brauche.

Und wenn mein Vater ihn entdeckt? Ich möchte lieber nicht daran denken, wie ich ihm das erklären soll. Eins ist klar: Auf keinen Fall dürfte ich dann noch mal bei Jasper übernachten. Deswegen sollte Jasper sich jetzt besser nicht zu mir herüberlehnen und er sollte definitiv nicht seine Lippen auf meinen Hals pressen. Wenigstens hat er sich eine Stelle neben dem Schlüsselbein ausgesucht, wo mein Sweatshirt den Knutschfleck verdecken kann – vielleicht wird alles gar nicht so schlimm. Jasper scheint jedenfalls vorsichtig zu sein.

Trotz all meiner guten Vorsätze muss ich ein Stöhnen unterdrücken, als er meine Haut zwischen seine Zähne saugt. Mein Gesicht wird heiß, und ich spüre, wie Jasper an meinem Hals lächelt. Ich darf nicht vergessen, dass die Kamera genau vor uns steht, und muss meinen Blick auf das kleine rote Licht richten. Ich merke, dass ich das hier nicht schweigend durchziehen kann, und für unsere Zuschauer wäre das auch langweilig. Um nicht allzu intensiv mitzubekommen, was Jasper da mit seinem Mund macht, plappere ich einfach drauflos. In der Hoffnung, dass es mich ablenkt und Jasper in Schach hält, fange ich an, mit dem Publikum zu reden. Keine Dummheiten heute Abend.

Bevor ich sie zurückhalten kann, sprudeln die Sätze aus

meinem Mund. Sätze wie: »Fühlt ihr euch auch komisch dabei? Kommt ihr euch dabei auch wieder vor wie zwölf?« und »Warnung, macht das bloß nicht zu Hause nach, es sei denn, ihr wollt euch unsterblich vor euren Eltern blamieren.« und »Wir sind nur Freunde, ich schwöre!« Jedes Mal, wenn Jasper seine Lippen bewegt oder Zähne und Zunge einsetzt, erzähle ich noch mehr Unsinn. Es ist wie bei einem geistigen Aussetzer bei einem Referat in der Schule. Deine Hände zittern, dein Kopf ist völlig vernebelt, und du hast nicht den blassesten Schimmer, was du da eigentlich sagst oder warum. Das Schlimmste ist, dass Jasper sich königlich amüsiert. Er hat schnell kapiert, was los ist, und wird jetzt richtig kreativ.

Obwohl es nur ein paar Minuten gedauert hat, kommt es mir vor, als seien Stunden vergangen, bis Jasper sich endlich zurücklehnt, um sein Werk zu bewundern. Ich werfe meine Haare auf die andere Seite und beuge mich näher ans Objektiv, um den Zuschauern meinen Knutschfleck zu präsentieren und selbst einen Blick darauf zu werfen. Zu sagen, ich sei enttäuscht, dass es so gut geworden ist, wäre die Untertreibung des Jahrhunderts. Es hatte sich auf jeden Fall nicht so angefühlt, als würde daraus ein Weihnachtsbaum werden. Aber jetzt prangt er auf meiner Haut und ist längst nicht so schlecht, wie ich befürchtet hatte.

Ich schlucke die Nervosität herunter, die sich seit heute Morgen in mir aufgestaut hat. Das Schlimmste habe ich überstanden und jetzt ist er dran.

Ich dachte, Jasper würde entspannter an die Sache herangehen, aber er hat sich offenbar entschieden, ein maximal theatralisches Schauspiel abzuliefern. Als ich oben am Hals, direkt unter dem Kieferknochen beginne, wo man es am besten sieht, beschwert er sich lautstark, er hätte nicht so nett zu mir sein sollen. Als ich anfange, an seiner Haut zu saugen, sagt er die ganze Zeit, was ich für ein »böses« Mädchen sei und dass man mich eigentlich auf die Schwarze Liste des Weihnachtsmanns setzen müsste. Diese Bemerkung bringt ihm einen kräftigen Biss von mir ein, bei dem er zurückzuckt und mich entsetzt ansieht.

»Du bekommst zu Weihnachten eine Rute, Juniper!«, ruft er. Ich kenne Jasper und weiß, wie dramatisch er sein kann, doch jetzt, da ich die Kontrolle über die Situation habe, durchrieselt mich ein Hauch von Schadenfreude.

Die Tatsache, dass ich die Quälerei hinter mir habe und er so eine Show abzieht, stachelt mich zusätzlich an.

Ich schenke ihm ein schelmisches Lächeln und beuge mich mit großen Augen näher zu ihm. »Wirklich?«, hauche ich, vielleicht ein bisschen zu kokett. »Ich dachte, ich bekomme einen Mistelzweig.«

Er sieht die Herausforderung in meinen Augen und grinst. »Soll das etwa heißen, dass *ich* der Bösewicht bin?«

Ich lache und ziehe ihn am Hemdkragen zurück zu mir. »Reiß dich zusammen und lass mich weitermachen. Du hast mit dem Thema angefangen.«

Er schnaubt, aber lässt mich mein Werk beenden. Ich weiß nicht, ob sich die Mühe gelohnt hat, denn am Ende hat der Knutschfleck mehr Ähnlichkeit mit einem Schneemann als mit einem Weihnachtsbaum. Außerdem kommt Jasper auf die unmögliche Idee, nach der Hälfte der Prozedur laut rumzustöhnen und uns beide dadurch in Verlegenheit zu bringen. Zuerst dachte ich, der kleine Seufzer wäre ihm nur so rausgerutscht, genau wie mir am Anfang seines Kusses, aber von wegen. Er wurde lauter und lauter. Nach einer Weile brach ich das Ganze ab, weil es sich mittlerweile wirklich nach einem Porno anhörte. Wenigstens würden unsere Zuschauer etwas zu lachen haben.

Zum Glück muss ich meinen Eltern heute Abend nicht unter die Augen treten. Und zum Glück habe ich festgestellt, dass der Knutschfleck in der Tat nicht zu sehen ist, wenn ich einen Kapuzenpulli anhabe. Der zusammengebundene Stoff am Hals verbirgt ihn fast vollständig – und wenn ich zusätzlich meine Haare offen trage, könnte man meinen, er wäre gar nicht vorhanden.

Jasper bringt die Kamera bei Lenny vorbei und begleitet mich nach Hause. Bei der Gelegenheit erinnert er mich an die morgige Aufgabe. Wir werden versuchen, die Stiele von Kirschen mit unseren Zungen zu verknoten. Er hält sich schon für den sicheren Sieger, aber ich werde die Kunst des Kirschstielverknotens noch eingehend erforschen.

VIERZEHN

Der letzte Tag vor den Weihnachtsferien ist ein Freitag. Während der Mittagspause verteilt Lenny an uns rot gestreifte Zuckerstangen und haufenweise kleine Glöckchen, die wir an unsere Rucksäcke hängen.

Damit macht er uns zu den meistgehassten Weihnachtsfreaks der ganzen Schule.

Allison und ich tauschen im Geschichtsunterricht Geschenke aus. Sie zieht einen dunkelgrünen Schal aus ihrem Rucksack, schlingt ihn mir um den Hals und schwärmt, wie gut er zu meiner Haarfarbe passt. Ich schenke ihr eine Wasserpistole – was möglichst unauffällig über die Bühne gehen muss, weil Waffen an unserer Schule verboten sind, auch wenn sie nur Wasser versprühen – mit dem Kommentar, dass sie dafür gedacht ist, Jasper nass zu spritzen, wenn er sich danebenbenimmt. Bevor es zum Schulschluss klingelt, hat sie Jasper schon mindestens zwanzigmal damit beschossen.

Nach dem Unterricht bahnen sich alle ungeduldig einen Weg durch die Menge, um möglichst schnell zu ihren Spinden und nach Hause zu kommen. Hier und da sind Weihnachtslieder zu hören, die von Grüppchen zu Grüppchen weitergegeben werden, was dazu führt, dass ich *Jingle Bells* gar nicht wieder aus dem Kopf bekomme. Die Feiertage stehen bevor und die Aufregung wegen der Weihnachtsferien liegt spürbar in der Luft.

Jasper wartet an meinem Spind, die Weihnachtsmannmütze ist ihm bis über die Augenbrauen gerutscht und der weiße Bommel ruht auf seiner Schulter. »Na dann, fröhliche Weihnachtsferien, Juniper«, sagt er lachend. Seine Augen funkeln voller Ferienvorfreude.

»Mit dem Hut siehst du aus wie Santa Claus.« Ich zwinkere ihm zu, und er schnaubt, als er kapiert, dass ich den *Grinch* zitiert habe – den Film, zu dem wir uns neulich für *Kissmas* geküsst haben.

»Ich dachte, du wolltest nie wieder daran denken«, zieht er mich auf und schnappt sich die Videokamera, die ich mal wieder den ganzen Tag ignoriert habe, vom obersten Bord meines Spinds. »Es gab so viele gute Kameramomente, June. Was für eine Verschwendung.«

Ich verdrehe die Augen und werfe mir den Rucksack über die Schulter. »Niemand interessiert sich dafür, was wir in der Schule tun, Jas. Sie wollen bloß wissen, wie oft du es schaffst, mir die Zunge in den Hals zu stecken.«

Jasper muss gegen seinen Willen lachen und dreht die Kamera zwischen seinen Händen. Er wird kein bisschen rot. Ich bin enttäuscht. Haben wir damit den Punkt erreicht, an dem es kein Zurück mehr gibt? Haben wir uns jetzt schon so oft geküsst, dass wir darüber genauso locker sprechen können, als würden wir uns über die Hausaufgaben unterhalten?

Er scheint meine gerunzelte Stirn nicht zu bemerken und sagt: »Stimmt vermutlich, aber wir betreiben schließlich auch einen Vlog.«

»Ach, ja«, seufze ich. »Ich hatte ganz vergessen, wie berühmt wir sind. Im Grunde verdienen wir diesen Hype gar nicht.«

Jasper zuckt mit den Achseln. »Sie halten uns für witzig – und heiß.«

»Was beides nicht stimmt.«

Jaspers Protest übertönt sogar den Knall, mit dem meine Spindtür ins Schloss fällt. Er schiebt den flauschigen weißen Rand seiner Weihnachtsmannmütze hoch und spannt dabei demonstrativ seine quasi nicht vorhandenen Armmuskeln an. Gleichzeitig spitzt er in dem Versuch, sexy zu wirken, die Lippen, was einfach nur lächerlich aussieht. »Ich weiß gar nicht, wovon du redest«, sagt er mit übertriebenem Schmollmund. »Ich bin doch ein Traumtyp.«

Ich verschränke die Arme vor der Brust und ziehe die Augenbrauen hoch, während ich mit einem stummen *Nein, Jasper … Nein …* den Kopf schüttele. Als Antwort wirft er mir unter halb geschlossenen Lidern einen unmissverständlichen Blick zu.

»Was macht ihr denn da?« Die blonden Haare ebenfalls unter eine Weihnachtsmannmütze gestopft, geht Lenny um mich herum. Der Rest von ihm ist völlig vermummt. Es sieht aus, als hätte seine Mutter ihn für eine Polarexpedition angekleidet, bevor er das Haus verlassen hat. Er trägt eine Daunenweste über seinem hässlichen roten Weihnachtspulli, dazu einen selbst gestrickten Schal mit rosa Muster und unförmige Handschuhe. Unmöglich zu sagen, welches dieser Teile am schrecklichsten aussieht.

Jasper, immer noch in Pose mit angewinkeltem Arm, Schlafzimmerblick und Schmollmund, wendet sich Lenny zu und sagt mit übertrieben tiefer Stimme: »Ich bin der Traum aller Mädchen. Was zum Teufel hast du da an?«

»Ich bereue es, dass ich meiner Mutter erlaubt habe, mich zur Schule zu fahren, okay?«, verteidigt sich Lenny. »Hör auf, mich so anzuglotzen. Das ist unheimlich.«

»Die Frauen lieben es.«

»Nein.« Lenny schüttelt entschieden den Kopf und packt mich am Ärmel. »Weil ich dich wirklich gern habe, June, und weil wir schon seit Ewigkeiten befreundet sind, möchte ich dir einen Rat geben, den du sehr ernst nehmen solltest. Ich befürchte nämlich, dass du gerade das Opfer einer ausgefeilten Verführungstaktik wirst.«

Ich muss kichern, weil man seiner Stimme anhört, dass er sich krampfhaft bemüht, ernst zu bleiben. Trotzdem drehe ich mich mit gespielter Besorgnis zu ihm um und frage: »Und was wäre das für ein Ratschlag?«

Er beugt sich dicht zu mir und flüstert mir ins Ohr: »Lauf. Lauf ganz weit weg vor diesem Jungen!«

Mit diesen Worten zerrt er unsanft an meinem Arm, und dann stürmen wir beide durch den mittlerweile nahezu menschenleeren Flur zum Ausgang, der zum Schülerparkplatz führt. Als Jasper uns etwas hinterherruft, zieht Lenny mich dichter an sich heran und umkurvt einige Nachzüglern mit lauten Rufen. »Sorry! Darf ich mal? Lasst uns durch!«

Ich kann vor Lachen kaum laufen und meine Beine fühlen sich an wie Wackelpudding. Einmal höre ich Jaspers Stimme, als er es fast schafft, uns einzuholen. Doch als er versucht, mich um die Taille zu packen, greift Lenny ein und wehrt ihn ab.

Genervt von unseren Spielchen, bombardieren uns die Leute mit entrüsteten Blicken. Ein Schüler beschimpft uns wüst, als ich ihn bei unserem wilden Lauf mit meinem Rucksack streife. Ich höre Jasper eine rasche Entschuldigung murmeln, aber dann sind Lenny und ich auch schon an der Tür und werfen uns mit unserem ganzen Gewicht dagegen. Wir zucken beide zusammen, als uns die kalte Luft entgegenschlägt.

Der Boden ist mit einer dünnen Schicht aus knirschendem Schnee bedeckt und vermutlich verstecken sich einzelne vereiste Stellen darunter. Ich falle ein wenig hinter Lenny zurück, und wir werden etwas langsamer, rennen aber weiter über den Parkplatz auf Jaspers Auto zu. Wir wissen, dass er es nie abschließt, sodass wir uns darin verschanzen können.

Die kleine blaue Schrottkarre scheint geduldig auf uns zu warten. Wir sind schon fast da, und Jasper schreit uns etwas zu, das klingt wie: »Ihr Idioten könnt nach Hause *laufen*!«

In diesem Moment rutscht Lenny auf einer dünnen Eisschicht aus, die unter seinem Gewicht zersplittert. Ich stolpere über ihn, und Jasper landet mit einer Salve von Flüchen auf mir. Mein ganzer Körper tut weh, und es kommt mir vor, als hörte ich mehrere Knochen unter Jaspers Gewicht knirschen.

Ich stöhne und als ich mühsam den Kopf hebe, sehe ich, dass Jasper quer über meinem Oberkörper liegt und meine Beine mit Lennys verknäuelt sind.

»Ihr beiden seid echt das Letzte!«, schimpft Jasper lautstark. »Ich hasse euch – Mist, ich habe mir auf die Zunge gebissen! Ohne diese Zunge müssen wir *Kissmas* canceln! Ihr habt alles ruiniert, ihr Vollidioten! Ihr habt den Moneymaker gekillt!« Dann rappelt er sich langsam wieder auf.

Lenny murmelt etwas Zusammenhangloses über seinen Knöchel und verzieht das Gesicht. Als uns jemand anhupt, zucken wir alle zusammen.

Während wir uns langsam aufrappeln, um den Weg frei zu machen, werden wir erneut angehupt, und obwohl er stark humpelt, zeigt Lenny dem Fahrer den Mittelfinger.

»Das war definitiv keine gute Idee«, sage ich stöhnend, nachdem wir uns in Jaspers Auto gequetscht haben. Sobald ich sitze, presse ich meinen verletzten Ellbogen eng an den Körper und taste die schmerzende Stelle ab. Es pocht und sticht so sehr, dass ich zischend die Luft durch die Zähne ziehe.

»Dafür könnt ihr heute Abend echt was erleben«, droht Jasper und startet den Wagen.

Neben ihm stöhnt Lenny auf und zieht seinen rechten Fuß in den Schoß. Als er sich seines Schuhs und der feuchten Socke entledigt, um einen Blick auf den Knöchel zu werfen, boxt Jasper ihn und knurrt etwas, das sich anhört wie »Käsefüße« und »selbst schuld«.

»Stell dich nicht so an«, sage ich zu Jasper. »Ich werde heute Abend *überhaupt nichts* erleben.«

»Vielleicht lass ich dich die Schmerzen ja wegküssen«, antwortet er genervt und starrt mich im Rückspiegel böse an. Ich erwidere seinen Blick und schüttele den Kopf.

So fahren wir ein paar Minuten einfach nur geradeaus und stöhnen über unsere Wehwehchen. Erst, als wir schon zu weit weg sind, um zurückzufahren, merkt Lenny, dass er auf unserer wilden Flucht seine Weihnachtsmannmütze verloren hat, wodurch seine Laune noch weiter in den Keller rutscht.

Nachdem Jasper Lenny zu Hause abgesetzt hat, zieht er eine rot-weiße Mütze unter seinem Sitz hervor und lässt sie vor meiner Nase hin und her baumeln. Er hat sie Lenny aus Rache geklaut.

»Meinst du, ich sollte es ihm sagen?«

»Warum trittst du noch mal nach, wenn er schon am Boden liegt?«, sage ich erschöpft, mein Körper steif vom Sturz und von der Enge in seinem Auto. »Wenn du sie ihm nicht zurückgibst, hast du bald wirklich einen Grund, über deine Zunge zu jammern. Bis jetzt scheint sie nicht allzu schwer verletzt zu sein.«

Das scheint ihn anzustacheln, und er lässt die Mütze auf

den Beifahrersitz fallen, bevor er sich ganz herumdreht, um mich anzusehen. Seine Augen funkeln, und seine Lippen kräuseln sich zu einem Grinsen. »Und woran hattest du da gedacht?«

»Das lass mal meine Sorge sein«, sage ich nur und fahre mir mit der Hand durch die Locken.

»Wenn du mich jetzt küsst, gehe ich rüber und gebe ihm seine Mütze zurück«, bietet Jasper an und hebt erwartungsvoll das Kinn.

Verwirrt lege ich den Kopf schief. »Ich küsse dich nachher doch sowieso.«

»Nein, jetzt sofort«, fordert er.

Ich versuche zu lachen, aber es kommt nur ein erschrockenes Keuchen dabei heraus. Er sieht mich weiter mit diesem abwartenden Gesichtsausdruck an.

»Hast du von der Küsserei nicht langsam die Nase voll?«

Er grinst und schüttelt den Kopf. »Vom Küssen kann ich nie genug bekommen, June.«

»Vielleicht ist es doch falsch, was wir da machen«, murmele ich nach einer Weile.

»Ach, komm«, sagt er bittend und stützt sich am Beifahrersitz ab, um sich näher an mich heranzuschieben. »Es ist überhaupt nicht falsch, es sein denn, du fühlst ...«

»Tue ich nicht«, unterbreche ich ihn hastig, bevor er auf falsche Ideen kommt.

»Wo liegt dann das Problem?«

Die Arme vor der Brust verschränkt und die Beine gegen die Rückseite des Beifahrersitzes gestemmt, bin ich in meiner Bewegungsfreiheit ziemlich eingeschränkt, als Jasper sich mit flehend vorgeschobener Unterlippe zwischen den Sitzen hindurchreckt. Sieht so aus, als säße ich in der Falle.

»Es gibt kein Problem«, sage ich vorsichtig, und seine Augen leuchten auf. »Ich finde es nur etwas übertrieben.«

Sofort ist das Schmollen wieder da. »Lenny wartet …«

»Jas –«

»Ist ein winziges Küsschen zu viel verlangt?«

Ich stöhne genervt und weiß genau, dass Lenny es garantiert schaffen wird, mir ein schlechtes Gewissen zu machen, dass ich seine Mütze nicht zurückerobert habe, nur weil ich keine Lust hatte, Jasper einen kleinen Kuss zu geben. Er würde behaupten, dass mir unsere Freundschaft nicht mal einen unwichtigen Kuss wert sei. Außerdem würde er mir bestimmt mein Weihnachtsgeschenk vorenthalten und mir die Sache ewig unter die Nase reiben.

Jasper murmelt immer wieder »bitte, bitte, bitte«, bis ich schließlich entnervt die Augen verdrehe und mich vorbeuge, um ihn zum Schweigen zu bringen. Meine Lippen berühren seine in dem Augenblick, als er zwischen zwei Worten Luft holt, und ich achte darauf, dass der Kuss so kurz wie möglich ist, damit er nicht viel davon hat.

Doch als ich mich gerade wieder zurücklehnen will, legt er die Hand, mit der er sich auf dem Beifahrersitz abgestützt hat, um meinen Hinterkopf. Erschrocken versuche ich, ihm auszuweichen, aber er lacht nur und drückt einen Kuss nach dem anderen auf meine Lippen. Ob ich seine Küsse erwidere, ist ihm offenbar völlig egal.

»Geht doch«, sagt er zwischen den letzten beiden, die er genießerisch ausdehnt, schnappt sich die Weihnachtsmannmütze und stürmt aus dem Auto zu Lennys Haustür.

Ich bin zu verdattert für eine schlagfertige Antwort.

Als ich Lenny später am Abend wiedertreffe, hat er seine Weihnachtsmannmütze auf. Er humpelt, meint aber, wir sollten uns deswegen keine Sorgen machen. Ich vermute, dass er sich den Knöchel verstaucht hat, aber es sieht nicht allzu schlimm aus. Jedenfalls zieht er mich zu sich heran und schmatzt mir einen Kuss auf die Wange, bevor wir die nächste *Kissmas*-Aktion starten.

Als ich nach Hause komme, wartet mein Vater schon mit Fastfood vom Drive-in. Das stelle ich sofort fest, als ich durch die Tür trete und mir der Duft von Burgern in die Nase steigt. Außerdem kann ich hören, dass Dad das strenge Verbot meiner Mutter, im Wohnzimmer zu essen, ignoriert. Rasch ziehe ich mir die Stiefel aus, hänge Jaspers Weihnachtsmannmütze auf (die ich ihm – als kleine Rache für Lenny – während des *Kissmas*-Drehs geklaut und unter meinem Kapuzenpulli versteckt habe) und sprinte in das zur Junggesellenbude mutierte Wohnzimmer.

Seit der Urlaub meines Vaters vor zwei Tagen begonnen hat, ist er ausschließlich damit beschäftigt, es sich auf dem Sofa bequem zu machen, rund um die Uhr die Sportschau zu gucken und alles in sich hineinzustopfen, was er finden kann. Gestern habe ich mitbekommen, wie er eine ganze

Tüte Kartoffelchips verdrückt hat, nachdem meine Mutter zur Arbeit gegangen ist. Ausnahmsweise musste ich die Vernünftige spielen und ihn nicht nur an Mums Essensverbot im Wohnzimmer erinnern, sondern auch daran, sich nicht wie einer seiner Herzinfarktpatienten zu verhalten.

Er sah kein bisschen schuldbewusst aus. Die tiefe Befriedigung auf seinem Gesicht erinnerte mich an ein Kleinkind, das einen anstrahlt, während es dafür ausgeschimpft wird, dass es die Wand angemalt oder vor dem Essen Plätzchen genascht hat.

Als ich ins Zimmer komme, packt er, die Füße auf dem Couchtisch, gerade einen Cheeseburger aus. Im Fernsehen läuft ein Zusammenschnitt von Football-Highlights, die von einer nervtötenden Stimme kommentiert werden. Ein Blick auf die zerknitterte Kombi aus T-Shirt und Jogginghose verrät mir, dass er heute noch nicht außer Haus war.

Bei meinem Anblick hält er genau so lang inne, wie der Ketchup braucht, um von dem Burger auf seine Hose zu tropfen. Dann seufzt er, als wäre ich zu einem unpassenden Zeitpunkt hereingeplatzt: »Mit dir habe ich noch gar nicht gerechnet.«

Ich sehe ihn verwundert an.

»Es ist doch Freitag.«

Ich zucke mit den Achseln und lehne mich gegen den Türrahmen. Klar, freitags übernachte ich normalerweise bei Jasper, aber nach den heutigen *Kissmas*-Aufnahmen fand ich es schlauer, es bleiben zu lassen. Wer weiß, wie das geendet hätte …

»Ich dachte, wir könnten den Abend zusammen verbringen, weil ich dich sonst nie zu Gesicht bekomme«, erwidere ich. Das entspricht nur zum Teil der Wahrheit. Lieber hätte ich wie üblich bei Jasper geschlafen, aber nach der ganzen Küsserei fühlte es sich irgendwie nicht richtig an. Außerdem hätte ich ein schlechtes Gewissen gehabt, wenn mein Vater ganz allein gewesen wäre.

Er klopft achselzuckend auf das Kissen neben sich. Nachdem ich mich gesetzt habe, fischt er einen weiteren Burger aus der Tüte, die neben seinen Füßen auf dem Couchtisch thront, und dreht den Fernseher leiser. Ich merke, dass er mich beobachtet, während ich den Burger auspacke. Dann streicht er mir ein paar Locken aus dem Gesicht, und ich erstarre. Jaspers Knutschfleck befindet sich genau auf der ihm zugewandten Seite meines Halses.

»Hast du jemanden geküsst?«

Ich ziehe die Schultern hoch, was wahrscheinlich auch nichts bringt, und versuche, möglichst unschuldig zu gucken.

Er gluckst und zeigt auf meine Lippen. »So habe ich das mit deinem letzten Freund auch rausgefunden, weißt du noch? Vom Küssen geschwollenen Lippen und …«, er schiebt den Kragen meines Kapuzenpullis nach unten und deutet auf die bläuliche Verfärbung, »Knutschflecken.«

Ich spüre, wie mir das Blut in die Wangen schießt und mein Gesicht ganz heiß wird, aber ich kann nichts dagegen tun. Ich fühle mich wie gelähmt und stottere los, ohne einen einzigen zusammenhängenden Satz herauszubekommen. Die Situation ist mir so unangenehm. Trotzdem versuche ich, mich irgendwie zu verteidigen, und stoße hervor: »Ich hab mir heute in der Schule Lametta um den Hals gebunden, wahrscheinlich hat das die Haut gereizt.«

Er schaut skeptisch drein und zeigt mit dem Finger auf meine Lippen. »Und wie erklärst du das da?«

»Im Winter habe ich oft spröde Lippen.«

Es sieht nicht so aus, als würde er mir meine Erklärungen abkaufen. Stattdessen scheinen ihn meine verzweifelten Ausreden eher zu amüsieren. Er schweigt einen Moment und lässt seinen Blick durch den Raum wandern. Dann schaut er erneut auf meinen Hals, schüttelt den Kopf und wendet seine Aufmerksamkeit wieder dem Fernseher zu.

»Sag Jasper, er soll aufhören, an deinem Hals zu knabbern, und komm manchmal zum Abendessen nach Hause.«

Ich hatte gerade von meinem Burger abgebissen. Doch bei diesem Satz spucke ich den Bissen postwendend in meine Serviette und versuche, das Stück Gewürzgurke auszuhusten, das ich vor Schreck eingeatmet habe.

»Was?«, japse ich und greife nach seinem Wasserglas.

»Sag Jasper, er soll aufhören, an deinem Hals zu knabbern –«

Mit einem genervten Blick stelle ich das Glas etwas zu heftig auf den Tisch und fauche ihn an: »Ich hab dich schon beim ersten Mal verstanden!«

Er kratzt sich das stoppelige Kinn und versucht, ein Lächeln zu verbergen. »Ich weiß, dass es Jasper ist.«

»Ich bin *nicht* mit Jasper zusammen!«

Er grinst. »Ich arbeite im Krankenhaus, Schätzchen. Ich merke es, wenn mich jemand anlügt.«

»Das tu ich doch gar –« Ich unterbreche mich und schlage die Hände vors Gesicht, um erst mal tief durchzuatmen. Warum kann er mir ansehen, dass ich jemanden geküsst habe? Es ist schon über zwanzig Minuten her, dass ich mit Jasper rumgeknutscht habe. Wir hatten uns ein Spiel namens *Kuss-Pingpong* ausgedacht, bei dem wir dem anderen über den Küchentisch hinweg Marshmallows in den Mund werfen mussten. Bei jedem Treffer küssten wir uns. Eigentlich hatte es richtig Spaß gemacht – aber darum ging es jetzt nicht.

»Was wäre denn so schlimm daran?«, will mein Vater wissen.

»Ich bin nicht mit Jas zusammen«, wiederhole ich, das Gesicht nach wie vor in den Händen vergraben.

»Du küsst ihn also nur einfach so?«

Als ich nicht antworte, stößt er einen langen Seufzer aus und beugt sich vor, um mich aus meiner zusammengekauerten Haltung zu holen.

»Also, was ist los?«, fragt er, sobald ich wieder aufrecht sitze. Ich kann ihm unmöglich in die Augen sehen. Wenn ich ihm die die Sache doch bloß nicht erklären müsste. Immerhin steht meine Selbstachtung auf dem Spiel.

»Wir, äh – also, das ist eine lange Geschichte«, stottere ich.

»Ich habe mehr als genug Zeit.«

Also beginne ich widerstrebend, ihm von Jasiper, unseren Fans, der Wette, der Erfindung von *Kiss Cam* und schließlich von *Kissmas* zu erzählen. Zwischendurch hakt er nach, wenn er etwas nicht versteht (wie bei der Bezeichnung »Shipping«) und warum wir uns auf einen solchen Schwachsinn wie diese Küsserei einlassen. Er findet es erschreckend, dass es Leute gibt, die uns dabei zusehen wollen. Ich erkläre es ihm auf die einzige Art, die mir einfällt: mit Spiderman und Gwen Stacy. Mein Vater hat eine Schwäche für Spiderman, den Helden seiner Kindheit, und findet Gwen Stacy ziemlich attraktiv – deswegen versteht er auch gleich, was mit Shipping gemeint ist. Sämtliche Einzelheiten über unsere verschiedenen Arten von Küssen lasse ich aus – das geht ihn wirklich nichts an.

Nachdem ich Dad alles gebeichtet habe, fährt er sich leise seufzend mit der Hand übers Gesicht und dann durch das ungekämmte Haar. Er sieht nicht aus, als sei er böse oder empört über meine seltsame Freizeitbeschäftigung, er wirkt nur müde.

»Irgendwie verstehe ich das nicht«, sagt er nach einer Weile. Ich blinzele verwirrt, weil ich dachte, er hätte es begriffen.

»Was verstehst du nicht?«

»Sind denn da gar keine …«, er unterbricht sich und macht seltsame kreisende Bewegungen mit den Händen. Seine Miene wirkt besorgt, aber dann rückt er mit der Sprache heraus: »Ist da gar kein … Prickeln?«

»Oh mein Gott, Dad! Darüber will ich echt nicht reden.«

»So so«, murmelt er und kratzt sich am Hinterkopf.

»Muss ich dir jetzt Kondome zu Weihnachten schenken? *Magst* du ihn etwa?«

»*Dad!*« Ich bin schockiert. Die Röte kriecht inzwischen schon meinen Hals hinunter und wieder verberge ich mein Gesicht in den Händen.

»Stell dich nicht so an«, meint er, und ich spüre, dass er sich genauso unwohl fühlt wie ich. »Wenn wir schon über Jungs reden, dann richtig.«

»Wir reden nicht über Jungs, wir reden über Jasper«, bringe ich mühsam hervor.

»Der, falls du es nicht bemerkt haben solltest, obwohl ihr all die Jahre zusammen aufgewachsen seid, einen Penis hat.«

Oh. Mein. Gott. Am liebsten würde ich in den Polstern der Couch versunken und nie wieder auftauchen. All die Jahre hatte ich versucht zu ignorieren, was der männliche Körper nachts so anstellt. Das musste ich mir jetzt nicht von meinem Vater anhören.

»Sieh mal, June, ich weiß, dass du ein kluges Mädchen bist, und ich vertraue dir. Aber das, was du da mit Jasper treibst, ist nicht besonders klug. Ich rede hier nicht über Sex, ich rede über diese unverbindliche Kuss-Show. Weißt du, wie viele Beziehungen funktionieren, in denen es nur um Sex geht? Nahezu keine. Und um ganz ehrlich zu sein, habe ich auch kein gutes Gefühl dabei, wenn du all diese Dinge mit Jasper tust und gleichzeitig für andere Beziehungen offen bist. Das ist irgendwie nicht richtig.«

»Wir *küssen* uns doch nur.«

Dad muss den Frust in meiner Stimme gehört haben, denn er fährt etwas sanfter fort: »Einer von euch beiden wird mit Sicherheit verletzt – und du würdest einen verdammt guten Freund verlieren.«

Danach sage ich nichts mehr. Ich weiß, dass er recht hat, denn ich hatte ja genau das Gleiche befürchtet. Aber Jasper hat mir etwas versprochen: Wenn ich mich mit der Sache nicht mehr wohlfühlte, würden wir aufhören.

Ist es jetzt so weit?

Als Allison die Vermutung äußerte, dass wir vielleicht ineinander verliebt seien, bin ich tatsächlich für einen Moment in Panik geraten. Und es ist kein Geheimnis, dass es mir nichts ausmacht, Jasper ständig zu küssen – was auch irgendwie komisch ist, oder?

Aber eigentlich hatten wir das ja vorher abgeklärt. Also muss ich mir keine Sorgen machen.

Abgesehen von der Tatsache, dass wir uns ein paarmal zu gefühlvoll geküsst haben.

Kann das sein? Entwickeln sich da Gefühle zwischen uns? Müssen wir aufhören? Je länger ich darüber nachdenke, desto unwohler wird mir bei der ganzen Sache. Vielleicht befinden wir uns längst auf gefährlichem Gebiet und ich habe es *Kissmas* zuliebe ignoriert.

Die Aktion abzublasen, kommt nicht infrage. Wir *müssen* sie zu Ende bringen. Vielleicht hinterher …

Aber können wir *Kiss Cam* einfach absetzen, nachdem es zum festen Bestandteil unseres Vlogs geworden ist? Was würden unsere Zuschauer davon halten? Sie würden ahnen, dass etwas im Busch ist, und entsprechende Gerüchte in die Welt setzen. Und dann ist da noch Jasper. Würde er beleidigt sein? Oder es verstehen? Im Moment sieht es so aus, als würde auf jeden Fall einer von uns verletzt werden – und ich weiß nicht, wie ich das verhindern soll.

FÜNFZEHN

Das Gespräch mit meinem Vater hat mir zu denken gegeben, aber unser laufendes *Kissmas*-Projekt macht es schwierig, eine Entscheidung zu treffen. Nachdem ich das Problem eine Weile hin und her gewälzt habe, bin ich zu dem Schluss gekommen, dass mein Vater recht hat. Ich weiß, dass ich genug Zeit hatte, über *Kiss Cam* nachzudenken, bevor wir damit angefangen haben. Und ich weiß auch, dass eigentlich alles glattlaufen müsste, solange keine Gefühle im Spiel sind, aber trotzdem kann ich nicht abstreiten, dass mein Vater einen wunden Punkt getroffen hat. Die ganze Sache ist moralisch einfach nicht okay. Wie kann ich Jasper küssen und dann kurz darauf – sagen wir mal – mit dem gut aussehenden Typen flirten, der in Mathe hinter mir sitzt? Was sagt das über mich aus? Und was über Jasper?

Ein Teil von mir möchte so locker sein wie er und sich nicht darum kümmern, was angeblich »normal« und »unnormal« ist. Sich einfach mal keine Gedanken machen. Aber einer von uns muss schließlich die Verantwortung übernehmen – und da ich weiß, dass er das niemals tun wird, bleibt es an mir hängen. Ich muss diejenige sein, die diese Sache beendet. Wir sind zu weit gegangen.

Obwohl ich weiß, dass meine Entscheidung richtig ist, fällt sie mir schwer. Wie wird Jasper reagieren, wenn ich ihm sage, dass ich das nicht länger durchziehen kann? Wird er es respektieren? Oder wird er versuchen, mich davon zu überzeugen, dass *Kiss Cam* unbedingt weiterlaufen muss? Ich weiß, dass er diesen Teil unseres Vlogs auf keinen Fall aufgeben will. Er ist immer ganz aufgedreht, wenn er eine E-Mail zu *Kiss Cam* bekommt, einen Kommentar zu Jasiper liest oder eine unserer *Kissmas*-Episoden filmt. Für ihn ist das nur eine witzige Challenge. Ein Spiel. Er wird es nicht verstehen.

Immer, wenn ich an all die Konflikte denke, die entstehen könnten, wenn ich *Kiss Cam* hinschmeiße, werde ich nervös. Und immer, wenn Jasper mich während der nächsten drei Tage küsst, fühle ich mich noch mieser, weil er nicht weiß, dass es vermutlich eines der letzten Male ist.

Aber wir hatten es von Anfang an so ausgemacht. Sobald ich »Stopp« sage, ist Schluss.

Wenn ich an einem Weihnachtsmorgen aufwache, spüre ich immer noch dasselbe warme Gefühl wie früher, als ich klein war. Der einzige Unterschied ist, dass ich nicht mehr um sieben hellwach aufs Bett meiner Eltern springe, sondern mich erst um zehn aus den Federn quäle und an die Tür des Elternschlafzimmers klopfe, bevor ich ins Badezimmer schlurfe und versuche, mich in einen einigermaßen vorzeigbaren Zustand zu versetzen. Wer Eltern hat wie meine, weiß, wie wichtig es ist, halbwegs präsentabel auszusehen, bevor es ans Auspacken der Geschenke geht. Denn sie haben unter Garantie einen Fotoapparat im Anschlag. Selbst wenn es nur ein Paar Socken ist, das man auspackt – was in zwanzig Jahren wirklich niemanden mehr interessiert –, wird sofort ein Foto geschossen. Den »Erinnerungen« zuliebe muss ich die ganze Prozedur über mich ergehen lassen und mein bestes Festtagslächeln aufsetzen.

Meine Eltern sind schon vor mir unten und meine Mum legt sofort los und schaltet die gesamte Weihnachtsbeleuchtung ein. Sie nimmt sich natürlich die Zeit, sämtliche Apfel-Zimt-Kerzen anzuzünden, deren süßlicher Duft sich im ganzen Haus verbreiten wird, bevor wir mit der Bescherung fertig sind.

Nachdem mein Dad die Kamera geholt hat, setzen wir uns alle vor den Baum, den meine Mum und ich neulich geschmückt haben. Ich sehe zu, wie das Gesicht meines Vaters aufleuchtet, als er das Geschenk meiner Mutter auspackt, und wie sie sich über die Diamantohrringe freut, die er ihr gekauft hat, bevor sie mich beim Auspacken jedes einzelnen ihrer Geschenke fotografieren. Dann geht die Umarmerei weiter, und es werden noch mehr Fotos geschossen, bis meine Wangen vom Lächeln schmerzen. Meine Mum lacht Tränen, als mein Dad versucht, sein neues Zelt mitten im Wohnzimmer aufzubauen, das Ding aber einfach nicht aufrecht stehen bleibt. Ich bekomme mal wieder ein neues Paar Flauschsocken, in denen ich den Flur hinunterschliddere, bis ich das Gleichgewicht verliere und hinfalle.

Später am Vormittag backt meine Mutter Zimtbrötchen, und ich verschwinde in mein Zimmer, um mich umzuziehen. Jaspers und meine Familie gehen jedes Jahr zu einem üppigen Weihnachtsfrühstück rüber zu den Davis'. So haben Lenny, Jasper und ich die Gelegenheit, Geschenke auszutauschen, während unsere Eltern ihre gesellschaftlichen Kontakte pflegen.

Normalerweise stecke ich einfach meine Haare hoch und behalte meine Jogginghose an, aber das geht diesmal nicht. Während unsere Eltern bei Plätzchen und Mrs Davis' berühmtem Kakao aus weißer Schokolade gepflegte Konversation betreiben, werden Lenny, Jasper und ich uns rausschleichen und das *Kissmas*-Finale filmen. Wenn ich geküsst werde – besonders vor der Kamera –, muss ich mir bei der Klamottenwahl schon etwas mehr Mühe geben. Also dusche ich, lege ein bisschen Make-up auf und ziehe mir einen weißen Pullover und schwarze Jeans an. Meine Bemühungen bleiben Dad nicht verborgen, denn als ich ihn und Mum unten treffe, nimmt er meine Aufmachung mit einer hochgezogenen Augenbraue zur Kenntnis. Meine Mutter atmet bei meinem Anblick erleichtert auf und dankt dem Himmel, dass ich mich endlich anständig anziehe. Trotzdem steht ihr das Misstrauen ins Gesicht geschrieben.

Wir gehen über die Straße zu Lennys Haus, das unserem schräg gegenüberliegt. Seine Eltern begrüßen uns an der Tür, flankiert von Jade und Ruby. Beide Mädchen drängeln sich vor und umklammern meine Beine, während Mum Mrs Davis ihre Zimtbrötchen reicht.

Kaum sind wir drinnen, wollen Lennys Schwestern mir zeigen, was sie zu Weihnachten bekommen haben, während Lenny, noch im Flanellschlafanzug, versucht, sie mir vom Hals zu halten. Ich bin so überwältigt von den Bergen an Essen, Leeanns Umarmungen und dem wunderschön geschmückten Haus der Davis', dass mir Jaspers Abwesenheit gar nicht auffällt. Erst, als sich schließlich alles ein bisschen beruhigt hat, merke ich, dass er das Frühstück verpasst hat. Aber Lenny will mir nicht verraten, wo er steckt.

Nachdem ich ein paar Tassen von Mrs Davis' heißer Schokolade getrunken und Jades und Rubys Geschenkepräsentation durchgestanden habe, gelingt es mir, mich mit Lenny aus dem Zimmer zu schleichen – und seine Familie mit meinen Eltern und Leeann zurückzulassen.

»Jasper hat schon gegessen, bevor du gekommen bist, und sich dann in meinem Zimmer eingeschlossen, damit Jade und Ruby ihn nicht beim Aufbauen stören«, erklärt mir Lenny, als er mich die gewundene Treppe hinter der Küche hochdirigiert.

»Ich wundere mich nur, dass er damit durchgekommen ist«, sage ich atemlos, als wir den obersten Treppenabsatz erreichen. »Leeann gibt doch so gern mit ihm an.«

»Dieses Jahr redet sie nur über sich selbst«, erwidert Lenny. »Weil sie den Abschluss geschafft hat und so weiter. Da bleibt keine Zeit für Jasper oder unseren Vlog.«

»Gott sei Dank. Mein Dad weiß nämlich über *Kiss Cam*

Bescheid und er hat bestimmt keine Hemmungen, das Thema anzuschneiden«, gebe ich zu.

Lenny bleibt wie angewurzelt vor seinem Zimmer stehen und hält mich am Arm zurück. »*Was* weiß er?«

Ich werfe einen Blick auf die Tür, hinter der sich Jasper befindet. »Er hat es sofort durchschaut«, flüstere ich. »Der Knutschfleck und so.«

»Mist«, sagt er.

»Tja.« Ich seufze. »Wir haben über alles geredet, und das hat mich nachdenklich gemacht – aber das sollte ich dir und Jasper lieber gemeinsam erzählen.«

»Oh, oh.« Er blickt mich skeptisch an und versucht zu erraten, was ich meine.

»Tja«, sage ich noch einmal und öffne die Zimmertür.

Als Lenny und ich eintreten, fällt unser Blick auf Jasper, der mit der Weihnachtsmannmütze, die er sich von mir zurückgeholt hat, unter einem perfekt aufgehängten Mistelzweig steht.

»Fröhliche Weihnachten«, begrüßt er uns und breitet mit einer theatralischen Geste die Arme aus. Von dem Muster mit den vielen kleinen Weihnachtsbäumen auf seinem Pulli kann einem glatt schwindelig werden.

»Fröhliche Weihnachten«, erwidere ich misstrauisch.

Mit einem breiten Grinsen stemmt er die Hände in die Hüften. »Bist du bereit, Baby?«

Lenny macht die Tür hinter uns zu und stellt sich neben mich. »Ja«, sage ich. »Aber zuerst muss ich euch etwas Wichtiges sagen.«

Jasper zuckt mit den Achseln. »Was denn?«

Plötzlich beginnt mein Herz zu rasen. »Mein Dad weiß über *Kiss Cam* Bescheid …«

Jaspers Grinsen verschwindet schlagartig. »Ist er unten? Will er mich umbringen?«

Angesichts der absurden Idee, mein Vater könnte Jasper etwas antun, weil er mich geküsst hat, schnaube ich amüsiert. Dafür hat er ihn viel zu gern.

»Nein«, sage ich lachend. Dann werde ich wieder ernst und verknote hinter meinem Rücken die Finger ineinander. »Aber es fühlt sich komisch an, dass er es weiß. Seitdem denke ich irgendwie, wir sollten mit *Kiss Cam* aufhören.«

Jasper lässt die Arme sinken und Lenny stöhnt »Oooh, June. Nein.«

Ich zucke mit den Achseln. »Ich weiß. Aber vielleicht sollte das hier unser Finale für die ganze Kuss-Sache sein. Weitermachen, obwohl mein Dad eingeweiht ist, halte ich für keine gute Idee. Ich habe ja schon ein schlechtes Gewissen, dass ich überhaupt hier bin. Außerdem vermisse ich die guten alten Zeiten, als wir drei jeden Tag unsere albernen Videos gemacht haben. Ohne Drehbuch, ohne Druck, nur so aus Spaß. Und ich finde, Lenny ist in letzter Zeit viel zu kurz gekommen.« Ich deute auf Lenny, der daraufhin seinen Arm um mich legt. Jaspers Miene ist nicht zu deuten. Ich habe keine Ahnung, was in ihm vorgeht.

Ich hoffe, unsere Fans werden Verständnis dafür haben, dass mit Kiss Cam Schluss ist. Unsere Bekanntheit auf VlogIt ist die Sache nicht wert. Meine Gewissensbisse werden immer schlimmer und unsere Gruppe driftet auseinander. Lenny rückt zunehmend in den Hintergrund und aus dem Ganzen wird mehr und mehr eine June-und-Jas-Show. Machen wir uns nichts vor, wir sind Vlogger, keine Reality-TV-Stars. Wir müssen uns über die Auswirkungen im Klaren sein.

»Okay«, sagt Jasper schließlich und reißt mich aus meinen Gedanken. Er hat offenbar einen Moment gebraucht, um meine Entscheidung zu verdauen. »Wenn du sagst, es reicht, dann ist eben Schluss.«

»Wirklich?«

»Dein Wunsch ist mir Befehl, Juniper.« Jasper zwinkert mir zu. »Küss mich einfach ein letztes Mal, Süße. Schließlich ist Weihnachten.«

Jasper ist mein bester Freund, aber es lässt sich nicht leugnen, dass er ein verdammt guter Küsser ist. Er ist vielleicht nicht der heißeste Typ, den ich bis jetzt geküsst habe, aber durch seine Schlagfertigkeit und seine witzige Art fällt er überall auf. Jasper kann total nervig, aber auch sehr charmant sein, und er weiß, wie er mich zum Erröten bringt. Er ist kompliziert, aber leidenschaftlich. Wenn wir gleich gemeinsam unter den Mistelzweig treten, werde ich einfach versuchen zu vergessen, dass er mein schlaksiger, ungehobelter und verrückter bester Freund ist, und seine positiven Seiten genießen.

Während Lenny zur Kamera greift, mache ich einen Schritt auf Jasper zu und wische ihm sein Grinsen mit einem Kuss vom Gesicht. Wir küssen uns mit einer Intensität und Verzweiflung, wie sie nur ein letzter Kuss haben kann. Ich schmelze innerlich dahin, als sich seine Finger in mein Haar graben. Mir wird ganz heiß, und in meinem Kopf dreht sich alles, während all das, was in letzter Zeit schiefgelaufen ist, noch einmal vor meinem inneren Auge abläuft. Doch ich küsse diese Gedanken einfach weg und lasse sie auf seinen Lippen zurück.

Und dann ist es vorbei.

»Am letzten Tag von *Kissmas* verabschiedet sich Jasiper mit einem Kuss, den die beiden nie vergessen werden«, trompetet Lenny in die Kamera.

An Silvester müssen meine Eltern wieder einmal arbeiten, also tue ich das, was ich so oft tue: Ich gehe zu Jasper, um nicht allein zu sein. Nach unserem letzten Kuss unterm Mistelzweig sind wir wieder zur Normalität zurückgekehrt. Seitdem Jasper und ich uns nicht mehr jeden Tag küssen, kommt es mir vor, als sei *Kiss Cam* schon ewig her. Und obwohl uns allen bewusst ist, dass wir erst vor Kurzem damit aufgehört haben, vermeiden wir das Thema, so gut es geht.

Trotzdem – ich muss zugeben, dass es mir fehlt, ständig darauf gefasst zu sein, dass Jasper wie aus dem Nichts auftaucht und mich auf die Art küsst, an die ich mich so gewöhnt habe. Es fühlt sich an, als würde irgendetwas fehlen, aber vielleicht ist das normal und nur ein Teil des Entwöhnungsprozesses.

Unsere Fans haben enttäuscht und empört auf das Ende von *Kiss Cam* reagiert. Wir hoffen, dass sie es uns nicht allzu übel nehmen. Trotzdem spekulieren einige Fans schon darauf, dass, auch wenn die Küsse von Jasiper vorbei sind, immer noch Hoffnung für die Kombination Leniper oder Jenny besteht.

Ich habe versucht, Lenny und Jasper dazu zu überreden, sich zu küssen, aber natürlich ohne Erfolg. Nachdem *Kiss Cam* gestorben ist, will Lenny nichts mehr von dem Thema wissen.

Jasper hat die Füße auf den Couchtisch in seinem wie immer chaotischen Wohnzimmer gestützt. Während wir fernsehen und darauf warten, dass es Mitternacht wird, hat er Popcorn gemacht und Pop Tarts und Cola für uns organisiert. Bis auf den hellen Schein des Fernsehers ist es dunkel im Zimmer. Unten über den Bildschirm laufen wie bei einem Newsticker gute Vorsätze fürs neue Jahr, und es sind noch fünfzehn Minuten bis Mitternacht.

Jaspers Verhalten macht mich etwas misstrauisch. Er kann einfach nicht still sitzen und schaut immer wieder zu mir herüber. Als ich seinen Blick auffange und verwirrt die Stirn runzele, wirft er mir nur sein übliches freches Grinsen zu und schaufelt sich nicht sehr elegant noch mehr Popcorn in den Mund.

»Oh, hey!« Plötzlich springt er auf und geht aus dem Zimmer. »Ich hab ja ganz vergessen, dir dein Weihnachtsgeschenk zu geben.«

Ich reiße meinen Blick von der Show im Fernsehen los und sehe Jasper nach. Natürlich bin ich neugierig, aber auch nicht so neugierig, dass ich mit klopfendem Herzen darauf warte, dass er zurückkommt. Ich doch nicht. Stattdessen rolle ich mit den Augen, lasse mich auf die Couch zurücksinken und drehe den Fernseher lauter, auch wenn ich keine Ahnung habe, wer der Typ auf der Bühne ist oder wie sein Song heißt.

Nach einer Minute kommt Jasper wieder ins Zimmer und wirft mir ein kleines Päckchen zu. Ich fange es auf und warte, bis er sich hingesetzt hat, bevor ich die hübsch eingepackte Schachtel genauer betrachte. Da sie zu klein aussieht, um etwas Großartiges zu verbergen, greife ich über die Couch hinweg nach meiner Jacke und stecke das Geschenk in die Tasche.

»Danke«, sage ich. »Ich mache es zu Hause auf.«

Jasper sieht ein bisschen enttäuscht aus und rutscht auf seinem Platz hin und her. Seine Unruhe ist so auffällig, dass ich ihn fragend anschaue. »Alles in Ordnung mit dir?«

Er setzt sich wieder anders hin und kratzt sich nervös am Kinn, den Blick starr auf den Fernseher gerichtet.

»Äh, nein«, gibt er zu, fährt sich nervös mit der Hand durchs Haar und dreht sich ruckartig zu mir um. »Oder eigentlich doch. Eigentlich geht's mir super. Und ich habe mich gerade gefragt, ob es dir auch so geht.«

Ich schaue ihn mit zusammengekniffenen Augenbrauen an. »Ja, Jas. Alles bestens.«

Auf einmal spüre ich eine seltsame Spannung im Raum. Irgendetwas stimmt hier nicht. Mein Magen schlägt Purzelbäume und eine Gänsehaut kriecht meinen Nacken hoch. Ich weiß nicht, was ich mit dieser merkwürdigen Stimmung anfangen soll, und ein Teil von mir würde sie am liebsten ignorieren.

»Na gut.« Er nickt und knackt nervös mit den Fingerknöcheln.

Ich rücke ein Stück von ihm ab – und habe Angst davor, was er als Nächstes sagen wird.

Er stützt sich auf die Rückenlehne des Sofas, schafft es aber nicht, Blickkontakt mit mir aufzunehmen.

»Jas …«, sage ich vorsichtig.

»Hör mir doch mal zu.«

Meine Augenbrauen wandern nach oben und mein Herz scheint ein paar Schläge auszusetzen. »Okay …«

Seine Stimme klingt ein bisschen zittrig. »Also, ich … na ja, vielleicht war ich in letzter Zeit nicht ganz ehrlich.«

Plötzlich macht es klick, und ich erstarre. Die Gänsehaut überzieht jetzt auch meine Arme und mir bleibt die Luft weg. Mein Körper ist wie gelähmt, während die Gedanken in meinem Kopf wild durcheinanderwirbeln. Ich schlucke trocken und schaffe es hervorzustoßen: »Wirklich?«

»Wirklich.« Er macht eine Pause, und ich weiß, dass es ihm genauso schwerfällt wie mir, einen Ton herauszubringen. »Als wir uns geküsst haben, sollte das doch keine große Sache sein, oder?«

Ich nicke mechanisch.

»Ich würde lügen, wenn ich behaupten würde, dass ich nichts gespürt habe.« Irgendwo weit weg hat der Countdown für das neue Jahr begonnen. »Und ich glaube, dir geht es nicht anders.«

Ich beiße mir auf die Lippe und schüttele den Kopf, aber er streckt die Hand aus, um mich zu bremsen.

Hektisch nimmt er den Faden wieder auf: »Das kann nicht nur einseitig gewesen sein. Du …«

»Jas …«

Dreißig, neunundzwanzig, achtundzwanzig, siebenundzwanzig …

»Wenn du Angst hast, dass sich irgendetwas ändert – das muss es nicht. Es muss sich überhaupt nichts ändern«, fährt er noch eindringlicher fort. »Wir bleiben dieselben wie vorher, mit einer Ausnahme: Wenn mich jemand fragt, ob wir zusammen sind, kann ich Ja sagen. Denn für mich, June, bist du mehr als nur meine beste Freundin.«

Vierzehn, dreizehn, zwölf …

»Jas …«

»Und ich möchte das neue Jahr mit dir zusammen beginnen.«

Als der erste Glockenschlag ertönt, schafft Jasper es endlich, mir in die Augen zu sehen. Der Ton hallt in meinen Ohren nach. Für einen Sekundenbruchteil begegne ich seinem Blick, bevor er mich ins neue Jahr küsst. Ich sehe kurz seine sanften braunen Augen und seine geröteten Wangen, dann spüre ich, wie sich seine warmen Lippen in einem echten Kuss auf meine pressen. Keine Kamera, keine Wette, kein Experiment, keine Rache, keine Erpressung. Sondern ein echter Kuss. Er ist gleichzeitig selbstsicher und behutsam. Die erste Berührung seiner Lippen ist süß und dann vergesse ich alles um mich herum. Da ist nur noch er. Eine

Hand hat er in meinen Nacken gelegt, mit der anderen zieht er meinen Körper enger an sich. Bei jedem Kuss kann ich spüren, wie ernst er es meint.

Zu spät. Die anderen haben recht gehabt. Jasper ist in mich verliebt, aber ich nicht in ihn, und das ist das schrecklichste Gefühl, das ich je erlebt habe. Er glaubt, dass ich bei *Kiss Cam* nur mitgemacht habe, weil ich auch in ihn verliebt bin und nicht weiß, wie ich es ihm sagen soll. Er glaubt, dass wir unsere Gefühle voreinander verborgen haben, aber ich muss zugeben, dass das einzige Gefühl, das ich spüre, ein aufregendes Prickeln ist – und das allein reicht wohl nicht aus für eine Beziehung.

Meine Hände gleiten zu seiner Brust, um ihn wegzuschieben, doch es endet damit, dass ich ihn nur näher an mich heranziehe, und dann taucht seine Zunge in meinen Mund und Jasper enthüllt seine wahren Kussqualitäten. Ich bin frustriert über meine eigene Schwäche und fühle mich noch mieser, als er mit der Zunge erneut sanft zwischen meine Lippen gleitet. Zwischen seinen Küssen atme ich zittrig aus und versuche verzweifelt, mich dazu zu bringen, ihn zu stoppen. Aber ich weiß nicht, wie ich meinen Körper dazu zwingen soll, sich nicht nach mehr zu sehnen.

Ich spüre einen zunehmenden Druck in der Brust, und ein seltsames Gefühl breitet sich in mir aus, als mir klar wird, dass ich Angst habe. Denn sobald dieser Kuss endet, wird alles vorbei sein.

Als Jasper schließlich innehält, um Luft zu holen, und seine Stirn gegen meine lehnt, rinnt mir eine Träne aus dem

Augenwinkel. Einer von uns muss vernünftig sein und im Blick behalten, was das Beste für unsere Beziehung ist.

»Jas«, stoße ich hervor.

Seine Augen öffnen sich und mit besorgtem Blick weicht er ein Stück zurück.

»June, was –?«

»Wir dürfen das nicht tun.«

»Was?« Seine Stimme klingt scharf, so anders als noch vor ein paar Minuten, dass ich zusammenzucke.

»Wir dürfen das nicht tun«, wiederhole ich und versuche, seinen Blick zu erwidern, ohne dass er merkt, was wirklich in mir vor sich geht. »Du bist mein bester Freund, und wir haben diesen Vlog und – Jas, was meinst du, was für einen Druck unsere Beziehung aushalten müsste, wenn wir uns outen würden? Und dann ist da auch noch Lenny. Seit wir *Kiss Cam* haben, scheinen die Leute ganz vergessen zu haben, dass er auch zu *Wir-Vloggen-Hier* gehört. Und was passiert, wenn wir uns trennen? Wir haben doch mitbekommen, wie die Zuschauer nach der Trennung von Vlogging-Paaren für einen der beiden Partei ergreifen – das würde alles kaputt machen. Außerdem, ich … ich weiß nicht, was ich ohne dich tun sollte.«

Als ich den Vlog erwähne, beißt er die Zähne zusammen und schaut weg. Ich werde immer verzweifelter, weil ich will, dass er mich versteht. »Du hast es versprochen, Jas«, sage ich mit gepresster Stimme. »Du hast versprochen, uns das nicht anzutun. Du hast gesagt, da sei nichts, und du hast gelogen.«

»Ich dachte –«

Ich presse die Lippen fest zusammen und schüttele abwehrend den Kopf.

Jasper klatscht sich mit den Handflächen auf die Knie und gibt ein ersticktes Geräusch von sich, das wie eine Mischung aus Seufzer und Lachen klingt. Dann lässt er sich in die Sofapolster zurückfallen und vergräbt das Gesicht in den Händen.

»Jas«, sage ich hastig. »Ich möchte nicht, dass sich dadurch irgendetwas ändert. Ich möchte, dass zwischen uns alles so bleibt, wie es war.«

Für einen Augenblick herrscht absolute Stille, in der ich nur meinen Herzschlag und die dumpfe Stimme des Moderators im Fernsehen höre.

»Ich auch«, sagt er nach einer gefühlten Ewigkeit. »Aber ich werde ein bisschen Zeit brauchen.«

Die angespannte Atmosphäre ist kaum noch auszuhalten, sodass Jasper mich wenig später zur Tür bringt. Wir können uns nicht mehr in die Augen sehen.

Bevor ich gehe, drehe ich mich um, um mich vermutlich zum letzten Mal für eine ganze Weile von ihm zu verabschieden.

Er lächelt mich an, aber es ist nicht das typische Jasper-Lächeln, das ich so gut kenne. Er sieht verletzt aus und das ist meine Schuld. Dann sagt er, dass er erst mal für sich sein will und Abstand braucht, um mit all dem fertig zu werden. Danach könnten wir so weitermachen, wie es vor *Kiss Cam* war. Das ist dann wohl der Silberstreif am Horizont. Aber bis es so weit ist, müssen wir uns an neue Grenzen gewöhnen – an Grenzen, die wir noch nie hatten.

»Ich will das nicht«, sage ich, als ich schon fast draußen stehe, die Arme zum Schutz gegen den Wind eng um mich geschlungen.

»Es muss ja auch nicht so sein«, sagt er beinahe hoffnungsvoll. Doch diese Hoffnung löst sich in Luft auf, als ich schuldbewusst auf meine Füße starre und schlucke. Ich kann ihn doch nicht so zurücklassen …

Bevor er die Tür schließt, mache ich noch mal einen Schritt auf ihn zu und sage: »Ich liebe dich, das weißt du.«

»Ja«, erwidert er und schließt die Tür bis auf einen schmalen Spalt, »aber nicht so, wie ich dich liebe.«

Und dann gehe ich nach Hause, lege mich auf unser Sofa und verbringe den ersten Tag des neuen Jahres mutterseelenallein.

Sechzehn

Nachdem ich den ganzen Neujahrstag allein verbracht hatte, hatte ich mich innerlich darauf eingestellt, mich auch für den Rest der Ferien ganz in Ruhe zu Hause zu verkriechen. Aber am folgenden Nachmittag hämmert jemand an unsere Haustür und zwingt mich, von meinem Zimmer zum Eingang zu sprinten, damit der Krach meinen Dad nicht aufweckt. Ich reiße die Tür auf, um dem Krawall ein Ende zu bereiten, und hoffe, dass es Jasper ist.

Als ich die Tür öffne, sackt meine Stimmung in den Keller, obwohl ich weiß, wie unwahrscheinlich es ist, dass Jasper bei mir auftaucht. Trotzdem bin ich überrascht, dass Lenny auf den Eingangsstufen steht, die Hände in die Hosentaschen geschoben und das blonde Haar von den eisigen Windböen verwuschelt.

»Hi«, sagt er, nachdem wir uns ein paar Sekunden schweigend gemustert haben.

»Hi«, erwidere ich zurückhaltend, weil ich nicht weiß, was ich davon halten soll, dass er hier bei mir auf der Matte steht. Es kommt schon mal vor, dass Lenny und ich zu zweit

Zeit verbringen, aber das ist eher die Ausnahme. Außerdem bin ich mir sicher, dass Jasper Lenny alles erzählt hat, was an Silvester passiert ist.

»Ich war gerade bei Jasper«, sagt er langsam, den Blick starr auf mich gerichtet. Ich schlucke trocken und nicke, während ich nach unten schaue und versuche, den Blickkontakt zu vermeiden. Die Jungs haben bestimmt über mich gesprochen – über die Silvesternacht – und jetzt ist Lenny hier, um mir Vorwürfe zu machen. Als hätte ich nicht sowieso schon ein schlechtes Gewissen. Der Gedanke daran, wie ich Jasper abgewiesen habe und wie er meine Entscheidung ohne Protest akzeptiert hat, lässt mich nicht los. Gleichzeitig fühle ich mich so leer und werde das schreckliche Gefühl nicht los, dass es zwischen uns nie wieder so werden wird wie vorher. Es fühlt sich an, als hätte ich meinen besten Freund verloren, auch wenn Jasper behauptet, er würde nur ein bisschen Zeit brauchen und dann sei alles wieder okay. Aber ich weiß es besser. Sein Geständnis, die Art, wie er mich geküsst hat, und die Tatsache, dass er mir nicht in die Augen sehen konnte, nachdem ich ihm gesagt habe, dass ich seine Liebe nicht erwidern kann, sprechen Bände.

Und wenn seine Gefühle für mich langsam nachlassen, wird nur noch das Skelett unserer Freundschaft übrig bleiben. Selbst wenn wir uns bemühen, es wieder mit Leben zu füllen, wird er nicht mehr das Gleiche in mir sehen wie vorher. Ich habe Angst, dass er mich dann nicht mehr um sich haben will und gelernt hat, ohne mich zu leben. Meine Anwesenheit wird ihn nur an den Schmerz erinnern, den ich ihm zugefügt habe, und dieses Risiko wird er nicht noch einmal eingehen wollen. Ich kenne Jasper. So hat er es bei seinem Vater gemacht, und genau so wird er es auch bei mir machen.

»Kann ich reinkommen?«

Ich bin überrascht von Lennys freundlichem Ton und hebe den Kopf, damit ich mich vergewissern kann, ob ich richtig gehört habe. Ich hätte eher damit gerechnet, dass Lenny auf mich sauer sein würde, nachdem er Jaspers Version der Story gehört hat.

»Bitte?« Seine Stimme klingt ernst und sein Blick ist besorgt. Offenbar ist er nicht hier, um mir einen Vortrag zu halten.

Ich lasse ihn rein und führe ihn ins Wohnzimmer. Unsere Weihnachtsdeko hängt noch, und ich sehe, wie seine Augen durch den Raum wandern und all die Lichter und Schleifen registrieren. Ich bin froh, dass ich mich heute Morgen ordentlich angezogen habe.

Lenny lässt sich genau dort auf dem Sofa nieder, wo mein Vater seine gesamten Ferien verbracht hat, aber er balanciert ganz vorn auf dem Polster, als wolle er gleich wieder aufspringen. Ich setze mich neben ihn.

»Geht es ihm gut?«, frage ich leise – beschämt, dass ich das über meinen besten Freund fragen muss. Ich wollte Jasper nicht verletzen. Woher hätte ich wissen sollen, dass seine Gefühle für mich so stark sind?

»Er ist …« Lenny unterbricht sich und zuckt mit den Achseln. »Er ist ziemlich durch den Wind.«

Ich stütze die Ellenbogen auf die Knie und vergrabe das Gesicht in den Händen.

»Jasper dachte, er hätte die Zeichen richtig gedeutet …«

»Und ich dachte, wir hätten nur rumgealbert. Er hat behauptet, es sei alles nur Show, und das stimmte nicht. Er hat mich angelogen, und jetzt weiß ich nicht, ob zwischen uns alles je wieder in Ordnung kommt.« Frustriert lasse ich mich in die Sofakissen fallen.

Wenn er doch bloß mit mir *geredet* hätte. Wenn er nicht so voreilig gewesen wäre, hätten wir vielleicht eine Lösung finden können und würden jetzt nicht in diesem Schlamassel stecken. Aber das wäre nicht Jasper. Jasper tut, was er für richtig hält, ohne lange darüber nachzudenken. Vielleicht hat er gehofft, dass *Kiss Cam* irgendetwas bei mir auslösen würde. Aber seine Idee, uns näher zusammenzubringen, hat uns nur weiter voneinander entfernt. Ich hasse es, wütend auf ihn zu sein, obwohl wir beide leiden, aber ich kann auch nicht einfach ignorieren, dass unsere Freundschaft auf dem Spiel steht, weil *er* nicht die Wahrheit gesagt hat.

»Jasper ist nicht sauer«, sagt Lenny mit sanfter Stimme und legt mir behutsam eine Hand auf den Rücken. »Er hasst dich nicht. Er ist verliebt in –«

»Hör auf«, sage ich und kneife die Augen zusammen. Ich will das nicht hören.

Lennys Hand rutscht von meinem Rücken und er schweigt für einen Moment. Ich weiß nicht, ob ich zu empfindlich bin oder einfach überreagiere, aber bei seinen Worten krampft sich alles in mir zusammen. Immer wieder muss ich an Jaspers Gesichtsausdruck denken, bevor er die Tür vor meiner Nase zugemacht hat. Es war wie ein Schlag in die Magengrube. Ich wünschte, ich könnte es rückgängig machen. Alles ungeschehen machen. Aber ich weiß nicht, wie. Ich kann Jaspers verletzte Gefühle nicht heilen. Und deswegen schmerzen Lennys Worte umso mehr.

»Ich habe euch die Daumen gedrückt«, murmelt er kurz darauf.

Ich seufze und beiße die Zähne zusammen. »Du und alle anderen auch.« Geistesabwesend ritze ich mit dem Fingernagel Muster in den Couchbezug und versuche zu verstehen, wie es so weit kommen konnte. Doch davon kriege ich Bauchschmerzen und in meinem Kopf dreht sich alles. »Das … das mit uns würde einfach nicht funktionieren.«

»Warum tust du das?«

»Tue ich *was?*«, frage ich abwehrend. Mir wird ganz heiß, aber ich zwinge mich, ruhig zu atmen und trotz der widerstreitenden Gefühle, die in mir toben, eine unbewegte Miene aufzusetzen.

»Dir Dinge einreden, die nicht stimmen.«

»Das tue ich doch gar nicht …«

»Oh, doch«, widerspricht Lenny. »Und dabei benutzt du *mich* als Ausrede. Und dass du eure Freundschaft nicht aufs Spiel setzen willst. Aber das sind *positive* Dinge, June. Starke Freundschaften machen auch Beziehungen stärker, das ist eine Tatsache. Also hör auf, nach Ausreden zu suchen, nur weil du Angst hast und alles neu für dich ist.«

»Wenn es so einfach wäre«, stöhne ich. »Allison würde mich verstehen.«

»Ich möchte es auch verstehen. Mein bester Freund ist am Boden zerstört, und ich möchte wissen, warum.«

Ich fahre mir mit den Händen durch die Haare und stoße einen tiefen Seufzer aus. »Er ist mir als Freund viel zu wichtig«, wiederhole ich noch einmal. »Ich will einfach keinen endgültigen Bruch riskieren, okay? Diesen Schmerz möchte ich mir ersparen.«

Darauf erwidert Lenny nichts mehr. Es scheint gemerkt zu haben, dass es sinnlos ist. In diesem Punkt lasse ich nicht mit mir reden. Ich möchte nicht, dass er meine Entschlossenheit untergräbt oder versucht, mir etwas einzureden, das nicht stimmt.

Aber mein Widerstand bröckelt. Ich muss wissen, was er wirklich denkt, wenn er schon mal so ehrlich zu mir ist.

»Glaubst du, dass sich das zwischen Jasper und mir wieder einrenkt?«, frage ich.

Lenny lächelt mich mit einem leisen Glucksen an, legt einen Arm um meine Schulter und zieht mich an sich. »Jasper ohne Juniper, das gibt's doch gar nicht, oder?«

Ich klammere mich an diesen Funken Hoffnung und nicke erleichtert, bevor ich meinen Kopf an seine Schulter lehne.

Der Rest der Ferien verläuft ruhig und einsam. Ich ertappe mich dabei, dass ich meistens in meinem Zimmer bleibe, wo ich Zeitschriften durchblättere, E-Mails beantworte (was sich als ziemlich schwierig erweist, weil die meisten Jasper und mich und unsere Kuss-Streiche betreffen) und mir die Clips anderer Vlogger anschaue.

Das versetzt mich in die Zeit vor einigen Jahren zurück, als ich ständig allein war. Ich glaube, ich habe mir nie so richtig klargemacht, wie sehr Jasper mein Leben verändert hat, indem er mich aus meiner Hängematte gelockt und zu diesem Mentos-und-Cola-Experiment herausgefordert hat. Was, wenn Lenny sich damals nicht eingeschaltet hätte? Wenn ich mich umgedreht hätte und gegangen wäre? Wenn Jasper sich gar nicht erst für mich interessiert hätte?

Was ich sehe, gefällt mir nicht. Ich will Jasper nicht verlieren. Dank ihm hat sich für mich alles zum Guten gewandt.

Dann hat er sich in mich verliebt. Und ich habe ihm einen Korb gegeben.

Wahrscheinlich klinge ich ziemlich deprimiert, aber die Sache ist die: Als ich mir den VlogIt-Kanal meiner Freundin Danna anschaue, stolpere ich über unseren eigenen. Jasper hat zusammen mit Lenny ein Video über gute Vorsätze fürs neue Jahr hochgeladen. Zum ersten Mal bin ich bei einem unserer Videos nicht dabei. Das mit dem Abstand meint er also ernst. Heißt das jetzt, dass ich in den Vlogs nichts mehr zu suchen habe, bis Jasper über mich hinweg ist?

Ich sehe mir unsere Videos nur selten an, weil ich nicht wissen will, wie ich darauf aussehe und wie meine Stimme klingt, aber da war auch immer eine gewisse Neugier. Warum lieben uns unsere Zuschauer? Was bringt sie dazu, uns immer wieder anzuklicken? Was finden sie an unserem Vlog unterhaltsam?

Das erinnert mich daran, wie wir von *VlogIt* zu einem Treffen mit unseren Fans eingeladen wurden. Unsere Zuschauer erzählten uns, dass wir für sie wie Freunde seien, dass wir so cool seien, dass sie uns gern näher kennenlernen würden. Ich denke an all die Kommentare zu unseren Videos, in denen sich Zuschauer über einen besonderen Jasiper-Moment freuen, manchmal sogar über einen Leniper- oder Jenny-Moment. An die Kommentare, in denen wir um Rat gefragt werden. Meine Gedanken wandern zu den vielen – meist schmeichelhaften – E-Mails, die ich bekomme, und zu den Leuten, die mehr über uns erfahren wollen. Die sich in uns dreien wiedererkennen: in Jasper, Lenny und mir.

Und zwischen Jasper und mir sehen nicht nur unsere Zuschauer etwas, sondern auch die Menschen in unserem Umfeld. Ich denke an unsere Freundschaft, an *Kiss Cam*, an das, was Lenny gesagt hat, und daran, was meinen Eltern aufgefallen ist. Plötzlich habe ich das dringende Bedürfnis, mir unsere Videos anzuschauen. Ich möchte sehen, was auch alle anderen sehen. Ich scrolle durch das Archiv unseres Kanals und beginne ganz am Anfang.

Ich sehe mir meine hoffnungslose Schwärmerei in unserem ersten Sommer an, als Jasper seine Finger ständig in meinen Locken vergraben hatte, Lennys vielsagende Blicke in Richtung Kamera, wenn Jasper und ich uns neckten, spätabendliches Gekicher bei ihm zu Hause und meine sichtliche Eifersucht in den Zeiten, als er eine Freundin hatte. Ich schaue mir längst vergangene Valentinstagsbälle an, den Bau eines Schneemanns mitten in der Nacht in meterhohem Schnee, den Bauchklatscher-Wettbewerb vom letzten Jahr und die ersten *Kiss-Cam*-Folgen. Ich schaue mir alle *Kiss-Cam*- und *Kissmas*-Clips an. Und ich lese sogar die Kommentare. Die alten und die neuen.

Ich schaue mir alles an, bis das Sonnenlicht am nächsten Vormittag durch die Vorhänge sickert und die Kommentare unserer Zuschauer vor meinen Augen zu verschwimmen beginnen.

Em_Bee: *Ihr beiden müsst die Augen aufmachen und merken, dass ihr füreinander bestimmt seid. #Jasiper4Ever*

Leabasil: *Diese Anziehung zwischen Jas und June! Hammer!*

thatCRgirl: *Schaue Wir-Vloggen-Hier erst seit Kurzem. Sind Jas und June zusammen?*

writingspaz: *Ich habe sie beim Meet-and-Greet von VlogIt getroffen und sie waren so genial! P.S.: Jas und June sind heimlich zusammen. ;-)*

ocean_: *Kiss Cam* beweist es, Jasiper ist ECHT.

Großer Fehler. Ich bereue es, die ganze Nacht aufgeblieben zu sein, um mir die Vlogs anzuschauen. Denn jetzt wünsche ich mir nichts so sehr, als dass wir wirklich zusammen sind. Ich habe alles vermasselt. Jasper ist aus meinem Leben verschwunden.

Ich möchte, dass wir wieder das sind, was man in den Vlogs sehen kann. Eine kleine Familie, beste Freunde, vielleicht sogar Seelengefährten. Da ist tatsächlich etwas zwischen uns, und ich bin zu stur gewesen, um es wahrhaben zu wollen.

Vielleicht ist es noch nicht zu spät.

Am Montag müssen wir wieder zur Schule, und Jasper holt mich wie üblich ab. Lenny sitzt schon bequem auf dem Beifahrersitz, Jaspers und sein Rucksack stapeln sich auf dem Rücksitz. Nachdem ich mich in den Wagen gequetscht, meine Knie gegen Lennys Sitz gestützt und meinen Rucksack unter meinen Beinen verstaut habe, mache ich die Tür zu und registriere das Schweigen, das sich zwischen uns breitmacht. Die unbehagliche Stille zwischen Jasper und mir ist neu. Er überspielt sie, indem er das Radio anstellt und so laut dreht, dass der Wink unmissverständlich ist. Er will nicht mit mir reden, und ich versuche, möglichst nicht in den Rückspiegel zu sehen. Lenny entzieht sich der angespannten Stimmung, indem er seinen Laptop herausholt und sich während der ganzen Fahrt mit Filmbearbeitung beschäftigt.

Nachdem wir geparkt haben, stapft Jasper los, ohne auf

einen von uns zu warten. Da mir dank seiner schlecht funktionierenden Autoheizung eiskalt ist, werfe ich mir hastig den Rucksack über die Schulter, schiebe die Hände in die Taschen und flitze allein zum Schuleingang.

Es stellt sich heraus, dass zusammen Mittag zu essen noch schlimmer ist, als fünfzehn Minuten mit ihm im Auto eingesperrt zu sein. Jasper und ich haben uns immer gegenübergesessen. Doch als ich an unserem Tisch auftauche und er dort schon in seinem Essen herumstochert, zögere ich. Ich möchte an unserer Sitzordnung eigentlich nichts ändern, aber ich weiß nicht, ob es ihm etwas ausmacht. Und die Schule ist nicht der geeignete Ort, um solche Dinge auszudiskutieren.

Allison drängt sich an mir vorbei auf ihren Platz und sieht mich stirnrunzelnd an, als ich mich nicht neben sie setze. Ich möchte nicht, dass sie etwas von der Sache mitbekommt, weil ich genau weiß, wie sie reagieren wird: »Hab ich's nicht gesagt?« Deswegen nicke ich ihr beruhigend zu und setze mich gegenüber von Jasper hin. Er blickt von seinem Tablett auf und sieht mich an. Er wirkt verunsichert.

Ich möchte am liebsten alles rückgängig machen und ihn wissen lassen, dass ich unrecht hatte. Anstatt wegzusehen, blicke ich in seine haselnussbraunen Augen und lächele ihn an, zögernd zuerst, und als er zurücklächelt, zunehmend mutiger.

»Du bist heute so still, Jas«, stellt Allison fest, woraufhin Jaspers Blick von mir zu ihr schwenkt.

Sie hat recht. Seine üblichen Sprüche fehlen, die Kamera ist nicht zum Einsatz gekommen, wenn ich in der Nähe war, und er hat den ganzen Tag kein Wort mit mir gewechselt. Ich weiß, warum, aber Allison muss da nicht mit reingezogen werden. Deswegen schüttele ich unauffällig den Kopf.

»Ich ... äh ...« Jasper reibt sich das Kinn. Schließlich räuspert er sich und murmelt: »Ich bin bloß tierisch müde. Muss mich erst wieder an die Schule gewöhnen.«

Dann taucht Lenny auf und verwickelt Jasper in ein Gespräch, was die angespannte Stimmung an unserem Tisch zumindest ein bisschen auflockert.

Während Allison mir irgendetwas erzählt, folge ich mit halbem Ohr Jaspers und Lennys Unterhaltung. Jasper klingt nicht mal halb so gut gelaunt wie sonst. Als ich zwischendurch zu den beiden hinübersehe, stelle ich fest, dass er Lenny mit gesenktem Kopf zuhört. Doch dann richtet er sich plötzlich auf und ist wie ausgewechselt: Er strahlt über das ganze Gesicht und redet aufgeregt auf Lenny ein.

Ich halte das nicht aus. Selbst mitten in der Diskussion mit Allison behalte ich Jasper im Auge und beobachte, wie das Lachen nur so aus ihm heraussprudelt und seine Augen leuchten. Ich verstehe nicht, warum er eine solche Unterhaltung nicht mehr mit *mir* führen kann. Warum reißt er sich nicht zusammen und tut wenigstens so, als ob alles in Ordnung wäre? Ich habe einen Fehler gemacht, und er gibt mir keine Chance, ihn darauf anzusprechen.

Als Jasper bemerkt, dass ich ihn beobachte, senkt er den Blick und leckt sich langsam über die Lippen. Das macht er immer, wenn er nervös ist. Da endlich verstehe ich, was in ihm vorgeht. An Silvester hat er seine Maske fallen lassen und ich habe das Gesicht dahinter gesehen. Er hat seinen Schutzwall eingerissen und braucht jetzt einen neuen. Eine neue Maske. Bis dahin ist er verwundbar und kann sich nicht mehr verstecken. Zum ersten Mal durchschaue ich ihn.

SIEBZEHN

Die Dinge ändern sich nicht so schnell, wie ich es gern hätte. Ich hatte nicht damit gerechnet, dass Jasper weiterhin Distanz zu mir halten würde. Es ist eigentlich nicht seine Art, etwas auszusitzen. Aber jeden Morgen, wenn ich zu ihm ins Auto steige, ist es das Gleiche: Er dreht das Radio bis zum Anschlag auf, schaut stur auf die Straße und hält sich aus jedem Gespräch raus. Beim Mittagessen weicht er meinem Blick aus, es sei denn, Allison macht spitze Bemerkungen. Wenn Lenny mich in das Gespräch miteinbezieht und wir ein paar Worte wechseln, bemüht Jasper sich um einen lockeren Ton, aber meistens wendet er sich nur an Lenny. Manchmal, wenn ich ihn aus einiger Entfernung an unseren Spinden stehen sehe, verhält er sich wie immer, aber sobald ich in sein Blickfeld gerate, versteift er sich plötzlich. Das ist total frustrierend, und ich muss all meinen Mut zusammennehmen, um mit ihm zu reden.

Ich weiß, dass er immer noch vloggt. Er würde nie damit aufhören, nur weil etwas zwischen uns vorgefallen ist. VlogIt ist schon immer seine Welt gewesen. Aber es macht mich fertig, dass ich kein Teil mehr davon bin. Unseren Zuschauern fällt das natürlich auch auf. In meinem Postfach stapeln sich die E-Mails, in denen die Leute wissen wollen, warum ich nicht mehr zu sehen bin. Wenn sie mich danach fragen, heißt das, dass Jasper mein Verschwinden totschweigt. Er hat mich einfach ausgeblendet.

Jaspers Verhalten mir gegenüber ist ein frustrierendes Auf und Ab – mal geht er mir aus dem Weg, mal bemüht er sich angestrengt, genauso locker zu sein wie früher – und ich weiß nie, was mich erwartet. Er hat gesagt, er bräuchte Zeit für sich, aber *hiervon* war nicht die Rede.

Am Ende der Woche habe ich den ständigen Eiertanz und unsere wachsende Entfremdung endgültig satt, und mir wird klar, dass ich den Mund aufmachen muss, bevor unser verkrampfter Umgang miteinander zum Dauerzustand wird. Er muss wissen, dass ich möglicherweise einen Fehler gemacht habe – dass wir es vielleicht doch wagen sollten, zusammen zu sein.

Ich beschließe, am Freitag mit Jasper zu reden, wenn er bis dahin keine Anstalten gemacht hat, etwas zu ändern. Er kann mir nicht ewig aus dem Weg gehen, und ich kann mich nicht länger drücken – auch wenn ich Angst habe, dass er sauer auf mich ist und mir für das, was wir zurzeit durchmachen, die Schuld gibt. Aber wer weiß. Wenn Jasper es mit seinen Gefühlen für mich wirklich ernst gemeint hat, habe ich vielleicht noch eine Chance, das, was ich kaputt gemacht habe, zu kitten.

Als es zum Schulschluss klingelt, gehe ich zu meinem

Spind, um meine Jacke zu holen und die Bücher loszuwerden, die ich übers Wochenende nicht brauche. Den Rucksack zu meinen Füßen und einen Arm schon in der Jacke, prüfe ich mit einem schnellen Blick über die Schulter, ob ich Jasper unter den anderen Schülern entdecken kann. Als ich gerade den Reißverschluss hochziehe, sehe ich ihn auf der anderen Seite des Flurs an seinen Spind gelehnt stehen. Meine Hand stoppt abrupt auf halber Höhe des Reißverschlusses, als ich feststelle, dass er nicht alleine ist.

Ich kann nicht erkennen, wer es ist, nur, dass das Mädchen ungefähr so groß ist wie ich und kurzes goldfarbenes Haar hat. Während sie mit ihm redet, tritt sie von einem Fuß auf den anderen und presst ein Schulbuch an sich. Als sie etwas sagt, reckt Jasper die Brust und lächelt sie an.

Eifersucht und Neugierde machen sich in mir breit, und ich greife nach meinem Rucksack, um mich näher an die beiden heranzupirschen. Als ich die Tür meines Spinds schließe, sehe ich aus dem Augenwinkel, wie sie etwas auf eine Seite in ihrem Block kritzelt, die Ecke abreißt und ihm reicht. Er nimmt den Papierfetzen und hält ihn fest zwischen seinen Fingern, während er ihr hinterhersieht.

Wäre das vor einer Woche passiert, wäre ich zu Jasper rübergegangen, hätte ihm den Papierschnipsel weggeschnappt und festgestellt, dass es sich um eine Telefonnummer handelt. Er hätte versucht, mir den Zettel wieder wegzunehmen, und ich hätte ihn mit seiner neuen Flamme aufgezogen. Aber das ist Vergangenheit. Jetzt ist alles anders. Zu sehen, wie er das andere Mädchen anstrahlt, während er für mich nur noch ein gezwungenes Lächeln übrig hat, entfacht eine lodernde Wut in meinem Bauch.

Es ist nicht fair. Ich weiß, dass ich sein charmantes Lächeln nicht verdiene, aber mitzuerleben, wie etwas, das *mir* gehört hat, nun an jemand anders verschenkt wird, hinterlässt ein ungutes Gefühl. Es lässt mich an allem zweifeln, was jemals zwischen uns gewesen ist. Ich muss mit ihm reden, und zwar noch, bevor wir wieder zu dritt in seinem Auto sitzen und uns auf den Heimweg machen.

Ich fange Jasper an der Schultür ab und ziehe ihn am Ärmel zurück, bevor er die Tür aufstoßen kann. »Hey«, sage ich.

Er dreht sich zu mir um und löst sich mit einem übertriebenen Stolpern aus meinem Griff. Das ist so typisch für Jasper, dass ich unwillkürlich die Augen verdrehe.

»Ich … äh … June … hi.« Ich lächele ihn vorsichtig an und denke gleichzeitig, wie komisch es sich anfühlt, dass er in meiner Gegenwart so unsicher ist. Sein Selbstvertrauen ist schwer angeschlagen, das ist nicht zu übersehen. Als er meinen Namen sagt, spüre ich einen Kloß im Hals. Seit der Silvesternacht haben wir nicht mehr unter zwei Augen gesprochen. Ich ignoriere die Tatsache, dass er ein wenig vor mir zurückweicht, und sage: »Wir müssen reden, Jas. Und zwar noch heute.«

Nervös erwidert er meinen Blick, als hätte er Angst, ich könnte ihn noch mehr verletzen oder demütigen. Ich kann nicht glauben, dass er mir das zutraut, aber gleichzeitig verstehe ich ihn auch irgendwie.

»Meinst du einfach nur so oder irgendwelche Geständnisse oder …« Seine Stimme verebbt.

»Keine Panik. Ich möchte einfach mit dir reden.«

»Okay«, sagt er kühl und drückt mit der Schulter gegen die Tür, um sie aufzustoßen.

Er lässt mir den Vortritt, und dann gehen wir mit einigen Schritten Abstand schweigend zum Auto, wo Lenny schon darauf wartet, den Beifahrersitz für sich in Beschlag zu nehmen.

Nachdem Jasper in seiner Auffahrt geparkt hat, zieht er den Schlüssel aus dem Zündschloss. Das Radio verstummt, aber Jasper sorgt dafür, dass die Stille erst gar keine Chance hat, sich auszubreiten.

Er hält sich an der Kopfstütze des Beifahrersitzes fest, damit er sich besser zu mir umdrehen kann, sieht mir in die Augen und fragt: »Hier oder drinnen?«

Ich hatte nicht erwartet, dass er so direkt sein würde, nachdem er mir letzte Woche ständig ausgewichen ist. Andererseits kann ich es nachvollziehen, dass er es so schnell wie möglich hinter sich haben will. Trotzdem lasse ich mich von seiner knappen Art nicht aus der Ruhe bringen. Ich muss diese Gelegenheit nutzen.

»Deine Autoheizung ist echt das Letzte, Jas. Meine Hände sind ganz blau gefroren.«

»Gut, dann gehen wir eben rein«, sagt er kurz angebunden, während er bereits aussteigt und die Autotür hinter sich zuschlägt. Seine Stimme klingt gereizt, und ich weiß nicht, wieso, aber plötzlich will auch ich das hier so schnell wie möglich über die Bühne bringen.

Ich steige ebenfalls aus und jogge über den Rasen, um mit ihm Schritt zu halten. Nachdem wir durch die Haustür getreten sind, und ich sie hinter uns geschlossen habe, nimmt er meine Hände vom Türknauf und führt sie an seine Lippen, während sich seine großen Hände um meine schließen, um die Wärme einzufangen. Überrumpelt von dieser Geste, schlägt mir das Herz bis zum Hals, und ich schmelze dahin. Das ist unser Ritual.

Für einen kurzen Moment begegnet er meinem Blick, dann lässt er meine Hände fallen, als hätte er sich daran verbrannt, und wendet sich ab. Mein Gesicht glüht. Er muss gesehen haben, wie ungläubig ich ihn angestarrt habe. Vielleicht hat er auch gefühlt, dass mein Puls schneller geworden ist. Ich balle meine Hände zu Fäusten und zwinge mich, tief einzuatmen.

Als er hastig seine Jacke auszieht, verfängt sich seine Kette im Reißverschluss. Panikartig macht er sie los, wirft die Jacke zur Seite und verbirgt das, was er um den Hals trägt, rasch unter seinem T-Shirt.

»Was war das denn?«, frage ich verblüfft, weil ich genau weiß, dass Jasper nichts von Schmuck hält.

Er wird rot und runzelt die Stirn. »Das … äh, nichts«, sagt er schnell und schüttelt den Kopf. »Es tut mir leid wegen Silvester.«

»Mir auch«, erwidere ich ruhig. »Genau darüber müssen wir reden –«

»Warte«, unterbricht er mich. »Ich weiß, was du sagen willst.« Er hat sich jetzt ganz zu mir umgedreht, und wie wir so in dem engen Flur voreinander stehen, sieht es aus, als wollten wir uns gleich duellieren.

»Das glaube ich nicht …«

»Oh doch«, widerspricht er mit einem aufgesetzten Lächeln. »Und es ist okay, ich bin darüber hinweg. Das Leben geht weiter.«

»*Was?*« Ich könnte schwören, dass mein Herzschlag für einen Moment aussetzt.

Er greift in seine Tasche und holt den Papierschnipsel heraus, den das Mädchen ihm nach der Schule gegeben hat. »Das ist die Handynummer von Elaina. Sie meinte, ich soll mich bei ihr melden, und das werde ich auch tun. Wir haben einen Kurs zusammen, und sie ist toll. Wenn alles gut läuft, gehe ich mit ihr nächsten Monat zum Winterball.«

»Elaina?«

»Ja, wie du siehst, renkt sich alles wieder ein«, erklärt er. »Ich kann mit Elaina zusammen sein und mit dir weiter befreundet bleiben, so wie du es willst.«

Es fühlt sich ein bisschen so an, als würde man beim Schlafwandeln von einer Klippe fallen. Im einen Moment spaziert man noch friedlich vor sich hin, im nächsten Moment befindet man sich im freien Fall.

Bevor ich weiß, wie mir geschieht, spüre ich einen furchtbaren Druck auf der Brust und fühle mich gleichzeitig ganz leer, als hätte ich alles verloren. So, als hätte man den Sieg um eine Hundertstelsekunde verpasst. Und ich bin vorhin auch noch dabei gewesen. Ich habe zugesehen, wie sie miteinander geflirtet haben, wie sie ihm ihre Nummer gegeben hat und wie alles, was ich retten wollte, den Bach hinuntergegangen ist.

»Oh.« Mehr bringe ich nicht heraus.

»Ja«, erwidert Jasper ein wenig betreten. »Also mach dir unseretwegen keine Sorgen. Mir geht's jetzt wieder besser.«

Ich nicke, ohne richtig zu merken, was ich da tue, und sage das, was von mir erwartet wird: »Ich freue mich für dich. Du hast mir gefehlt.«

»Du hast mir auch gefehlt«, wiederholt er mit einem jungenhaften Grinsen, geht auf mich zu und umarmt mich kurz. »Alles wieder okay zwischen uns?«

Ich winde mich aus seinen Armen und streiche mir die Haare hinter die Ohren. »Ja, alles okay«, sage ich, ohne ihn anzusehen. »Ich bin froh, dass wir das geklärt haben.«

Ich fühle mich wie betäubt und merke erst jetzt, dass ich immer noch in meine dicke Winterjacke eingemummelt bin. Panisch blicke ich zur Tür. »Tja, dann bis morgen.«

»Geht klar.« Er setzt ein Lächeln auf, von dem ich nicht weiß, ob es echt oder gekünstelt ist, und verschwinde.

Und dann bin ich plötzlich in meinem Zimmer und lasse mich mit diesem Druckgefühl auf der Brust und eiskalten Händen auf mein Bett fallen. Ich kann mich nicht daran erinnern, wie ich die Straße überquert und meinen Schlüssel herausgeholt habe. Ich weiß nicht mal, ob ich nachgesehen habe, ob meine Eltern da sind.

Ich fahre mir mit beiden Händen übers Gesicht und durch die Haare und atme geräuschvoll aus.

Vergiss es. Das Leben geht weiter. Vergiss es. Das Leben geht weiter, wiederhole ich immer wieder.

Dann schlüpfe ich aus meiner Jacke und hänge sie auf. Dabei merke ich, dass sich eine Tasche schwerer anfühlt als die andere. Als ich hineingreife, entdecke ich Jaspers Weihnachtsgeschenk, das ich immer noch nicht ausgepackt habe.

Schniefend reiße ich das Geschenkpapier auf und hebe den Deckel des Kästchens ab. Als mir klar wird, was sich darin befindet und was er vorhin vor mir zu verstecken versucht hat, verfluche ich mich innerlich und schleudere den Anhänger in meine Nachttischschublade.

Ich springe ins Bett, ziehe mir die Decke über den Kopf und versuche, tief durchzuatmen, aber es ist sinnlos. Der Name Elaina wirbelt unablässig durch meine Gedanken, und die Kette mit dem halben Herzen im Nachttisch neben mir wiegt so schwer, dass ich fürchte, der ganze erste Stock könnte unter ihrem Gewicht zusammenbrechen.

Überwältigt von meinen Gefühlen und den tausend »Was-wäre-wenn«-Szenarien, die mir durch den Kopf gehen, lasse ich meinen Tränen freien Lauf.

Achtzehn

Im Lauf der Woche isst Elaina, wie alle von Jaspers bisherigen Angebeteten, hin und wieder mit uns zu Mittag. Da ich sie nicht kenne, sitze ich die ganze Pause über schweigend da und höre zu, wie sie sich mit Jas und Allison unterhält.

So habe ich ausreichend Gelegenheit, sie zu beobachten. Neulich ist mir nur aufgefallen, dass sie ungefähr meine Größe hat und ihre Haare kurz und goldblond sind. Inzwischen weiß ich, dass sie grüne Augen und eine spitze kleine Nase hat. Ihre Lippen sind rund und voll – und formen einen niedlichen Kussmund. Alles an ihr ist zart und zierlich. Sogar ihr Lächeln ist verhalten und schüchtern – aber das soll wahrscheinlich kokett wirken.

Bei unserem letzten Chat hat Allison mir verraten, dass Elaina mit ihr und Jasper im selben Englischkurs ist, aber dass sie Elaina nicht besonders mag. Ich kann mir auch vorstellen, warum. Allison ist ausgesprochen rechthaberisch und sagt immer, was sie denkt. Genau wie Elaina. Wenn man den beiden zuhört, merkt man schnell, dass sie grundsätzlich unterschiedlicher Meinung sind. Allison ist sehr direkt und redet nicht lange um den heißen Brei herum, es sei denn, sie hütet irgendein Geheimnis. Ansonsten sagt sie einem schonungslos die Wahrheit und scheut auch nicht davor zurück, Dinge aus der Vergangenheit wieder aufzuwärmen. Auch Elaina haut ungefiltert raus, was ihr durch den Kopf geht und verteidigt energisch ihre Meinung, auch wenn sie definitiv *falsch* ist. Während das zwischen Jasper und ihr meistens zu einem scherzhaften Geplänkel führt, umklammert Allison verbissen ihre Gabel und verkneift sich mühsam scharfe Erwiderungen. Jasper zuliebe bleibt sie höflich, aber ich weiß, dass sie dann wieder den ganzen Weg zum Geschichtskurs über Elaina ablästern wird. Ein Teil von mir kann es gar nicht erwarten.

Ich kann nachvollziehen, warum Elaina Jasper gefällt. Da sie kein Blatt vor den Mund nimmt, sind Gespräche mit ihr nie langweilig. Sie ist auf eine eigenwillige Art hübsch, flirtet gekonnt und wenn sie erst einmal in Fahrt ist, ist sie ziemlich witzig. Sie ist zwar klein und niedlich, aber mit ihrer starken Persönlichkeit macht sie ihre Winzigkeit wieder wett. Jasper kann kaum mit ihr mithalten, und an der Art, wie er sie ansieht, wenn sie lacht, merke ich, dass es nicht lange dauern wird, bis er endgültig über mich hinweg ist.

Ich muss gegen meinen Willen lächeln, als er ihr einen bewundernden Blick zuwirft, und ich frage mich, ob er mich jemals so angesehen hat.

»Ich *wusste*, dass da was im Busch ist«, sagt Allison, als wir die Stufen zum Geschichtskurs hochsteigen.

»Was meinst du damit?«, frage ich müde und trödele vor mich hin.

Sie macht ein finsteres Gesicht und verschränkt die Arme vor der Brust. »Komm mir nicht so«, schimpft sie. »Du und Jasper, ihr habt euch die letzten Tage echt komisch verhalten. Und jetzt klebt er plötzlich an dieser Elaina aus Englisch. Die beiden melden sich im Kurs ständig, nur um dann ewig miteinander zu diskutieren. Langsam wird es richtig peinlich, dieses Rumgeflirte.« Sie schüttelt missbilligend den Kopf und fügt dann nachdenklich hinzu: »Das macht er jedes Mal.«

»Ich habe keine Ahnung, worauf du hinauswillst«, sage ich. »Zwischen Jasper und mir ist alles in Ordnung.«

Sie schnaubt abfällig. »Von wegen, ihr verschweigt mir doch alle etwas. Ich will die Wahrheit wissen. Ich habe ein Recht darauf. Was ist in den Weihnachtsferien passiert?«

»*Nichts*«, sage ich mit fester Stimme. Ich würde es ihr ja erzählen, aber ich habe Angst, dass ich dann vor ihren Augen zusammenbreche und sie mir dann vorhält, dass sie mir ja prophezeit hat, dass so etwas passieren würde. Und das ist momentan ehrlich gesagt das Letzte, was ich hören will.

Ich bleibe vor der Tür des Klassenzimmers stehen und lasse Allison den Vortritt. Sie marschiert durch den sich rasch füllenden Raum und lässt sich mit einem frustrierten Seufzer auf ihren Stuhl sinken. Es ist typisch für Allison, dass sie unermüdlich versucht, Geheimnisse aufzudecken, über die aus gutem Grund ein Mantel des Schweigens gebreitet wurde.

Es ist nicht so, dass ich Allison nicht trauen würde –

denn das tue ich. Man kann ihr alles erzählen und sie würde es keiner Menschenseele verraten. Sie behält ihr Wissen für sich – und benutzt es »nur«, um Ratschläge zu geben oder einen weiter auszuquetschen.

Sie liebt es, über alles Bescheid zu wissen. Das gibt ihr den Kick. Egal, ob Schulstoff, Allgemeinwissen oder das aktuelle politische Geschehen – sie saugt die Informationen förmlich auf und redet den lieben langen Tag darüber.

Aber mit Geheimnissen ist es etwas anderes. Geheimnisse behandelt sie wie Edelsteine. Sobald sie sie hat, gibt sie sie nicht wieder her. Stattdessen will sie das Geheimnis bei jeder sich bietenden Gelegenheit mit der betreffenden Person diskutieren. Es ist, als würde sie diesen Edelstein nehmen, ihn schleifen und polieren, um seinen Wert noch zu steigern.

Seufzend setze ich mich auf den Platz neben ihr und lasse meinen Rucksack auf den Boden fallen.

»Es ist also nur ein Zufall, dass Jasper mal wieder die gute alte Ich-lenke-mich-mit-einem-anderen-Mädchen-ab-Nummer abzieht, wie immer, wenn er es nicht mehr aushält?«, fragt Allison. Obwohl sie sich Mühe gibt, nicht vorwurfsvoll zu klingen, kommt es wie eine Anklage rüber. Sie sieht mich nicht an, sondern kramt in ihrem Rucksack nach dem Geschichtsordner, wobei ihr das dunkle Haar wie ein Vorhang vors Gesicht fällt.

Ich balle meine Hände im Schoß zu Fäusten. Was soll das überhaupt heißen? Will sie etwa andeuten, dass Jasper die Beziehung, die wir haben, nicht mehr aushält und sich deswegen mit einem anderen Mädchen ablenkt? Oder will sie damit sagen, dass *ich* ihm zu viel geworden bin?

»Allison«, sage ich warnend und spüre, wie eine gefährliche Hitze in mir hochkriecht.

»Was denn? Das sieht doch ein Blinder mit Krückstock. Jedes Mal, wenn ihr beiden euch zu nahekommt, rennt er zu einer anderen, um Abstand zu schaffen. Nicht, weil er dich hasst – wir reden hier schließlich über Jasper –, sondern weil er weiß, dass du nichts von ihm willst. Er läuft seit Jahren vor dir davon. Und jetzt tut er es wieder. Also, was ist passiert, June?«

Während sie spricht, rast mein Herz wie verrückt. Kann das wirklich sein? Ist er schon länger in mich verliebt, als ich angenommen habe – und wenn ja, wie lange? Seit unserem ersten Jahr auf der Highschool? Damals war ich unsterblich in ihn verknallt. Das hat er bestimmt gewusst – oder zumindest gespürt – und er ist trotzdem hinter einem anderen Mädchen her gewesen? Hat er Angst gehabt, zurückgewiesen zu werden? Wenn es stimmt, warum hat er dieses Geheimnis dann so lange für sich behalten – und woher weiß Allison davon? Doch dann dämmert es mir, dass das alles nur Vermutungen von ihr sind. Und selbst, wenn sie recht hat – es ist zu spät. Ich habe meine Chancen endgültig verspielt. Die Hoffnung, die kurz in mir aufgeflackert ist, erstirbt, und zurück bleibt ein flaues Gefühl.

Ich beschließe, Allison alles zu erzählen und noch bevor die Stunde beginnt, berichte ich, was seit Silvester passiert ist.

»Oha«, murmelt sie, fast übertönt vom schrillen Klingeln. Dann starrt sie auf ihr Pult und trommelt mit den Fingern darauf herum. »Du wirst mich hassen, wenn ich das sage – aber ich wusste, dass es so kommen würde. Das ist bei euch ja immer so. Wenn einer von euch anfängt, etwas für den anderen zu empfinden, projiziert ihr diese Gefühle auf eine andere Person. Er hat es damals mit Bree gemacht. Und du mit Milo. Jetzt läuft das Gleiche mit Elaina. Das ist typisch Jasiper.«

Obwohl ich über ihre letzte Bemerkung ein bisschen grinsen muss, sinke ich erschöpft auf meinem Platz zusammen. »Vielleicht soll es einfach nicht sein.«

Sie schüttelt den Kopf. »Nein, ich glaube, ihr seid füreinander bestimmt. Ihr haltet es doch nie lang ohneeinander aus, weil ihr euch viel zu sehr vermisst. Ich habe Jasper schon hundertmal zu dir zurückkommen sehen. Du musst nur abwarten, June.«

»Und wenn es jetzt endgültig aus ist?«

Sie streckt ihren Arm über den Gang und legt ihre warme Hand auf meine Schulter. »Zwischen dir und Jasper? Unmöglich. Wie ich schon sagte, du musst nur warten. Hab Geduld mit ihm. Du hast ihn gern, und er hat dich gern. Wenn er dir wirklich wichtig ist, ist es das Warten wert. Ist er das denn?«

Ich denke an all das, was Jasper und ich schon zusammen durchgemacht haben, und daran, dass alle, die uns kennen, glauben, dass wir füreinander bestimmt sind, und nicke. »Ja.«

»Dann hab Geduld. Er wird zurückkommen.« Sie drückt mir noch einmal aufmunternd die Schulter und rutscht auf ihren Platz zurück.

Der Unterricht beginnt und es geht nicht mehr um mich und Jasper, sondern um Amerikanische Geschichte. Ich denke, es ist Zeit, Allisons Rat anzunehmen.

Ich bin erleichtert, als Jasper Lenny und mich am Donnerstag nach der Schule direkt zu sich nach Hause mitnimmt. Seit er mich wieder an den Aktionen für *Wir-Vloggen-Hier* beteiligt, habe ich gehofft, dass ich heute Abend das Frage-und-Antwort-Video mit den beiden drehen kann. Und jetzt ist es so weit.

Als wir drinnen sind und unsere Schuhe und Jacken ausziehen, dreht Jasper sich zu mir um und will nach meinen Händen greifen, aber dann bremst er sich gerade noch und schiebt seine Hände stattdessen in die Taschen. Ich hätte ihm meine eiskalten Finger liebend gern überlassen, aber zu sehen, wie er mitten in der Bewegung innehält, erinnert mich an unsere neuen Grenzen. Meine Hände zu wärmen, wie er es sonst immer getan hat, ist jetzt nicht mehr drin.

Ich versuche, mir die Enttäuschung nicht anmerken zu lassen, als ich die Finger an meine eigenen Lippen führe. Für einen kurzen Augenblick begegnen sich unsere Blicke, und als er sieht, dass ich seinen Job übernommen habe, dreht er sich hastig weg und murmelt in Richtung Lenny, er sei am Verhungern.

Lenny muss unseren Blickwechsel bemerkt haben, jedenfalls schaut er über die Schulter zu mir zurück, während er Jasper den Flur hinunter folgt. »Alles okay?«, fragt er mit stummen Mundbewegungen.

Ich lächele ihm beruhigend zu und nicke.

Geduld, sage ich mir. *Geduld*.

NEUNZEHN

Fast eine Woche später hält Jasper auf dem Heimweg von der Schule an, um den Wagen aufzutanken. Während er mit der Zapfpistole beschäftigt ist, versuche ich, nichts von den Benzindämpfen einzuatmen, die ins Wageninnere dringen. Lenny sitzt mit geöffnetem Laptop vor mir auf dem Beifahrersitz und seine Finger fliegen energisch über die Tastatur.

Ich drehe meinen Kopf, der gegen die Rückenlehne gestützt ist, ein wenig nach links, um Jasper zu beobachten, der draußen herumhüpft, um sich warm zu halten, während die Zahlen in der Anzeige der Zapfsäule immer weiterrattern. Jetzt, da er den Motor abgestellt hat, kann ich meinen eigenen Atem sehen. Nicht, dass die Heizung vorher besonders viel dazu beigetragen hätte, uns aufzuwärmen, aber aus irgendeinem Grund kommt es mir doppelt so kalt vor, wenn wir stehen.

Jasper hatte seit einer gefühlten Ewigkeit heute zum ersten Mal wieder an meinem Spind auf mich gewartet. Normalerweise hätte er einen Arm um meine Schulter gelegt, mir durch die Haare gewuschelt oder mich liebevoll angerempelt. Man konnte deutlich spüren, dass es schon eine Weile her war, dass wir so herumgealbert hatten.

Er lehnte am Nachbarspind und grinste. »Hi, Juniper!« Es fühlte sich gleichzeitig fremd und vertraut an.

Ich versuchte, genauso unbefangen zu antworten, aber ich glaube, dass er mein Zögern dennoch bemerkt hat. Unser Verhältnis normalisiert sich langsam wieder, was natürlich schön ist, aber gleichzeitig wünschte ich, ich wäre nicht so stur gewesen und zwischen uns stünde es jetzt anders.

»Na, was hältst du von ihr?«, fragt Lenny.

Ertappt reiße ich meinen Blick von Jasper los und starre ein wenig schuldbewusst Lennys Hinterkopf an. »Sorry, was hast du gesagt?«

»Elaina«, sagt er und klappt die Sonnenblende herunter, damit er mich im Spiegel sehen kann. »Was hältst du von ihr?«

Lenny weiß nicht, was Allison weiß. Er hat keine Ahnung, wie es aktuell mit meinen Gefühlen für Jasper aussieht. Und ich glaube, Ort und Zeitpunkt sind nicht ideal, um ihn einzuweihen. Deswegen zucke ich nur mit den Achseln und wiege nachdenklich den Kopf hin und her. »Sie scheint ganz in Ordnung zu sein.« Ich verknote nervös die Finger im Schoß. »Sie ist wie die anderen Mädchen, mit denen er bis jetzt zusammen war.«

»Allison kann sie nicht ausstehen«, sagt Lenny grinsend. »Hast du ihr Gesicht gesehen, als Elaina über diese eine Lehrerin gelästert hat, die sie mag? Sie wäre beinahe ausgerastet.«

Ich lache kurz auf. »Du solltest sie mal hören, wenn sie nach der Mittagspause über Elaina herzieht. Und was ist mit dir? Was hältst du von ihr?«

»Wie du schon sagtest.« Er zuckt mit den Achseln. »Sie ist genau der Typ Mädchen, mit dem Jasper immer zusammen ist. Du weißt schon, beliebt, gut aussehend ... unkompliziert. Man merkt ihr total an, wie sehr sie in Jasper verschossen ist.«

Ich nicke. In diesem Moment springt die Fahrertür auf und ein Schwall kalter Luft dringt herein, gefolgt von Jasper. Ich lasse mich in den Sitz zurückfallen, kauere mich noch enger zusammen und lehne meinen Kopf wieder gegen die Polster. Lennys Blick huscht noch einmal kurz zum Spiegel, dann klappt er die Sonnenblende hoch, und ich kann meinen Blick wieder unbesorgt auf Jasper richten.

Während ich ihn beim Fahren beobachte, mache ich mir im Kopf eine Liste und hake alle Punkte ab, bei denen ich seine Standards für eine Beziehung erfülle. Ich hätte nie gedacht, dass ich mit seinen früheren Freundinnen mithalten könnte. Alle hatten eine unglaubliche Ausstrahlung und waren witzig und hübsch. *Ich* hatte nie ein Problem mit ihnen gehabt. Von ihrer Seite sah es meistens ganz anders aus: Sie warfen Jasper vor, dass er zu viel Zeit mit mir verbrachte. Unsere Freundschaft stellte eine Bedrohung für sie dar. Aber vielleicht war es mehr als das. Vielleicht fühlten sie sich von *mir* bedroht, weil sie etwas in mir sahen, das ich selbst nicht wahrnehmen konnte. Mag sein, dass ich bei vielen Punkten auf Jaspers Liste bei mir ein Häkchen machen kann, aber im direkten Vergleich zwischen uns liegt Elaina ganz klar vorn.

Als Jasper aufblickt und in den Rückspiegel schaut, merkt er, dass ich ihn anstarre. Ich lächele ihm kurz zu, drehe den Kopf weg und schaue aus dem Fenster. Wie gern würde ich ihm alles erzählen. Aber ich weiß, dass das nicht geht.

Nach einem kurzen Treffen zu dritt bei Jasper gehe ich nach Hause und verziehe mich in mein Zimmer. Mein Laptop thront aufgeklappt auf dem Bett, aber der Bildschirm ist schwarz. Bevor Jasper mich heute Morgen abgeholt hat, hatte ich E-Mails beantwortet und wahrscheinlich vergessen, ihn auszumachen. Nachdem ich mich hingesetzt habe, klappe ich den Laptop zu und schiebe ihn ans Fußende des Bettes.

Dann öffne ich die Nachttischschublade. Mein Blick fällt auf all den Krimskrams, den ich nicht mehr brauche, von dem ich mich aber auch nicht trennen kann. Obenauf liegt die Einladung zu dem Treffen mit unseren Fans, die wir vor ein paar Jahren von VlogIt bekommen haben. Und auch die Lohnabrechnung von meinem ersten selbst verdienten Geld habe ich aufgehoben. Alte Freundschaftsarmbänder aus der Mittelstufe sind über den Boden der Schublade verteilt. Meine Finger berühren Büroklammern und längst vergessene Fotos, bis ich schließlich die unregelmäßige Form eines zerbrochenen Herzens ertaste.

Als ich den schlichten silbernen Anhänger aus der Schublade hole und hochhalte, reflektiert er die untergehende Sonne, die durch einen Spalt zwischen den Vorhängen in mein Zimmer scheint.

Ich weiß nicht, warum ich mir das Schmuckstück unbedingt noch mal ansehen muss. Selbst, als ich es mir dicht vor die Augen halte, verstehe ich nicht, was mich geritten hat, den Anhänger wieder auszugraben. Seufzend lasse ich ihn in meinen Schoß sinken.

Ich frage mich, was Jas wohl mit seiner Kette gemacht hat, seit ich neulich gesehen habe, wie er sie hektisch unter sein T-Shirt geschoben hat. Die beiden Herzhälften waren ein Symbol für uns – doch jetzt weiß ich nicht einmal, ob es jemals wieder ein *wir* geben wird. Was soll ich mit dem Anhänger machen? Ihn aus Sentimentalität weiter in der Nachttischschublade aufbewahren oder ihn entsorgen?

Ich glaube nicht, dass er seinen Anhänger weggeworfen hat. Wahrscheinlich bewahrt er ihn genau wie ich irgendwo auf. Es würde sich falsch anfühlen, ihn nicht zu behalten. Immerhin ist er von Jasper.

Während ich mir mit einer Hand durch die Haare fahre, hebe ich mit der anderen die Kette wieder hoch, spitze nachdenklich die Lippen und beschließe, dass ich dieses Geschenk am besten dort lasse, wo es ist. Wie die anderen Dinge in meiner Nachttischschublade muss ich es nicht zwingend behalten, aber ich bringe es auch nicht übers Herz, es wegzuwerfen. Dies ist eines jener Dinge, die man ewig aufhebt, in der Hoffnung, dass sie eines Tages doch wieder zum Einsatz kommen.

Als ich am nächsten Morgen das Schulgebäude betrete, hängen an meinem Spind eine Rose und eine Nachricht. Eine Sekunde lang starre ich sie verblüfft an und blicke dann in beide Richtungen den Flur hinunter. Keiner der Schüler, die durch den gefliesten Gang strömen, schenkt mir Beachtung. Also falte ich den Zettel auseinander und versuche, die schlampige Handschrift zu entziffern.

Winterball? Sag mir Bescheid, ob du Lust hast.
Ich bin immer eine gute Wahl.

Milo

Ich schlucke und werfe einen Blick über die Schulter, um noch mal den Flur zu scannen. Milo gehört nämlich zu den Leuten, die gern mein verdattertes Gesicht sehen würden, sobald ich die Einladung gelesen habe. Nachdem ich mich vergewissert habe, dass er wirklich nicht in der Nähe ist, blicke ich wieder auf die Nachricht und lache leise.

Ich hätte es wissen müssen. Es war nur eine Frage der Zeit, bis er wieder einen Versuch starten würde. Da *Kiss Cam* und die momentane Zwangspause die Top News auf VlogIt waren, hätte ich mir denken können, dass er nur darauf gewartet hat, mich in einem schwachen Moment zu erwischen.

Ich weiß, dass Milo sich *Wir-Vloggen-Hier* auf VlogIt anschaut. Das gefiel mir an ihm, als wir uns kennenlernten. Er schien sich ernsthaft für mich zu interessieren, und nachdem er so viele unserer Vlogs gesehen hatte, war es, als würde er mich schon kennen.

Wegen *Kiss Cam* denkt er wahrscheinlich, ich sei leicht zu haben und er könnte mich problemlos wieder manipulieren. Jasper stellt auch keine Bedrohung mehr für ihn dar, seit er mit Elaina zusammen ist. Milo ist immer auf Jasper eifersüchtig gewesen. Als ich mit Milo zusammen war, hatte ich so wenig Kontakt zu Jasper, dass ich schon dachte, wir wären gar nicht mehr befreundet.

Mein erster Gedanke ist, die Einladung abzulehnen, aber dann frage ich mich, ob mich wohl jemand anders einladen wird. Jasper ganz bestimmt nicht. Zwischen Elaina und ihm läuft es viel zu gut, als dass er mit mir zum Winterball gehen würde.

Wenn Milo sich darauf einlassen würde, mich nur zu *begleiten*, könnte ich sein Angebot leichter akzeptieren, aber ich glaube nicht, dass ihm das vorschwebt. Von Milo bekommt man nichts umsonst. Wenn ich ihm im Gegenzug nichts biete, wird er sein Angebot zurückziehen. Aber ich habe nicht vor, für seine Begleitung zu bezahlen. Jasper ist der Einzige, der zählt, und davon darf Milo mich nicht abbringen.

Die Frage, ob ich mit ihm zum Ball gehen soll, beschäftigt mich dennoch den ganzen Tag, und ich platze fast, weil ich unbedingt jemandem meine Zwickmühle schildern muss. Egal wem, Hauptsache, ich höre eine andere Meinung. Während des Mittagessens liefert mir eine unverhoffte Gesprächspause an unserem Tisch die perfekte Gelegenheit.

»Tja«, sage ich, und als Lenny von seinem Teller aufschaut, blicke ich hastig nach unten und schiebe ein paar grüne Bohnen mit der Gabel auf meinem Teller herum. »Milo hat sich wieder gemeldet.«

Jasper räuspert sich und beugt sich vor. »Was?«

»Ja«, schaltet sich auch Allison ein. »*Was?*«

Allisons Hass auf Milo beruht auf Gegenseitigkeit. Sperr die beiden in einen Raum und sie gehen sich an die Kehle.

Als ich mit Milo Schluss machte, wollte er es mir heimzahlen, indem er versuchte, Allison ins Bett zu kriegen. Der Versuch scheiterte kläglich – um es mal vorsichtig auszudrücken.

Während die anderen mich mit Fragen bestürmen, öffne ich den Reißverschluss meines Rucksacks und hole die Nachricht und die Rose hervor. »Er hat mich gefragt, ob ich mit ihm zum Winterball gehen will«, präzisiere ich. Lennys Augen huschen zu Jasper, der angewidert schnaubt und meint: »Erzähl mir nicht, dass du ernsthaft darüber nachdenkst, mit ihm hinzugehen. Der Typ ist doch pervers.«

»Natürlich geht sie *nicht* mit ihm hin«, sagt Allison mit fester Stimme und versteinerter Miene.

»Er wollte mir doch bloß signalisieren, dass er zur Verfügung steht«, sage ich.

»Egal.« Jasper wedelt die Idee mit einer raschen Handbewegung weg, während Elaina verwirrt zwischen uns hin und her blickt. »Was verspricht er sich eigentlich davon, wenn er mit dir zum Ball geht?«

»Keine Ahnung. Ich wollte nur mal hören, was ihr dazu sagt.« Ich zucke mit den Achseln, obwohl ich schon weiß, wie ich auf Milos Einladung reagieren werde.

Jasper macht ein finsteres Gesicht. »A-ha«, murmelt er.

Ich verstehe, warum er sich aufregt. Nach der Trennung von Milo hatte ich ihm ganz schön die Ohren vollgeheult. Milo und ich passen nicht zusammen, und mir ist völlig klar, dass dieser Typ nichts als Ärger macht. Aber so wie Jasper ständig mit Elaina durch die Gegend stolziert …

Elaina wirft Jasper einen verunsicherten Blick zu und legt ihm die Hand auf den Arm. Dann wendet sie sich an mich. »Worum geht es hier eigentlich?«

Es kostet mich einiges an Selbstbeherrschung, nicht zu antworten: »Es geht dich auch nichts an, würdest du dich also netterweise raushalten«, aber ich beschließe, mich zusammenzureißen. Sie will uns ja nicht nerven oder sich einmischen, sie ist eben neu in unserer Gruppe.

»Milo ist mein Exfreund«, erkläre ich ihr. »Und er ist kein besonders netter Typ.«

»Warum überlegst du dann, mit ihm zum Ball zu gehen?«, fragt sie, während sie mit einer Hand sanft über Jaspers Arm streicht, als wollte sie ihn beruhigen. Er knetet seine Unterlippe zwischen den Fingern und starrt abwesend an mir vorbei.

»Ich wollte nur mal eine andere Meinung hören. Das zwischen Milo und mir ist schon lang her. Es könnte sich vielleicht etwas geändert haben.« Mittlerweile bereue ich es, überhaupt mit dem Thema angefangen zu haben. Allison versetzt mir unter dem Tisch einen Tritt, und ich umklammere meine Gabel fester, um nicht aufzuschreien.

»Geh nicht mit ihm hin«, murmelt Jasper und schaufelt

sich weiter das Essen in den Mund. Mein Herz beginnt zu flattern, und als ich ihn ansehe, wird mein Blick weicher.

Elaina muss das bemerkt haben, denn sie mustert Jasper kurz und sagt dann zu mir: »Tja, jetzt hast du deine Antwort.«

Ich schnaube abfällig und erwidere trocken: »Na, toll.«

Lenny wechselt hastig das Thema, indem er eine Frage zur Bearbeitung unseres neuesten Filmmaterials in die Runde wirft, und Jasper springt sofort darauf an. Währenddessen sieht Elaina mich neugierig an – nicht auf eine verbissene, argwöhnische Art, nein, es wirkt, als versuchte sie lediglich, die Situation zwischen Jasper und mir zu verstehen.

Das Thema Milo ist damit zu den Akten gelegt, und ich merke, dass es dumm von mir war, es überhaupt anzuschneiden. Milo ist nur ein weiteres Hindernis auf meinem Weg zurück zur Normalität mit Jasper. Und so, wie Elaina mich anstarrt, könnte da tatsächlich Hoffnung bestehen.

ZWANZIG

»Na, wie sehe ich aus?«

Jasper blickt Lenny und mich auffordernd an, damit wir sein Outfit absegnen. Ich mustere ihn gründlich von oben bis unten – von den lässig gestylten Haaren bis zum hellblauen Hemd und den dunklen Jeans.

Es ist Freitagabend und er ist mit Elaina verabredet. Langsam überkommt ihn die Nervosität.

»Du siehst super aus«, versichere ich ihm. Und das stimmt wirklich. Während er in seinen Cartoon-T-Shirts und Alltagsjeans normalerweise etwas nerdig rüberkommt, wirkt er nun wesentlich erwachsener – und ziemlich attraktiv. Mein Blick wandert immer wieder zu den beiden oberen Hemdknöpfen, die offen stehen. Genau vor einem Monat hat er dieses Hemd mit dem offenen Kragen aus einem anderen Grund getragen. Bei der Erinnerung zieht sich mein Magen schmerzhaft zusammen.

Lenny wirbelt auf Jaspers Schreibtischstuhl um die eigene Achse und beäugt Jaspers ordentliches Outfit skeptisch. »Wo wollt ihr noch mal hin?«

»Nur ins Kino, aber hinterher werde ich sie fragen, ob sie mit mir zum Winterball geht.« Er klingt ein bisschen aufgeregt und hofft offenbar, dass alles glattläuft.

»Mach dir bloß keinen Druck«, rät Lenny ihm grinsend.

»Leicht gesagt. Ich kann's mir nicht leisten, die Sache zu vermasseln.« Er verstummt und versucht zunehmend hektisch, die Knöpfe an seinen Ärmeln zu schließen. Nach ein paar Sekunden dreht er sich mit einem Stöhnen zu mir um. »Jetzt hilf mir doch mal, June.«

Ich bin verblüfft, dass er mich um Hilfe bittet und nicht Lenny. Anscheinend ist er selbst von seiner Bitte überrascht, denn er hält mir zwar den Arm hin, aber dreht sein Gesicht weg, während ich ihm die Ärmel zuknöpfe. Nur, weil wir uns wie früher zu dritt treffen, heißt das noch lange nicht, dass Jasper und ich wieder völlig unbefangen miteinander umgehen. Wir sind ausgesprochen vorsichtig, und ich glaube, sein Hilferuf war ein spontaner Impuls.

Meine Wangen überziehen sich mit einer zarten Röte, als ich den letzten Knopf zumache und mich dann wieder auf die Matratze fallen lasse. Es ist bitter, ihm dabei zu helfen, sich für das Date mit einem anderen Mädchen fertig zu machen. Und ich kann mich nicht mal beschweren, weil das vor allem meine Schuld ist.

»Tief durchatmen, Alter«, ruft ihm Lenny von seinem Platz am Schreibtisch zu. »Es geht nur um einen Kinobesuch und eine Frage. Das packst du.«

Jasper fährt sich mit beiden Händen übers Gesicht und seufzt. »Wie spät ist es?«

Lenny stößt sich mit seinen bestrumpften Füßen vom Boden ab und schwingt so weit herum, dass er einen Blick auf Jaspers Laptop werfen kann. »Fast sechs.«

»Mist«, murmelt Jasper und stürmt zu seiner Kommode, um sich mit Deo einzusprühen und ein paar Socken aus der obersten Schublade zu ziehen. »Ich muss los.«

Lenny und ich folgen ihm die Treppe hinunter. »Erzähl uns hinterher, wie es gelaufen ist«, meint er neugierig.

»Ihr werdet die Ersten sein, die es erfahren«, ruft Jasper über die Schulter, springt die letzten drei Stufen hinunter und sprintet den Flur entlang. »Ihr findet ja selbst raus. Wir sehen uns dann morgen. Tschüss.« Kaum hat er sich von uns verabschiedet, ist er auch schon in seine Schuhe geschlüpft und zur Tür hinausgeflitzt.

Lenny und ich stehen am Fuß der Treppe und schauen ihm nach.

»Meinst du, mit ihm ist alles in Ordnung?«, fragt Lenny, nachdem die Haustür zugeschlagen ist, in die Stille hinein. »Er hat uns allein bei sich zu Hause gelassen.«

Die Hand auf dem Geländer und die Augen auf die Haustür gerichtet, durch die Jasper eben verschwunden ist, stehe ich wie angewurzelt da. »Nein«, sage ich und spüre, wie bei dem Gedanken, dass er mit einer anderen zum Ball gehen wird, Furcht in mir aufsteigt.

Nicht nur meinetwegen. Normalerweise gehen wir jedes Jahr zu dritt auf den Ball und vloggen den ganzen Abend. Vorher stürmen wir einen Secondhandshop und decken uns mit verrückten Klamotten ein, und dann tanzen und lachen wir und haben so viel Spaß, dass die Zeit wie im Flug vergeht. Ich kann mir überhaupt nicht vorstellen, dass dieses Jahr alles anders sein wird.

»Und was ist mit dir?«

Mit zusammengekniffenen Augen drehe ich mich zu ihm um. »Was meinst du?«

Er schiebt die Hände in die Taschen und wippt auf den Füßen. Mir ist vor Kurzem aufgefallen, dass er das immer macht, wenn ihm etwas sehr ernst ist.

»Ist mit *dir* alles in Ordnung?«

»Natürlich«, sage ich hastig und streiche mir die Haare aus dem Gesicht. »Warum nicht?«

Er wirft mir den Blick zu, den *alle* in letzter Zeit für mich verwenden, und mir wird klar, dass er Bescheid weiß. Er kennt meine Gefühle für Jasper, aber ich habe keine Ahnung, ob Allison es ihm gesteckt hat oder ob er es selbst herausgefunden hat. Auf jeden Fall durchfährt mich ein Riesenschreck, der meine mühsam aufrechterhaltene Fassade zum Einsturz bringt.

Ich stöhne auf, drehe mich zur Treppe und lehne für einen Moment meine Stirn gegen das Geländer. Dann lege ich den Kopf in den Nacken und starre an die Decke. Meine Gefühle fahren Achterbahn. Auf der einen Seite bin ich völlig verwirrt, auf der anderen Seite sehe ich alles mit schrecklicher Klarheit. Ich freue mich für Jasper und bin trotzdem total verunsichert wegen meiner Gefühle für ihn. Nach außen hin sieht es so aus, als sei mit Jasper und mir alles in Ordnung. Aber das stimmt nicht, *nichts* ist in Ordnung. Ich vermisse ihn, aber das habe ich mir selbst eingebrockt. Egal, wie sehr wir uns auch anstrengen, unsere alte Vertrautheit ist verschwunden. Und ich wusste genau, dass das passieren würde.

Seit ich mitbekommen habe, dass er hinter Elaina her ist, bereue ich alles, was geschehen ist. Aber mir bleibt nichts anderes übrig, als abzuwarten. Und das ist hart.

»Das ist nicht fair«, murmele ich vor mich hin.

Lenny seufzt. »Ich dachte, zwischen euch sei alles klar, aber als Allison gemerkt hat, dass ich keine Ahnung habe, hat sie mich eingeweiht.« Ich schaue zu ihm hinüber, und er zuckt mit den Achseln. »Ich weiß, das passt dir vielleicht nicht, aber du hast dir die Suppe selbst eingebrockt. Jetzt musst du sie auch auslöffeln.«

»Ich hasse das«, sage ich leise.

»Ich weiß.«

In Lennys Stimme liegt echtes Mitgefühl, und mir wird klar, dass ich offenbar genauso schrecklich aussehe, wie ich klinge.

Nach ein paar Minuten, in denen keiner von uns etwas sagt, fragt Lenny: »Hast du Lust auf Eis? An deiner Stelle könnte ich jetzt welches gebrauchen. Unsere Gefriertruhe ist gut gefüllt.«

»Ich nehme alles, was ihr habt.«

Als Jasper an diesem Abend zurückkommt, informiert er Lenny und mich, dass sein Date super gelaufen sei und er mit Elaina zum Winterball gehe, gefolgt von einer Flut von

Entschuldigungen, dass er bei unserer üblichen Aktion nicht dabei sein könne.

Ich nehme mir Lennys Kommentar, dass ich die Suppe, die ich mir eingebrockt habe, auch auslöffeln müsse, zu Herzen und verhalte mich entsprechend. Überschwänglich versichere ich Jasper, das sei kein Problem und würde uns überhaupt nichts ausmachen. Hauptsache, er sei glücklich. Ich bin viel zu aufgedreht und tue so, als sei alles okay, aber das stimmt natürlich nicht. Nichts ist okay.

»Nächste Woche ist Valentinstag.«

Ich werfe Jasper einen Seitenblick zu, während ich die Bücher fürs Wochenende in meinen Rucksack packe. Er lehnt mit dem Rücken an der Tür des Nachbarspinds und dreht die flaumigen Härchen in seinem Nacken zu kleinen Locken.

In den letzten Wochen haben wir krampfhaft nach Gesprächsthemen gesucht, und es erwischt mich eiskalt, dass er heute ausgerechnet mit Valentinstag kommt. Ich habe das Thema vorsorglich vermieden.

»Ich brauche deine Hilfe, für Elaina.«

Ich schüttele mir die Haare aus dem Gesicht und sehe ihn ungläubig an. Jasper Lahey, der so cool ist, dass er niemals jemanden um Rat fragen würde, bittet *mich* um Hilfe? Damit hätte ich nie gerechnet.

»Ich meine, du bist doch ein Mädchen …« Er scharrt verlegen mit den Füßen und sieht mich flehend an.

»Was du nicht sagst«, ringe ich mir eine halbwegs witzige Antwort ab, während ich mir die Jacke anziehe.

Das darf doch wohl nicht wahr sein, dass er damit ausgerechnet zu mir kommt. Ich will nicht, dass er sich an mich wendet. Nicht wegen eines Valentinstagsgeschenks – ich habe schließlich Gefühle für ihn, und er tut das für ein anderes Mädchen. Ganz zu schweigen davon, dass er vor Kurzem noch mit mir zusammen sein wollte und die Sache für meinen Geschmack etwas zu schnell überwunden hat.

Jasper schnaubt und dreht sich mir jetzt ganz zu. »Ich hab dich ungefähr tausendmal in Unterwäsche gesehen, schon vergessen?«

Mit rotem Kopf werfe ich mir den Rucksack über die Schulter und sage halb im Scherz: »Das solltest du Elaina besser nicht erzählen.«

Er verzieht das Gesicht. »Worauf du wetten kannst … Aber zurück zu meiner Frage.«

Ohne auf sein Drängeln einzugehen, mache ich auf dem Absatz kehrt und tauche in den Strom der entgegenkommenden Schüler ein. Jasper legt einen Zahn zu, um neben mir zu bleiben, als ich mich durch die endlose Schar erschöpfter Teenager dränge. Ich hoffe, wenn er nicht mit mir Schritt halten kann, kann er mich auch nicht dafür einspannen, ein Valentinsgeschenk für seine Lückenbüßer-Freundin zu finden. Das mit Elaina ist meine Schuld, aber das hier habe ich nicht verdient.

Leider geht mein Plan nicht auf, denn auf Höhe des Sekretariats können wir wieder nebeneinander gehen, und er fragt mich zum dritten Mal.

Ich seufze leicht genervt und antworte mit einer Gegenfrage. »Du willst ihr wirklich etwas schenken? Ihr seid doch erst so kurz zusammen.«

»Na und? Mädchen lieben Geschenke.«

Ich lache. »Ich nicht.«

»Tust du wohl.«

Kurz vor der Ausgangstür bleibe ich stehen und drehe mich um. »Jetzt hör mir mal zu«, sage ich. »Du bist mein bester Freund, aber ich werde dir nicht dabei helfen, ein Geschenk für deine Freundin auszusuchen.«

Meine Weigerung scheint ihn zu treffen. »Warum nicht?«

»Weil Silvester noch nicht lange her ist. Und wenn es sich für *mich* nicht richtig anfühlt, würde es mich wundern, wenn es für dich okay ist.« Es gefällt mir überhaupt nicht, wie sich diese Worte aus meinem Mund anhören, und ich würde sie am liebsten ungesagt machen und tief in meinem Inneren vergraben. Wir versuchen beide, das Thema Silvester möglichst auszublenden, aber es ist ein viel zu großer Einschnitt in unsere gemeinsame Geschichte, um es stillschweigend zu übergehen. Ich kann ihm bei dieser Sache nicht helfen. Ich *kann* es einfach nicht.

Plötzliches Begreifen flackert in seinen Augen auf, und er erwidert nur steif: »Oh«.

Dann stößt er die Schwingtüren auf und verschwindet ohne ein weiteres Wort. Ich bleibe frustriert und mit geballten Fäusten zurück. Glaubt er etwa, er könnte mir beweisen, dass er über mich hinweg ist, indem er mich in seine Beziehung mit Elaina hineinzieht? Wie kann ihm das so leichtfallen? Das macht mich echt fertig.

Doch dann wird mir klar, dass mein Verhalten ihm gegenüber nicht fair ist. Er weiß nichts von meinen Gefühlen für ihn, und ich kann ihn nicht einfach in dem Glauben lassen, dass ich ihm übelnehme, was in der Silvesternacht geschehen ist. Wenn er damit abgeschlossen hat, heißt das, dass es für mich Zeit wird, das ebenfalls zu tun.

Also werfe ich mich mit meinem ganzen Gewicht gegen die schwere Tür und stürme hinter ihm hinaus in die kalte Februarluft.

»Jas«, rufe ich laut, während ich ihm folge. »Jas, warte!«

Mit deutlichem Widerwillen dreht er sich langsam zu mir um und bleibt abwartend stehen.

»Ich hab's nicht so gemeint«, sage ich hastig. Das ist gelogen, ich habe es genauso gemeint, wie ich es gesagt habe – aber ich kann nicht zulassen, dass wir uns schon wieder streiten. Ich werde mich damit abfinden müssen, dass Elaina eine weitere von Jaspers Freundinnen ist. Wenn er über sie reden will, okay. Es steht mir nicht zu, kratzbürstig zu sein. Die Sache ist es nicht wert, einen Freund zu verlieren. Sie ist es nicht wert, *ihn* zu verlieren.

»Hast du wohl.« Er starrt auf seine Füße. Als er seufzt, gefriert sein Atem in der eisigen Luft, sodass es aussieht, als würde sich Rauch um seine Lippen kräuseln.

Schüler umrunden uns und werfen uns verwunderte Blicke zu, weil wir so betreten dastehen. Ich schlage die Hände vors Gesicht und stoße einen frustrierten Seufzer aus.

»Ich weiß, dass du versuchst, dich wie früher zu verhalten …«

Er unterbricht mich: »Ich dachte, das würdest du auch tun, aber dann fängst du plötzlich mit Silvester an.« Er schüttelt den Kopf und tritt in der Kälte unbehaglich von einem Bein aufs andere.

Als ich verstohlen zwischen meinen Fingern hindurchspähe, sehe ich, wie angespannt er ist. Sofort habe ich einen Knoten im Bauch. »Ich hätte lieber den Mund halten sollen. Entschuldige.«

Er verlagert sein Gewicht von einer Seite auf die andere und fährt sich mit der Hand durch die Haare. »Du bringst mich total durcheinander.«

»Ich bringe mich auch durcheinander«, gebe ich zu und schließe die Finger, damit ich ihn nicht ansehen muss.

»Tja«, sagt er leicht angesäuert, »dann wirst du das wohl für dich klären müssen. Bis jetzt hattest du jedenfalls nie ein Problem damit, wenn ich wegen einer meiner Freundinnen zu dir gekommen bin.«

Ich lasse die Hände sinken und hole tief Luft, um zu einer Erwiderung anzusetzen. Ich will gerade lügen und ihm sagen, dass ich nach wie vor kein Problem damit habe, und so tun, als sei überhaupt nichts passiert, als er sich umdreht und auf sein Auto zugeht.

Wir müssen mit diesem Quatsch aufhören und zu den guten alten Zeiten zurückkehren, als alles noch so einfach war.

EINUNDZWANZIG

Als der Valentinstag näher rückt, bricht auf VlogIt das totale Chaos aus. *Kiss Cam* ist keineswegs in Vergessenheit geraten. Und angesichts des Tags der Liebe ist es kein Wunder, dass die *Kiss-Cam*-Anfragen unserer Fans nur so hereinströmen. Unsere Abonnenten scheinen sich nicht davon trennen zu können.

Mein Posteingang ist bis oben hin mit Fragen gefüllt, von denen ich nicht sicher bin, ob ich sie beantworten kann. Jasper berichtet, dass er genau wie ich unzählige Aufrufe zu Valentinstags-*Kiss-Cam*-Aktionen bekommen hat – plus unendlich viele Nachfragen, was denn nun eigentlich aus dieser Sendereihe geworden sei. Am Tag vor dem gefürchteten Ereignis holt Lenny beim Mittagessen seinen Laptop heraus und zeigt uns, dass die *Kiss-Cam*-Hysterie auch vor ihm und seinem Posteingang keinen Halt macht.

»Wir müssen unbedingt etwas unternehmen«, sagt er.

Elaina schaut neugierig über Jaspers Schulter, um einen Blick auf Lennys Computerbildschirm zu werfen. Dabei legt sie eine Hand auf Jaspers Arm und fragt: »Warum habt ihr eigentlich mit *Kiss Cam* aufgehört? War das Ganze nicht ziemlich erfolgreich?«

Als Jasper mich daraufhin anschaut, spüre ich, wie mich gleichzeitig Allisons Knie unter dem Tisch streift. Anscheinend hat sie gemerkt, dass mein Herz bei Elainas Frage beinahe ausgesetzt hat. Bei diesem Thema bin ich nach wie vor empfindlich, auch wenn ich mich noch so sehr bemühe, es nicht an mich ranzulassen.

»Jas hat angefangen, sich mit dir zu treffen«, antwortet Lenny beiläufig, als hätte er diese Frage so oft gehört, dass er die Antwort nur noch routinemäßig abspult. Nicht mal seine nachdenkliche Miene verändert sich dabei. Er starrt einfach weiter auf den Bildschirm seines Laptops, das Kinn auf die Hand gestützt und mit zusammengezogenen Brauen.

»So, so.« Elaina lacht. »Ich habe mir eure Vlogs angeschaut, deswegen weiß ich, dass es nicht nur einen Jasiper-Fanclub gibt. Warum setzen nicht June und du *Kiss Cam* fort?«, fragt sie Lenny.

Die Hand, auf die Lenny sein Kinn stützt, sackt weg und knallt auf den Tisch, als sein ganzer Körper erschrocken zurückzuckt. »*Wie bitte? Was* soll ich tun? Na klar! Warum springe ich nicht gleich in ein Haifischbecken? Klingt echt nach 'ner *super* Idee!«

Elainas Augen werden vor Überraschung ganz groß, und sie starrt Lenny mit offenem Mund an, als er fortfährt: »Ich *betreue* die Ships unseres Vlogs. Ich *dirigiere* sie. Aber ich mache dabei nicht mit. Für mich gibt es nur Eva Longoria und Eiscreme.«

Ich pruste los und Allisons Schultern zucken vor Lachen. Selbst Jasper ringt sich ein Lächeln ab, nur Elaina ist wie vor den Kopf geschlagen. Lenny selbst sitzt da und versucht krampfhaft, ein ernstes Gesicht zu machen. Für einen Sekundenbruchteil fängt er meinen Blick auf, und mir wird klar, dass es ihm gelungen ist, ein heikles Thema in einen Scherz zu verwandeln, als er plötzlich hemmungslos zu lachen beginnt.

»Warte mal, meinst du das ernst?«, fragt Elaina. Ihre runden Wangen sind gerötet, als würde sie sich schämen.

Lennys Gelächter verebbt langsam und er stützt sein Kinn wieder in die Hand. »Ich mache bei *Kiss Cam* nicht mit. Ich führe Regie«, wiederholt er.

Sie runzelt ihre dünnen, kaum sichtbaren Brauen. »Und wie kommt das?«

»June und Jas haben kein Problem mit solchen Sachen, aber ich finde es irgendwie abstoßend«, gibt Lenny zu. »Ich will keinen der beiden beleidigen, aber ich habe keine Lust, den anderen Part des entsprechenden Ships zu spielen.« Er schüttelt entschieden den Kopf. »Nie im Leben.«

Jasper räuspert sich und rutscht unruhig auf seinem Stuhl herum. Ich sehe ihn an und er schaut zu Elaina. »Das war noch nie Lennys Ding. Und *Kiss Cam* haben wir abgesetzt.«

Mit nachdenklich zusammengekniffenen Augen isst Elaina einen Löffel Suppe. »Für eure Zuschauer ist das wahrscheinlich eine Katastrophe, was? *Kiss Cam* ist immer noch auf der Startseite von VlogIt.«

Allison streicht sich die Haare aus den Augen und beugt sich vor. »Warum interessiert dich das eigentlich so?«

Elaina wird jetzt richtig rot. Dann schüttelt sie den Kopf und spielt nervös mit ihrem Löffel. »Nur so, ich wollte bloß …«

»Jetzt tu doch nicht so«, schnaubt Allison und verdreht die Augen.

Elaina schaut von Allison zu mir und wird noch röter. Jasper ist sichtlich irritiert und lehnt sich mit verwundertem Blick zurück, während Lenny sich interessiert nach vorn beugt. Alle Augen sind auf Elaina gerichtet, die unter der geballten Aufmerksamkeit zu schrumpfen scheint.

Sie sucht krampfhaft nach Worten, lacht dann schließlich und verbirgt ihr knallrotes Gesicht in den Händen.

»Na ja …« setzt sie an. »Ich … also, ich bin ein Fan von Leniper.«

Wir platzen alle gleichzeitig heraus: »Was?«

»Du shippst Leniper?« Ich lache und wende mich an Lenny. »Hey, sie ist ein Fan von uns.«

Lenny schneidet eine Grimasse und lässt den Kopf auf den Tisch sinken. »Na toll!«

Allison bricht vor Lachen fast zusammen und Jaspers Blick spricht Bände.

»Das ist echt zu gut«, stößt Allison hervor, als sie wieder halbwegs Luft bekommt.

»Na ja«, sagt Jasper steif.

»Was denn?«, fragt Elaina mit einem nervösen Auflachen. »Findest du die beiden etwa nicht süß?«

Jasper entgleisen die Gesichtszüge, und ich mache große Augen, während Lenny einfach nur seinen Kopf auf dem Tisch liegen lässt.

»Nein«, antwortet Allison für uns alle.

Elaina ignoriert sie und sieht mich an. »Ihr beiden seid *so* toll zusammen. Ihr müsst unbedingt eine gemeinsame *Kiss-Cam*-Folge machen. Nur *ein Mal.*«

»Nein«, sagen Lenny und ich gleichzeitig, und Jasper stimmt energisch zu.

»Ich kann dir mit ziemlicher Sicherheit garantieren, dass es *Kiss Cam* nicht mehr geben wird, es sei denn, ich bin dabei«, sagt er, woraufhin sich Elainas Miene deutlich verfinstert – bis er hinzufügt: »Und ich würde es nur machen, wenn du auch dabei bist.«

Ich spüre, wie mir alles Blut aus dem Gesicht weicht. Was so lustig begonnen hat, hat sich mit rasanter Geschwindigkeit zu einem Albtraum entwickelt. Es kommt mir vor, als wäre ich Zeugin eines Autounfalls. Auch wenn es noch so schrecklich ist, ich kann den Blick einfach nicht abwenden.

Elaina wirft ihm einen skeptischen Blick zu. »Aber ist *Kiss Cam* nicht nur von Mitgliedern von *Wir-Vloggen-Hier?*«

»Wer hat diese Regel aufgestellt?«, fragt Jasper in die Runde. Keiner von uns sagt etwas. »Komm schon.« Er stupst Elaina auffordernd an. »Du hast doch selbst gesagt, dass *Kiss Cam* auf VlogIt immer noch der Hit ist. Wie wär's, wenn wir beide neuen Stoff liefern?«

Und während Elainas Gesicht ungläubig und voller Begeisterung aufleuchtet, als wäre sie gerade zur Miss America gekrönt worden, fühle ich mich wie betäubt, als hätte ich mitangesehen, wie aus dem Autounfall eine Massenkarambolage wird.

Lenny blickt genauso geschockt zu mir hinüber, und Allison legt mir unter dem Tisch beruhigend die Hand aufs Knie. Jedes Mal, wenn ich neue Hoffnung schöpfe, folgen die Hiobsbotschaften auf dem Fuß. Daran habe ich mich immer noch nicht gewöhnt. Genauso wenig wie daran, dass Jasper sich vorbeugt und seine Freundin vor versammelter Mannschaft auf den Mund küsst.

Ich kann nichts tun, außer dazusitzen und es über mich ergehen zu lassen.

Obwohl ich es nicht wollte, hat Jasper es schließlich doch noch geschafft, mich dazu zu bringen, ihm mit dem Valentinsgeschenk für Elaina zu helfen. Von meinem Spind aus beobachte ich jetzt, wie Elaina auf der andere Seite des Flurs das Päckchen öffnet und Jasper sie dabei filmt.

Als er mir erzählte, dass sie beide den gleichen Musikgeschmack hätten, brachte ich ihn auf die Idee, eine Playlist für sie zusammenzustellen und auf CD zu brennen. Jasper und ich hatten das ständig gemacht, nachdem er sich seinen ersten Laptop gekauft hatte. Wir brachten Stunden damit zu, Songs auszusuchen und in seinem Zimmer herumzutanzen, während wir dabei in Deoroller und Haarbürsten sangen. Mein Vorschlag schien ihn daran zu erinnern, denn er meinte, das sei doch »unser Ding« gewesen. Aber das galt auch für *Kiss Cam*, und die wollte er jetzt ja auch mit Elaina fortsetzen. Also sagte ich ihm, es sei okay und überließ ihm die Entscheidung.

Als Elaina die CD und die Süßigkeiten auspackt, breitet sich ein strahlendes Lächeln auf ihrem Gesicht aus und sie zieht Jasper für einen innigen Kuss an sich. Jasper hält immer noch die Kamera hoch, um diesen Moment für unseren Vlog zu aufzunehmen. An diesem Punkt wende ich mich ab und gehe, aber das Bild ihrer engen Umarmung lässt mich nicht los. Zu allem Überfluss bekomme ich immer noch ständig Jasiper-E-Mails, obwohl unsere Zuschauer inzwischen von Elaina wissen. Ich habe aufgehört, sie zu lesen.

Wie bei uns zu Hause, nachdem meine Mum mal wieder ihren Deko-Wahn ausgelebt hat, ersticken die Schulflure in einer Flut von Rot- und Rosatönen. Überall tauschen Pärchen Geschenke aus und knutschen in den Ecken. Während der Mittagspause werden Rosen verkauft, die die Jungen an die Spinde der Mädchen kleben oder sie ihnen zwischen den Kursen überreichen. Alle Mädchen laufen mit geröteten Wangen herum und alle Jungen scheinen ein bisschen Lipgloss im Mundwinkel zu haben. Ich habe für Valentinstag noch nie viel übriggehabt, aber aus irgendeinem Grund hasse ich ihn heute noch mehr als sonst. Als es endlich zum Schulschluss klingelt, stoße einen Seufzer der Erleichterung aus.

Doch dieses Gefühl hält nicht lange an. Jasper und Elaina haben ihren *Kiss-Cam*-Auftritt für heute Abend angekündigt. Und da mir das ja angeblich nichts ausmacht, weil ich keine Gefühle für ihn habe, muss ich wohl oder übel dabei sein. Ich habe den ganzen Tag versucht, nicht daran zu denken, aber jetzt lässt es sich nicht mehr vermeiden. Am liebsten würde ich nach Hause gehen und mich durch die Kanäle zappen, bis ich einschlafe, aber jetzt muss ich die Sache wohl durchziehen. Dummerweise ist es verdammt schmerzhaft, so zu tun, als sei alles ganz normal.

Nach der Schule gehen Lenny und ich mit Elaina zu Jasper. Sie ist wegen *Kiss Cam* total aufgeregt, aber ich habe keine Ahnung, was die beiden vorhaben. Wir gehen nicht rauf in Jaspers Zimmer, sondern bleiben unten im Wohnzimmer. Ich mache es mir auf meinem Stammplatz auf der Couch bequem und ziehe die Beine bis zur Brust. Lenny lässt sich neben mich fallen und wirft die Kamera von einer Hand in die andere.

»Worum geht's denn heute?«, frage ich Lenny.

Er zuckt mit den Achseln und streicht sich die langen blonden Haare aus dem Gesicht. »Gestern war ein *Kiss-Cam*-Vorschlag für Valentinstag auf VlogIt. Jasper soll das Mädchen küssen, das er liebt. Ich werde es vorlesen, und er wird sie küssen.«

Ich unterdrücke das Bedürfnis, mit den Augen zu rollen. »Er liebt sie doch gar nicht. Jedenfalls noch nicht«, sage ich leise.

»Na ja, aber dich kann er schlecht küssen«, flüstert er.

Ich schüttele den Kopf und ziehe die Knie dichter zu mir heran. »Das will ich auch gar nicht.«

Ich kann aus Lennys Miene nicht ablesen, was er von meinem Kommentar hält, und wende meine Aufmerksamkeit Elaina und Jasper zu. Elaina hat sich bei Jasper untergehakt und lacht über irgendetwas, während er mit verklärter Miene bewundernd auf sie herunterblickt.

Ich schaue wieder weg.

Lenny macht sich daran, das Stativ für die Kamera auf den Couchtisch zu stellen und die Kamera darauf zu befestigen. Jasper lässt sich neben mich fallen und Elaina setzt sich auf seinen Schoß. Verglichen mit ihm wirkt sie noch kleiner und zierlicher, als sie ohnehin schon ist.

Ich streiche mir die Haare hinter die Ohren und lehne mich so weit von den beiden weg, wie ich kann.

Lenny stellt die Kamera an und rutscht ein Stück zurück. »Alles Gute zum Valentinstag!« Er winkt in die Kamera. Als ich das kleine rote Licht bemerke, reiße ich mich zusammen und ringe mir für unsere Zuschauer ein Lächeln ab – ein unechtes zwar, aber immerhin ein Lächeln.

»Die heutige *Kiss-Cam*-Anfrage lautet …«, kommt Lenny sofort zur Sache. Ich höre förmlich, wie unsere Fans die Luft anhalten. »Küss das Mädchen, das du liebst.«

Ich spüre, wie sich eine eiserne Hand um meinen Magen legt, während ich auf das schmatzende Geräusch aufeinandergepresster Lippen warte, das allerdings nicht kommt. Stattdessen spüre ich, wie sich auf der Seite, wo Jasper sitzt, jemand zu mir herüberbeugt. Aus dem Augenwinkel nehme ich verschwommen dunkle Haare wahr, die sich meinem Gesicht nähern. Mein Herzschlag beschleunigt sich.

Er wird mich küssen.

Und Elaina sitzt auf seinem Schoß. Was denkt er sich nur dabei? Das kann er doch nicht machen.

Ich spüre seinen Atem und zucke zurück. Dabei stoße ich unsanft gegen Lenny.

»Jas«, sage ich ärgerlich.

Er grinst mich frech an und gluckst leise vor sich hin. Dann haucht er ein schnelles Küsschen auf meine errötende Wange, bevor er seine Lippen fest auf die von Elaina presst.

Ich starre ihn fassungslos an und umklammere Lennys Knie mit mörderischem Griff, während mein Herz wie verrückt hämmert. Mein Gesicht glüht. Was sollte das? Meine Verwirrung ist viel zu groß, als dass ich die Gefühle zuordnen könnte, die mich überschwemmen und hier auf der Couch zwischen Jasper und Lenny festnageln. Wie konnte er das bloß tun? Wie konnte er nach all dem, was in der letzten Zeit zwischen uns abgelaufen ist, so etwas in Elainas Anwesenheit abziehen? Wie konnte er Elaina das antun? War das Ganze an unsere Zuschauer gerichtet und als kleine Erinnerung an die guten alten Jasiper-Zeiten gedacht, oder sollte es eine Botschaft für mich sein?

Und was soll *ich* davon halten? Er weiß doch gar nicht, wie ich zu ihm stehe. Vielleicht hat er gedacht, dass ich es witzig finde. Aber ich kann nichts anderes tun, als zur Salzsäule erstarrt hier zu sitzen. Meine Fingerknöchel sind ganz weiß vor Anstrengung. Ich schaue so cool wie möglich in die Kamera, obwohl die Röte sich inzwischen schon bis zu meinem Hals ausgebreitet hat. Das hätte Jasper nicht tun dürfen. Lenny legt verunsichert seine Hand auf meine und versucht, den Klammergriff um sein Knie zu lösen. Also schnappe ich mir stattdessen seine Hand und drücke sie ganz fest. Während Jasper Elaina hingebungsvoll küsst, entweicht ihr ein glückliches Seufzen, und ich spüre, wie ich immer tiefer in die Couch einsinke. Am liebsten würde ich aufstehen und gehen, aber die Kamera hält mich davon ab.

Ohne Jaspers Streich wäre die Situation nicht halb so unangenehm gewesen. Ein richtig *unfairer* Streich – verletzend sowohl für ihn als auch für mich. Dabei weiß ich gar nicht, wie er gefühlsmäßig zu mir steht. Vielleicht bin ich die Einzige, die hier Panik schiebt.

Lenny, der spürt, dass ich total durcheinander bin, springt auf und beugt sich ganz dicht zur Kamera.

»Okay, Leute, das war's. Wir wünschen euch noch einen schönen Valentinstag! Und: Wir vloggen hier!« Er deckt das Objektiv mit der Hand ab und macht den Videorecorder aus, bevor er sich Jasper und Elaina zuwendet, die jetzt erst ihre Lippen voneinander lösen.

Nachdem die Kamera aus ist, stehe ich auf und verlasse den Raum. Ich kann kaum glauben, welche Gefühle mich überwältigen. Es ist keine Eifersucht, sondern Schmerz. Ein Schmerz, den ich nicht verdient habe.

Ich ziehe mir hastig die Schuhe an und streife die Jacke über, in der Hoffnung, schon weg zu sein, bevor mir jemand folgt. Doch ehe ich aus der Tür schlüpfen kann, kommt Lenny um die Ecke.

»June, warte!«, sagt er. Die Kamera in der Hand, stürmt er auf mich zu und zwängt sich in seine Sneakers, während er sich gleichzeitig die Jacke anzieht. Widerstrebend warte ich, obwohl ich am liebsten auf der Stelle abhauen würde.

»Komm mit.« Er drängt mich aus der Tür und schleppt mich nach nebenan zu sich.

»Nein, Lenny, lass mich nach Hause gehen.« Ich stemme mich mit den Füßen in den Schnee, werde aber gegen meinen Willen über die darunterliegende Eisschicht gezerrt. Also lande ich am Ende auf Lennys Veranda, wo ich in der kalten Winterluft friere.

»Wir müssen auch gar nicht reden«, sagt er und drückt meine Hand. »Aber ich habe Eis und *Desperate Housewives* auf DVD.«

Ich weiß, dass Lenny nur sichergehen will, dass mit mir alles in Ordnung ist. Mir fällt nichts ein, was ich sagen könnte, ohne in Tränen auszubrechen, deswegen lächele ich ihn verzagt an.

»Und?«, fragt er.

Ich nicke, vor Kälte schniefend. »Okay, ich bin dabei.«

»Hab ich mir doch gedacht«, sagt er und legt den Arm um meine Schulter. »Valentinstag ist echt scheiße.«

ZWEIUNDZWANZIG

Als ich am nächsten Morgen zur Schule komme, stelle ich überrascht fest, dass Milo mit den Händen in den Taschen an meinem Spind lehnt. Als er mich sieht, grinst er.

Ich habe mich schon eine Weile nicht mehr mit ihm unterhalten, aber vom Aussehen her hat er sich kein bisschen verändert. Seine Augen leuchten in einem ganz besonderen Grünton, der so verzaubernd und charmant wirkt, dass man trotz aller Warnsignale tief in ihnen versinken möchte. Milo ist relativ klein, nur ein bisschen größer als ich. Seine Gesichtszüge sind markant und scharf geschnitten, was durch die hellbraunen Locken, die ihm sanft in die Stirn fallen, noch unterstrichen wird. Ich weiß noch genau, wie mich sein gutes Aussehen angezogen hat, aber das war's dann auch schon.

Als ich näher komme, leckt er sich über die Lippen. »Hallo, Juniper«, sagt er mit einem Lächeln, das seine ein wenig schief stehenden Zähne enthüllt. Auf einmal fällt mir seine Einladung zum Winterball von vor ein paar Wochen wieder ein.

»Hi, Milo«, sage ich gedehnt und absichtlich gelangweilt, weil er jede andere Reaktion sofort ausgenutzt hätte, um einen Fuß in die Tür zu kriegen.

»Hast du meine Nachricht nicht bekommen?«

»Äh … doch«, antworte ich ausweichend und verschränke die Arme vor der Brust, damit er woanders hinschaut.

Er reißt seinen Blick los und sagt: »Und, was denkst du?«

Ich denke an all das, was in letzter Zeit passiert ist, und daran, was ich mit Milo durchgemacht habe. Allein bei der Erinnerung daran bekomme ich Kopfschmerzen, und ich habe es satt, mich mies zu fühlen. »Ich glaube, es ist keine gute Idee, wenn wir zusammen zum Ball gehen.«

Ich trete einen Schritt vor und scheuche ihn mit einer Handbewegung zur Seite, damit ich an meinen Spind komme. Betont langsam macht er mir Platz. Als ich meine Schulbücher heraushole, dreht er sich zu mir um und kommt mir mit Absicht viel zu nah.

»Ich sorge dafür, dass du Jasper vergisst«, verkündet er großspurig.

Ich werfe ihm aus dem Augenwinkel einen Blick zu und wende mich wieder meinen Schulsachen zu. »Ich weiß nicht, wovon du sprichst.«

Er schnaubt höhnisch und schnappt sich eins der Hefte. »Glaub bloß nicht, dass es niemand mitbekommen hat. Jeder, der regelmäßig auf VlogIt ist, weiß, was zwischen dir und Jasper läuft.« Ich greife nach meinem Heft, aber er zieht es rasch weg und beugt sich stattdessen so weit vor, dass seine Nase fast mein Ohr berührt. »Er lässt dich leiden, und deswegen hast du nichts zu verlieren, wenn du mein Angebot annimmst.«

»Ich habe eine ganze Menge zu verlieren«, widerspreche ich. Wenn Milo auf dem Ball eine Show abzieht und Jasper das mitbekommt, sind meine Chancen, ihm zu zeigen, dass ich es ernst meine, endgültig ruiniert. Es würde aussehen, als wollte ich ihm eins auswischen oder mich auf jemand anders einlassen. Was ich beides nicht vorhabe.

Er gluckst amüsiert. »Komm schon, Juniper. Der ist längst über dich weg. Das sieht selbst ein Blinder. Und wenn er dir was anderes gesagt hat, wollte er bloß deine Gefühle nicht verletzen. Hör auf, deine Zeit mit ihm zu verschwenden.«

Ich schieße vor und reiße ihm wortlos mein Heft aus der Hand. Seine Worte haben mich getroffen, aber ich zwinge mich, es mir nicht anmerken zu lassen. Ich weiß, dass ich Jasper mehr vertrauen kann als ihm, und ich werde nicht zulassen, dass Milo versucht, mich zu beeinflussen. Mir rauscht das Blut in den Ohren, und ich spüre, wie ich langsam wütend werde. Ich würde es nie einen ganzen Abend lang mit ihm aushalten.

»Was ist?«, fragt er. »Habe ich etwa ins Schwarze getroffen?«

»Du bist so ein Idiot.«

»Ach komm schon, Süße.« Er macht einen Schritt auf mich zu und schaut spöttisch auf mich hinunter.

Es klingelt zur ersten Stunde, deswegen fasse ich mich kurz. »Ich habe kein Interesse. Lass mich einfach in Ruhe.«

»Okay.« Er zuckt lässig die Achseln, aber seine Haltung

wirkt angespannt. »Juniper Cooper, der Internet-Star, allein beim Ball? Da kann man ja richtig Mitleid bekommen!«

Ich schnaube abschätzig und würdige ihn keiner Antwort. Der Unterricht fängt gleich an, und er verschwendet nur meine Zeit, indem er mich runterzieht. Obwohl ich sicherlich knallrot bin, versuche ich, einen würdevollen Abgang hinzulegen, und stolziere über den Flur davon.

Freitagabend kann ich nicht einschlafen, weil mir viel zu viele Gedanken durch den Kopf gehen und auf der Seele lasten. Erst macht mich Jasper am Valentinstag mit *Kiss Cam* fertig und dann nervt Milo mich auch noch wegen des Balls. Mir ist ein bisschen übel und schwindelig, und in meinem Kopf wirbelt alles durcheinander. Am liebsten würde ich jemandem mein Herz ausschütten, aber Lenny muss auf die Zwillinge aufpassen, und Allison ist unterwegs, um sich ein College anzusehen. Ich bin verzweifelt genug, um mit meinen Eltern zu reden, aber mein Vater ist arbeiten und meine Mutter schläft schon. Ich bin ganz allein und halte es einfach nicht länger aus.

Also versuche ich mein Glück bei der einzigen Person, an die ich mich wenden kann. Und diese Person ist Jasper.

Seine Haustür ist nicht abgeschlossen, also gehe ich einfach rein. Das erstaunt mich nicht weiter. Jasper hat sie wahrscheinlich für Leeann offen gelassen. Ihr Auto steht nämlich nicht in der Auffahrt. Sobald ich im Haus bin, kicke ich meine Schuhe von den Füßen und werfe meine Jacke auf den Boden. Es ist schon eine Weile her, seit ich das letzte Mal hier war. Ich bleibe auf dem Fußabtreter stehen und blicke den Flur hinunter, während ich mit angehaltenem Atem lausche, ob Jasper wach ist. Als von oben leise Geräusche zu hören sind, gehe ich weiter.

Als ich den Flur entlangschleiche und die Treppe hochsteige, überlege ich, was ich sagen soll, wenn ich ihn sehe. Ich habe kein Recht, wegen irgendetwas sauer zu sein, aber ich muss mit ihm über das reden, was passiert ist.

Die Tür seines Zimmers steht sperrangelweit offen und ich kann vom Flur aus hineinsehen. Jasper sitzt in Jogginghose und mit freiem Oberkörper an seinem Schreibtisch. Er ist bei VlogIt eingeloggt, und ich erkenne, dass die Stimme, die aus den Lautsprechern dringt, meine eigene ist. Offenbar schaut er sich einen unserer Vlogs an, aber ich bin zu weit weg, um sagen zu können, ob es ein älteres oder neueres Video ist.

Da ich nicht genau weiß, wie ich mich bemerkbar machen soll, strecke ich den Arm aus und klopfe an die Tür.

Den Blick starr auf den Bildschirm gerichtet, schwenkt er mit seinem Schreibtischstuhl ein kleines Stück in meine Richtung. »Hallo, Ma, sorry, ich hab noch nicht aufgeräumt. Ist erledigt, bevor du aufwachst. Versprochen.«

»Ich bin nicht Leeann«, sage ich steif.

Er hebt den Kopf und fährt herum. »June?«

»Ja«, sage ich und trommele mit den Fingern gegen die Vertäfelung im Flur. »Du, kann ich mit dir reden?«

Er wirft einen Blick auf den Bildschirm und drückt auf

Pause. In der plötzlichen Stille sehen wir uns einen Moment an, dann kratzt er sich am Kinn.

»Weißt du, June«, sagt er und beugt sich auf seinem Schreibtischstuhl vor. »Wenn es um Valentinstag geht …«

»Tut es … Und um ein paar andere Dinge, die diese Woche passiert sind.«

Er holt tief Luft und sieht mich leicht genervt an. »Könntest du mich vielleicht mal ausreden lassen?«, knurrt er.

Ich habe das Gefühl, dass er mich nicht hierhaben will, dass er jedes Mal gereizt ist, wenn ich nur in seiner Nähe bin. Ich komme mir vor wie ein unwillkommener Eindringling. Seinem Blick ist anzusehen, dass er sich um Geduld bemühen muss, und kurz überlege ich, auf der Stelle wieder umzudrehen.

Ich glaube, Jas bemerkt mein Zögern, jedenfalls steht er auf und macht einen Schritt auf mich zu. Jetzt habe ich einen besseren Blick auf seine nackte Brust, und ich muss daran denken, dass er sich in Gegenwart der meisten Menschen mit freiem Oberkörper unwohl fühlt. Doch er steht so entspannt vor mir, als hätte sich zwischen uns nichts geändert. Für einen Moment kann ich meinen Blick nicht von ihm losreißen, doch dann komme ich mir albern vor und schaue schnell weg. Mit Schmetterlingen im Bauch hatte ich nicht gerechnet.

»Es war nur für die Zuschauer, okay? Ehrenwort, nichts anderes«, versichert er mir hastig. »Bitte, bleib da. Ich vermisse dich.«

Ich stehe mit einem Bein in seinem Zimmer, mit dem

anderen im Flur, und merke, wie sich meine Brust immer mehr zusammenzieht. »Das hättest du nicht tun sollen, Jas. Nicht vor der Kamera, und ganz bestimmt nicht vor Elaina.«

»Sie wusste Bescheid. Ich habe es ihr vorher gesagt. Du brauchst dir ihretwegen nicht den Kopf zu zerbrechen.« Er geht noch einen Schritt auf mich zu. »Ich wollte nur, dass es wieder so wird wie früher. Mach dir nicht immer so viele Gedanken.«

Ich beiße die Zähne zusammen und schüttele den Kopf. Was erwartet er denn? Ich habe mir jahrelang *keine* Gedanken gemacht und das war eindeutig ein Fehler. Ich habe alle Hinweise ignoriert, und das rächt sich jetzt. Ich bin durcheinander und aufgeregt, und es ist nicht gerade hilfreich, dass er auch noch oben ohne vor mir steht.

»Ach ja?« Ich wende mich ihm zu und muss mich anstrengen, ihm ins Gesicht zu sehen. »Die Aufgabe lautete, das Mädchen zu küssen, das du liebst, und du hast mich als Erste geküsst, Jas. Und das soll ich einfach so wegstecken? Nach Silvester und allem anderen, was seitdem passiert ist?« Ich fahre mir mit der Hand durch die Haare und ertappe mich dabei, dass mein Blick schon wieder zu seiner Brust wandert. Ich kneife die Augen zu und wende mich hastig ab. »Verdammt, sag mir doch, was das soll, ich halte das Hin und Her mit dir nicht mehr aus.«

Er stößt ein frustriertes Geräusch aus, das sowohl ein Lachen als auch ein Seufzer sein kann. »Ich habe dir doch schon gesagt, dass du dir nicht so viele Gedanken machen sollst, June«, setzt er vorsichtig an. Ich spüre, dass er näher kommt, aber ich kann meine Augen nicht öffnen, weil ich genau weiß, dass ich dann etwas Dummes tun werde. »Hey«, sagt er mit sanfter Stimme. »Was ist los mit dir?«

»Deine Psychospielchen kannst du dir sparen«, fahre ich ihn an, die Augen immer noch fest zusammengekniffen.

»Was soll das denn heißen?« Er klingt ärgerlich, aber nicht so, als wäre er sauer, sondern eher irritiert.

Ich weiß nicht, was ich tun soll. Ich werde ja selbst nicht schlau aus mir. Auf jeden Fall habe ich nicht damit gerechnet, dass ich so durcheinander bin, wenn ich mit ihm rede.

»Ich weiß einfach nicht, was du von mir willst«, gestehe ich. »Und ich weiß nicht, was ich von all dem halten soll. Es kommt mir alles so falsch vor. Im einen Moment verhältst du dich mir gegenüber abweisend, und im nächsten Moment küsst du mich, als wäre nichts gewesen. Ich weiß überhaupt nichts mehr, Jas.«

Er zieht mich am Ellbogen ganz in sein Zimmer. Meine Augen sind immer noch fest geschlossen. »Warum versteckst du dich vor mir?«, fragt er verärgert. »Können wir uns nicht ohne diese Drama-Nummer unterhalten?«

»Würdest du dir bitte ein T-Shirt anziehen?« Ich klinge gestresst und viel verzweifelter, als beabsichtigt. Ich drehe mich weg, damit er nicht sieht, dass ich rot geworden bin. Jasper weicht ein Stück zurück und zieht sich brav ein T-Shirt über den Kopf.

»Alles okay zwischen uns?«, fragt er, als er angezogen ist, und ich lasse die Hände sinken und nicke. Ich kann ihm nicht in die Augen sehen.

»Auch für dich?«, frage ich.

Er zieht die Schultern übertrieben hoch und schaut mich hilflos an. »Ich weiß nicht, was du willst, June. Für mich ist es okay. Zerbrich dir meinetwegen nicht den Kopf.«

»Wirklich?« Zögernd erwidere ich seinen Blick. »Du bist darüber hinweg?«

Er stößt einen Seufzer aus. »Hey, es ist jetzt über einen Monat her. Ich bin mit Elaina zusammen. Wir waren uns doch einig, dass aus uns nichts wird.«

Ich beiße mir auf die Lippe und nicke. Das war's dann wohl. Zwischen Jasper und mir läuft definitiv nichts mehr. Diese Befangenheit zwischen uns muss endlich aufhören. Habe nur ich das so empfunden? Bin ich die Einzige, die sich seit unserem letzten Gespräch so schwer damit tut loszulassen? Ihm geht's bestens. Also ist es offenbar mein Problem.

»Stimmt«, murmele ich.

Für eine Minute herrscht Stille, und ich schlinge die Arme um meinen Oberkörper. Obwohl ich ihn nicht ansehe, spüre ich seinen Blick auf mir.

»Ist sonst noch was?«

Ich blicke zu ihm auf. »Milo.«

»Milo?«

Ich nicke. »Er wollte heute von mir wissen, was denn nun mit dem Ball ist, und hat ein paar Sachen über uns gesagt, die … die ich nicht hören wollte.«

Jaspers Körper erstarrt. So wie er immer reagiert, wenn die Sprache auf Milo kommt. »Ach ja? Und was?«

Ich schüttele abwehrend den Kopf, denn ich kenne Jaspers Beschützerinstinkt. Außerdem ist mir klar, dass ich ihm nicht alles erzählen kann, ohne ihm zu verraten, warum es mich wirklich so getroffen hat. Jasper hat jetzt Elaina. Das kann ich einfach nicht tun.

»Es ging um uns beide. Er wollte bloß, dass ich mich mies fühle, damit ich mit ihm zum Ball gehe.« Ich spiele verlegen mit meinen Fingern und verlagere mein Gewicht von einem Bein aufs andere. »Aber ich hab's echt satt, mich mies zu fühlen, also kannst du dir sicher vorstellen, wie es gelaufen ist.« Ich versuche zu lachen, aber es kommt eher ein Schniefen dabei heraus.

Jasper seufzt und schüttelt den Kopf. »Milo ist ein Arsch. Schade, dass ich nicht dabei war …«

»Du hättest auch nichts tun können«, versichere ich ihm und füge hinzu: »Ich hab's verbockt, oder?«

Jasper versucht, es abzustreiten, aber ich unterbreche ihn. »Ich war so dumm, Jas. In jeder Hinsicht.«

»June«, sagt er nach einer Weile vorsichtig. Sein Blick ist ganz weich. »Soll das heißen – du willst doch nicht etwa … Sag jetzt nicht … Nach allem, was passiert ist …«

Bevor er seinen Gedanken zu Ende führen kann, antworte ich ihm. Ich weiß nicht, ob es richtig ist, aber ich muss es ihm trotzdem sagen. Mein ganzer Körper scheint in Flammen zu stehen, als ich hervorsprudele: »Vielleicht habe ich an Silvester einen Fehler gemacht.«

Er öffnet den Mund, bringt aber kein Wort heraus. Auf seinem Gesicht spiegeln sich Enttäuschung und Schmerz. »Damit kannst du doch jetzt nicht kommen! Nicht nach allem, was ich deinetwegen durchgemacht habe. Und wenn du denkst, dass es irgendetwas ändert – dass wir uns küssen und wieder vertragen und alles ist gut –, dann hast du dich getäuscht. Ich will nicht, dass du nur aus Mitleid mit mir zusammen bist, Juniper.«

»Es ist kein Mitleid, Jas.«

Er schüttelt den Kopf und seine Stimme ist ungewöhnlich ruhig. »Ich glaube dir nicht. Du willst nur alles wieder in Ordnung bringen. Aber es hat keinen Sinn, dich aus Schuldgefühlen in mich zu verlieben. Irgendwann wirst du es bereuen.«

»Was ich bereue, ist, Nein gesagt zu haben.«

»Falsch, du bereust die Konsequenzen deines Neins.« Er geht ein paar Schritte auf mich zu und legt mir die Hände auf die Schultern.

Ich spüre, wie ich die Zähne zusammenbeiße und die Hände zu Fäusten balle. Ich hasse es, dass er mich auflaufen lässt. Ich hasse es, dass er versucht, mir die Sache auszureden. Und plötzlich ist mir Elaina total egal. Ich möchte bloß, dass er mich versteht. Ich hatte unrecht. Ich will ihn. Ich bin hergekommen, weil ich Trost gesucht habe, und jetzt will ich nur noch ihn. Ich wünschte, ich könnte die Zeit bis zum Silvesterabend zurückdrehen und Ja sagen. Und ich wünschte, ich würde mir nicht immer über alles den Kopf zerbrechen. Jetzt steht er vor mir, die Hände auf meinen Schultern, und mir ist ganz schwindlig von seiner Nähe. Ich wünsche mir nichts mehr, als ihm zu beweisen, dass er sich irrt, dass meine Gefühle für ihn echt sind.

Es sieht mir gar nicht ähnlich und widerspricht allem, was ich bisher getan habe, aber ich lege meine Hand in seinen Nacken und ziehe ihn sanft näher. Er wehrt sich nicht und lässt zu, dass ich ihn zu mir herunterziehe, bis wir dieselbe Luft atmen und mein Herz so heftig schlägt, dass ich ganz benommen bin. Als er seine Stirn gegen meine legt, schließe ich erwartungsvoll die Augen. Dieses Gefühl, diese Vertrautheit zwischen uns habe ich so sehr vermisst.

Ich nähere mich seinem Mund, unsere Lippen sind kurz davor, sich zu berühren – da dreht er den Kopf weg.

»Ich betrüge Elaina nicht«, murmelt er.

Die Tatsache, dass er es nicht will, dass er wirklich über mich hinweg ist, trifft mich härter, als erwartet. Ich presse die Lippen zusammen und versuche, die Tränen zurückzuhalten. Meine Hände sinken herab, und ich drücke mein Gesicht an seine Brust. Jasper schlingt die Arme um mich und legt seine Wange auf meinen Scheitel.

»Ich hasse das«, schluchze ich, während mir die Tränen übers Gesicht laufen und die Vorderseite seines T-Shirts durchnässen. »Warum kann es zwischen uns nicht wieder so sein wie früher? Warum ist es so schwer?«

Er fährt mir tröstend mit der Hand über den Rücken und zieht mich enger an sich. »Vielleicht müssen wir noch mal ganz von vorn anfangen.«

Aber ich will nicht von vorn anfangen. Ich will, dass er mir glaubt. Ich will, dass er mich wieder liebt. Aber das spreche ich nicht aus.

Jasper lehnt sich zurück und streicht mir ein paar

feuchte Locken aus dem Gesicht. »Wie beim ersten Mal, als du hier übernachtest hast und wir uns alles Mögliche erzählt haben. Unsere zweiten Vornamen und unsere Lieblingsfarben. Ich habe dir von meinem Vater berichtet und fand es eklig, dass du Pommes mit Mayo isst. Ich habe dir beigebracht, wie man Mangas liest, und du hast mir beigebracht, wie man Haare flicht. Vielleicht sollten wir wirklich noch mal neu beginnen. Als wären wir wieder in der fünften Klasse.«

Ich wische mir ein paar Tränen weg und nicke. Jasper wirkt entschlossen, und ich denke, dass das funktionieren kann. Wir können lernen, wieder beste Freunde zu sein.

Jasper geht zu seinem Bücherregal und zieht ein Buch aus einem Stapel hervor, während ich mich auf sein Bett setze. Er kommt zu mir zurück, kniet sich vor mich hin und streckt mir das Buch entgegen.

»Juniper May, das ist kein Comic. Das ist ein Manga, und die liest man auf eine ganz besondere Weise.«

Ich betrachte die Illustration auf dem Cover und dann den Titel, der quer darüber gedruckt ist.

»Und wie liest man *Death Note?*«, frage ich und spiele sein Spiel mit.

Jasper dreht das Buch um und schlägt die letzte Seite auf. »Man liest es rückwärts.«

Er reicht mir das Buch, steht auf und setzt sich hinter mich auf die Matratze. »Zeig mir, wie man einen Französischen Zopf flicht.«

Ich erkläre es ihm und beobachte dann im Wandspiegel,

wie Jasper sich mit meinen Haaren abmüht. Wie früher knabbert er dabei auf seiner Unterlippe herum, während er einzelne Haarsträhnen von einer Seite meines Kopfes auf die andere legt. Als wir jünger waren, ist es genauso gewesen. Nur kniete er damals mit langen dunklen Haaren und seinem Pokémon-Shirt hinter mir. Heute ist sein Haar kürzer und sein Kinn breiter. Anscheinend hat er sich in letzter Zeit nicht rasiert, denn man sieht die ersten Bartstoppeln sprießen. Anstatt des Pokémon-Shirts trägt er ein schlichtes weißes T-Shirt.

Auch ich habe mich verändert. Meine Locken sind ausgeprägter und meine Augen heller. Mein Gesicht wirkt nach wie vor ziemlich jung, aber wenigstens habe ich inzwischen Brüste, obwohl sie unter dem weiten Sweatshirt kaum zu erkennen sind – Jaspers Sweatshirt, wie mir gerade klar wird. Das mit dem Logo der Blackhawks, das ich ihm vor einer Weile geklaut habe. Bei diesem Gedanken lächele ich unserem Spiegelbild zu. Wie hatten wir uns nur so verlieren, uns so von unseren Gefühlen mitreißen lassen können?

Es fühlt sich richtig an, hier zu sitzen und die Dinge zu tun, die war getan haben, als wir jünger waren. Aber ich wünschte trotzdem, Jasper hätte mich geküsst. Und ich wünschte, ich hätte den Mut gehabt, ihn zu küssen, bevor er den Rückzieher gemacht hat. Es ist keine Liebe aus Mitleid, erinnere ich mich selbst. Jasper möchte bloß nicht, dass alles, was er durchgemacht hat, umsonst gewesen ist. Vielleicht will er deswegen diesen Neuanfang mit mir. Einen klaren Schnitt.

Vielleicht sollte ich ihn ziehen lassen. Wir bekämpfen uns zu sehr. Wir haben zu viel Angst. Als Freunde funktionieren wir am besten. Und doch habe ich Schmetterlinge im Bauch, als seine Finger beim Flechten meinen Hals streifen, und kann mich nicht gegen die unwiderstehliche Anziehung wehren, die von ihm ausgeht. Es ist schmerzhaft, aber vielleicht sollte ich mir angewöhnen, es zu ignorieren. Ihn gehen lassen und ihn trotzdem lieben. Genau wie beim letzten Mal.

Wir verbringen die Nacht damit, lauter Dinge zu tun, die wir als Kinder getan haben, und reden über das, was in letzter Zeit passiert ist. Ich erzähle ihm von Lenny und den *Desperate Housewives*, und er erzählt mir von dem Jasiper-Drama, das sich online abspielt und das ich in letzter Zeit komplett ignoriert habe. Um Mitternacht sehen wir zusammen *Criminal Minds* und holen die vielen gemeinsamen Stunden nach, die wir verpasst haben.

Dreiundzwanzig

Diesen Samstag findet der große Winterball statt, und Allison und ich stylen uns bei mir zu Hause auf. Normalerweise machen wir das bei ihr, und sie fährt uns dann zur Schule, aber weil wir uns diesmal alle bei mir treffen, haben wir beschlossen, dass es am praktischsten ist, wenn wir uns hier fertig machen und dann bei Jasper mitfahren.

Als Allison bei mir auftaucht, sind ihre Haare schon gelockt und sie hat Glitzerlidschatten aufgelegt. Ich stehe noch im Bad, den Reißverschluss meines Kleides nur halb hochgezogen und höchstens ein Viertel meiner Haare erfolgreich geglättet. Nachdem Allison in das gelbe Kleid geschlüpft ist, das sie sich neu gekauft hat, übernimmt sie das Glätteisen und glättet die Partie am Hinterkopf, an die man selbst so schlecht drankommt.

Zwischendurch schneit meine Mutter herein, fängt an, Fotos zu schießen und ist ständig im Weg, weil sie an meinen Haaren herumzupft oder versucht, meinen Reißverschluss hochzuziehen, während ich mich gerade in die High Heels quetsche.

»Es nervt, dass wir uns diesmal ernsthaft stylen müssen«, beschwere ich mich, während meine Mutter mit dem Reißverschluss kämpft, der sich ständig im Stoff verhakt. Sie schnalzt missbilligend mit der Zunge und schüttelt den Kopf. »Ihr beiden seht richtig schick aus. Ich bin so froh, dass ihr hübsche Kleider tragt und nicht diese schrecklichen Pelzmäntel.«

»Die waren wenigstens witzig«, widerspreche ich. Allison und meine Mutter verziehen angewidert das Gesicht. Okay, Jasper, Lenny und ich sind wahrscheinlich die Einzigen, die es lustig finden, auf dem Ball Flohmarktklamotten zu tragen. Aber bis jetzt hatten wir immer einen Riesenspaß und die Fotos sind unbezahlbar.

Dieses Jahr dreht sich alles um Glitter, Kleider und hohe Absätze, und mit dieser Veränderung bin ich nicht besonders glücklich. Im Gegensatz zu mir ist Allison völlig in ihrem Element. Und meine Mum ... Tja, man kann diese Frau unmöglich davon abhalten, angesichts hübscher Dinge in Bewunderungsrufe auszubrechen.

In den letzten Jahren war es Allisons Mutter, die sich bei allem eingemischt und ihre Tochter für den Ball herausgeputzt hat. Jetzt ist meine Mutter dran und sie legt mit einer solchen Begeisterung los, als wäre ich eins ihrer Dekorationsprojekte. Schließlich muss ich sie sogar aus meinem Zimmer aussperren, damit ich mich mit Allison in Ruhe ein paar letzten Vorbereitungen widmen kann.

Während Allison Lipgloss und Nähzeug in ihrem Handtäschchen verstaut, ziehe ich die Nachttischschublade auf.

Sie beobachtet mich aus dem Augenwinkel, als ich die Kette heraushole, die ich an Silvester von Jasper bekommen habe, und lässt dann ihre Clutch zuschnappen.

Ich halte das halbe Herz vor mein Dekolleté und betrachte mich im Spiegel des Schminktischs.

Allison kommt herüber und stellt sich neben mich. »Keine gute Idee«, sagt sie, als könnte sie meine Gedanken lesen. Ich habe ihr von der Kette erzählt, aber das ist schon eine Weile her und sie hat sie noch nie mit eigenen Augen gesehen. Ich bin erstaunt, dass sie sich daran erinnert.

»Ich weiß«, erwidere ich und lege das halbe Herz auf die Kommode. »Ich glaube, ich wollte es nur noch mal sehen.«

Allison greift nach dem Anhänger und dreht ihn ein paarmal in der Hand hin und her. Dann sieht sie mich im Spiegel an. »Hat Milo dich in letzter Zeit genervt?«

Ich schüttele den Kopf. Milo hat mich mehr oder weniger in Ruhe gelassen. Wenn ich ihm über den Weg laufe, grinst er mich nur arrogant an. Er kommt sich überlegen vor, weil ich kein Date für den Ball habe, und findet mich bemitleidenswert, weil ich zum ersten Mal allein hingehe. Aber ich bin nicht allein. Lenny hat versprochen, einen Tanz für mich zu reservieren. Ansonsten werde ich mit Allison tanzen, mich über Jaspers Tanzversuche amüsieren und kein bisschen einsam oder unglücklich sein. Ich *brauche* keinen Begleiter für diesen Ball – ich habe noch nie einen gebraucht. Mit meiner Lösung für dieses Jahr bin ich mehr als zufrieden.

»Super.« Sie lächelt und drückt meine Schulter. »Das wird unser Abend.«

Ich lache, nehme sie an der Hand und ziehe sie hinter mir aus dem Zimmer.

Jasper und Lenny kommen gerade an, als Allison und ich die Treppe hinunterstürmen. Lenny ist in Begleitung seiner Eltern, und als sie uns in unseren Kleidern zu Gesicht bekommen, ertönt im Hausflur auf einmal ein Chor von Oooohs und Aaaahs.

Am Fuß der Treppe treffen wir aufeinander. Die Jungs tragen beide weiße Hemden und schwarze Hosen. Lenny lässt die Videokamera zwischen seinen Händen hin und her hüpfen und lächelt uns an.

»Vermisst du die Pelzmäntel?«, fragt er und ich nicke heftig.

Allison lacht und gibt mir einen leichten Klaps auf den Arm. »Hör auf, June! Wir sehen umwerfend aus.«

Ich zucke mit den Achseln und blicke auf mein mitternachtsblaues Kleid hinunter. Klar, es ist schön, aber es ist nicht dasselbe. Mein Dad kommt um die Ecke und bietet Punsch und Kekse an, woraufhin ihm Mr und Mrs Davis mit Lenny und Allison im Schlepptau ins Wohnzimmer folgen.

Jasper bleibt zurück und zieht sich langsam die Schuhe aus, während er die Hände abwechselnd zu Fäusten ballt und wieder löst, um sie aufzutauen.

Ich muss an die vielen Male denken, als er mich gewärmt hat. Also trete ich vor und halte ihm meine Hände hin. »Hey«, sage ich.

Er schaut auf meine ausgestreckten Hände hinunter und dann zur mir. »Ja?«

»Komm schon«, sage ich und greife mir seine Hände. »Das hast du für mich auch immer gemacht.«

»Deswegen ist es ja auch *mein* Ding«, sagt er.

Ich lächele ihn an. »Ich dachte eigentlich, es wäre *unser* Ding.«

Ein seltsamer Ausdruck huscht über sein Gesicht, doch das amüsierte Grinsen, das um seine Lippen spielt, hält auch noch an, als ich seine Hände reibe und sie an meinen Mund führe, um sie mit meinem Atem zu wärmen.

Er kraust die Nase. »Juniper May, manchmal könnte ich schwören, dass du in mich verliebt bist.«

Eine seltsame Bemerkung nach allem, was passiert ist, aber es erinnert mich an etwas, das er zu mir gesagt hat, als wir mit *Kiss Cam* angefangen haben. Ich zwinkere ihm zu und imitiere seinen lockeren Ton, als ich antworte: »Bedingungslos, wie verrückt und aus ganzem Herzen.«

Seit unserem Gespräch haben wir unsere spielerischen Wortgeplänkel wieder aufgenommen, aber ich bin mir nicht sicher, ob er es ernst meint. Ich hoffe, er denkt nicht, dass ich wirklich mit ihm flirte. Das stimmt nämlich nicht. Ich will bloß nichts zwischen uns kaputtmachen, deswegen verhalte ich mich so wie früher, als wir Freunde waren.

Als es klingelt, lasse ich seine Hände los und schiebe mich an ihm vorbei, um Elaina die Tür zu öffnen, die ein leuchtend pinkfarbenes Cocktailkleid und ein strahlendes Lächeln auf den Lippen trägt. Sie sieht so umwerfend aus, dass mein eigenes Lächeln erstirbt, und ich trete beiseite, um Jasper Platz zu machen.

Wir gehen zu den anderen ins Wohnzimmer. Meine und Lennys Eltern stehen mit ihren Kameras bewaffnet am anderen Ende des Raums und unterhalten sich. Leeann glänzt wie üblich durch Abwesenheit. Sie hat es lediglich einmal geschafft, an einem Vorbereitungstreffen für den Ball teilzunehmen, und das war im letzten Jahr. Sonst musste sie immer arbeiten. Falls Jasper das etwas ausmacht, hat er es mir gegenüber jedenfalls nie erwähnt.

Elaina lässt sich neben Jasper auf dem Sofa nieder. Zwischen den beiden ist nicht viel Platz, aber immerhin mehr als in letzter Zeit. Lenny sitzt neben Allison und isst den Rest eines Cookies, den sie nicht mehr möchte.

Mein Vater legt mir die Hand auf die Schulter und bittet die anderen, sich zum Fotografieren aufzustellen. Während sie zu uns herüberkommen, beugt er sich zu mir herunter und flüstert mir ins Ohr: »Warum hast du noch mal kein Date? Du siehst zauberhaft aus.«

Ich verdrehe die Augen, freue mich aber über das Kompliment. »Danke, Dad.«

»Jas weiß gar nicht, was er verpasst«, fährt er fort.

Ich schüttele den Kopf und trete ein Stück zurück, damit ich ihn ansehen kann. »Nein, *ich* wusste nicht, was ich verpasse.«

Er runzelt die Stirn und verlagert das Gewicht ein wenig nach hinten, um über die Schulter einen Blick auf den schlaksigen Jungen zu werfen, der seine Arme um Elainas zierliche Gestalt gelegt hat.

Da mein Dad von dem *Kiss-Cam*-Drama über Weihnachten Wind bekommen hatte, war ich mir nicht sicher, ob ich ihn darüber informieren sollte, was an Silvester passiert war. Wahrscheinlich war das für ihn nur Kinderkram, der ihn nicht weiter interessierte und für den er viel zu beschäftigt war, deshalb habe ich beschlossen, ihn mit weiteren Details zu verschonen. Als ich meinen Eltern erzählte, dass Elaina vor dem Winterball zu uns kommen würde, schien mein Dad ein bisschen überrascht zu sein, verkniff sich aber jeden Kommentar. Jetzt merke ich ihm an, dass er versucht, aus der Situation schlau zu werden, und ich wünschte, ich könnte mit ihm darüber reden.

Unser Gespräch neulich hat mir geholfen, eine Entscheidung zu treffen – selbst wenn ich sie inzwischen bedauere. Und auch jetzt wünsche ich mir, mit jemandem sprechen zu können, der schon mehr Lebenserfahrung hat. Wenn auf dem Ball alles schiefläuft, gehe ich einfach früher nach Hause und rede mit meinem Vater. Vielleicht kann ich wieder klarer denken, wenn ich offen ausspreche, was mir im Kopf herumgeht.

»Falls du später noch hier bist, hättest du vielleicht kurz Zeit?«, frage ich ihn.

»Habt ihr beiden …?« Er unterbricht sich und schaut wieder zu Jasper.

»Bist du nachher da?«, frage ich ihn noch einmal.

Er nickt. »Ich habe heute Nacht frei. So, wie es aussieht«, er drückt meine Schulter, »musst du mich dringend auf den neuesten Stand bringen.«

»Ja«, murmele ich.

Als meine Mutter mich zu sich ruft, stelle ich mich mitten in die Gruppe, Allison links, Elaina rechts von mir, und stütze die Hände in die Hüften, während um uns herum die Kameras aufblitzen. Trotz des flauen Gefühls im Magen stehe ich lächelnd da und warte darauf, dass unsere Eltern merken, dass die Zeit langsam knapp wird.

Schließlich quetschen wir uns alle in Jaspers Auto. Elaina sitzt vorne, Lenny zwischen Allison und mir, und dann sind wir weg. Auf dem Rücksitz ist es verdammt eng, was zur Folge hat, dass ich während der ganzen Fahrt Lennys Ellbogen in die Rippen bekomme. Jeder, der jetzt einen Blick nach hinten werfen würde, könnte Allison und mir genau unter die Kleider gucken, weil unsere Knie gegen die Sitze vor uns gepresst sind. Jasper und Elaina halten nicht wie sonst über die Armlehne hinweg Händchen. Seltsam. Aber dann dreht Jasper das Radio voll auf, und ich lehne mich an die Tür und schließe die Augen, während ich bete, dass ich es nicht bereuen werde, heute zum Ball gegangen zu sein.

Der Boden der Turnhalle ist übersät mit weißen Ballons. Unter der Anzeigetafel steht ein DJ hinter einem Tisch, der mit einem schwarzen Tuch abgedeckt ist. Die Beleuchtung ist gedimmt und Lichtblitze zucken in schnellem Rhythmus über die sich langsam füllende Tanzfläche. Meine Sinne werden von allen Seiten bombardiert, angefangen beim Gummigeruch der Ballons bis hin zu den hundert verschiedenen Parfüms und Aftershaves, die durch die Luft wabern. In meinen Ohren pocht es im Takt der Bässe, die aus den

Lautsprechern dröhnen. Der Song, der gerade gespielt wird, ist kaum zu erkennen.

Jasper hebt die Videokamera: »Willkommen zu unserem alljährlichen Winterball, VlogIt. Ich sage es euch lieber gleich: Es riecht jetzt schon nach Käsefüßen.«

»Komm schon, Jasper«, bettelt Elaina und zerrt an seiner freien Hand. »Das ist mein Lieblingssong.«

»Wir vloggen hier«, sagt er hastig unseren Slogan und dreht die Kamera in die andere Richtung, um seinen Weg zur Tanzfläche zu filmen.

»Okay, Leute, Partytime!«, ruft Lenny und gibt uns das Zeichen, ihm zu folgen.

Gemeinsam stürmen wir die Tanzfläche. Ab und zu ergreift Lenny meine Hand und dreht mich im Kreis herum. Allison und ich tanzen zusammen, und sie muss lachen, als ich anfange, absichtlich falsch mitzusingen.

Nach ein paar Stücken merke ich, dass meine Haut schweißnass ist. Meine High Heels habe ich schon ausgezogen und tanze barfuß. Jetzt, da die Turnhalle brechend voll ist und überall Leute durch die Gegend hüpfen, ist die Luft zum Schneiden dick. Ich beschließe, eine Pause einzulegen, drängele mich von der Tanzfläche und gehe zur Mädchentoilette.

Beim ersten Schritt aus der Turnhalle empfängt mich ein kühler Luftzug, und als ich den Flur hinuntergehe, wird die Musik langsam leiser. Nach dem rutschigen Hallenboden fühlen sich die Fliesen unter meinen nackten Füßen angenehm kühl an. Als ich die Tür zur Toilette aufstoße, ist der Raum leer, bis auf ein Mädchen, das sich die Hände abtrocknet und gerade gehen will.

Ich halte ihr die Tür auf und eile zu den Waschbecken. Dort entferne ich etwas verschmierten Eyeliner, halte meine Hände unter das kalte Wasser und wische mir den Schweiß vom Nacken.

Als ich meine Haare gerade wieder fallen lasse, geht die Tür auf und ein anderes Mädchen kommt herein. Ich merke erst, dass es Elaina ist, als sie sich an das Waschbecken neben mir stellt, sich durch die kurzen blonden Haare fährt und mit geblähten Wangen die Luft ausstößt.

»Hallo, June«, sagt sie, als sie meinem Blick im Spiegel begegnet.

Es ist logisch, dass man sich unwohl und underdressed fühlt, wenn man bei einem Ball neben einem Mädchen steht, dessen Kleid viel schicker ist als das eigene. Kommt dann noch hinzu, dass sie mit dem Jungen zusammen ist, den man liebt, kann das zu gesteigertem Unwohlsein und Selbstzweifeln führen.

»Hallo«, erwidere ich höflich, streiche mir hastig über die Haare und will so schnell wie möglich verschwinden.

»Hey«, sagt sie. »Kann ich dich mal was fragen?«

Ich unterdrücke einen Seufzer und drehe mich wieder zum Spiegel. Am liebsten würde ich *Nein* sagen. »Klar.«

»Du und Jasper, ihr steht euch sehr nahe, stimmt's?«

Ich spüre, wie mir das Adrenalin in die Adern schießt und sich die Furcht bis in den letzten Winkel meines Gehirns ausbreitet. Offensichtlich ist es Zeit für *das* Gespräch.

Das Gespräch, das ich jedes Mal mit Jaspers Freundinnen führen muss, wenn sie das Gefühl haben, dass er und ich zu viel Zeit miteinander verbringen. Aber diesmal trifft es mich unvorbereitet, denn ich habe ewig nicht mehr bei Jasper übernachtet, jeglichen Körperkontakt vermieden und unsere Gespräche haben wir auf ein Minimum heruntergeschraubt.

»Na ja, wir sind eben beste Freunde«, erwidere ich. »Und Nachbarn. Da ist es schwer, sich aus dem Weg zu gehen, falls du darauf hinauswillst.«

»Nein«, sagt sie, lacht kurz auf und legt eine Hand auf meinen Unterarm. »Nein, ich meine nur … Ist da irgendwann mal mehr zwischen euch gelaufen?«

Ich schüttele den Kopf. »Nein. Das denkst du bestimmt nur wegen *Kiss Cam*. Glaub mir, er mag dich wirklich.«

Sie lacht wieder. »Ich weiß. Aber …« Sie zuckt mit den Achseln. »Ach, ich weiß auch nicht. Ich hasse es, die zweite Wahl zu sein.«

Ich runzele die Stirn. »Was meinst du damit?«

»In letzter Zeit«, sie zögert, »vielleicht sogar schon von Anfang hat, hat Jasper sich irgendwie zu sehr angestrengt. Und gleichzeitig hat er dich immer noch angesehen, als ob … Keine Ahnung, ich kann es nicht erklären. Wir haben uns neulich deswegen gestritten. Er hat versucht, mich davon zu überzeugen, dass ich die Einzige für ihn bin, aber das nehme ich ihm nicht ab.« Während des Redens hat sie den Blick gesenkt, jetzt sieht sie mich direkt an. »Zwischen euch beiden läuft wirklich nichts?«

»Unsere Beziehung ist kompliziert, das ist nicht leicht zu verstehen«, sage ich, woraufhin sich ihr Körper unmerklich versteift. »Aber, wie gesagt, wir sind nie zusammen gewesen, und er hat dich nie betrogen; er hat überhaupt noch nie jemanden betrogen. Er ist ein toller Typ, Elaina. Du kannst froh sein, dass du ihn hast.«

»Okay. Du hast recht. Ich leide wohl bloß unter Verfolgungswahn.« Sie lächelt. »Du siehst heute übrigens echt toll aus.«

»Du auch«, erwidere ich mit einem angestrengten Lächeln. Dann verlasse ich die Toilette und gehe mit einem unguten Gefühl zurück zum Ball.

Ich schaffe es, rechtzeitig zurück zu sein, um mit Lenny den versprochenen Tanz zu tanzen. Er ist kleiner als Jasper, aber nur ein bisschen. Wir verflechten unsere Finger miteinander und wiegen uns zu einem langsamen Lovesong hin und her. Um uns herum schmiegen sich Pärchen aneinander. Köpfe liegen auf Schultern, Lippen berühren einander.

Einige Paare entfernt hat Jasper seine Arme um Elainas Taille gelegt, ihre Wange ruht an seiner Brust. Von seinen Fingern, die er in ihrem Rücken verschränkt hat, baumelt die Kamera. Er hat sein Kinn auf ihren Kopf gestützt und schaut mit ausdruckslosem Gesicht ins Leere.

Ich drehe mich zu Lenny und dirigiere uns ein wenig an den Rand der Tanzfläche. »Denkst du, mit Jasper ist alles in Ordnung?«

Er zuckt mit den Achseln. »Er sieht müde aus.«

Ich summe vor mich hin und wiege mich im Takt der Musik. »Schön, dass er sich amüsiert.«

»Das klingt ein bisschen bitter«, sagt Lenny und zieht die Augenbraue hoch.

»Ich muss mich erst daran gewöhnen.« Ich stoße einen Seufzer aus.

Lenny nickt und dreht mich einmal im Kreis. »VlogIt ist das nicht entgangen. Wir haben schon jede Menge verrückte Vorschläge bekommen, zum Beispiel von der Fraktion *Rettet Jasiper*.«

Langsam breitet sich ein Lächeln auf meinem Gesicht aus. »Oh, und was genau schlagen die vor?«

»Das Gleiche wie die Jenny-Fangemeinde. Sie würden euch am liebsten so lang in einen Raum einsperren, bis ihr keine andere Wahl mehr habt, als euch zu vertragen und zu küssen.« Lenny grinst vielsagend.

»So so, *Rettet Jasiper*.« Ich schüttele den Kopf, und als der Song endet, lasse ich Lennys Hände los. »Denen fällt auch zu allem was ein.«

Der Ball nähert sich dem Ende. Als ein Song mit ohrenbetäubenden Beats gespielt und die Tanzfläche von einer wild herumhüpfenden Menge gestürmt wird, beschließe ich, frische Luft zu schnappen. Auf dem Weg in den Vorraum entdecke ich mitten im Getümmel Milo, der ein Mädchen in einem hautengen Kleid mit Animal-Print antanzt. Er bemerkt mich nicht, und ich bin erleichtert, dass ich mir seinetwegen offenbar keine Sorgen zu machen brauche. Ich war den ganzen Abend über ein bisschen nervös, weil ich nicht wusste, ob er irgendetwas im Schilde führt. Aber es sieht so aus, als sei er vollauf beschäftigt. Mit einem zufriedenen Lächeln verlasse ich die Turnhalle.

Hinter mir strömen noch mehr Leute heraus, die zur Toilette oder zur Garderobe wollen, um dem allgemeinen Chaos nach dem Ball zu entgehen. Gegen die Wand neben der Turnhallentür gelehnt, spricht jemand, den ich ziemlich gut kenne, in eine Videokamera. Seine Freundin ist erstaunlicherweise nirgendwo zu sehen. Langsam gehe ich auf ihn zu, beuge mich vor und winke in die Kamera.

»Oh«, sagt Jasper und zuckt erschrocken zurück. »Hallo, Juniper. Ich habe dich drinnen gar nicht gesehen.«

»Hey«, erwidere ich mit einem Lächeln, den Blick auf die Kamera gerichtet. »Was machst du hier draußen?«

»Elaina wollte nur eben ihre Jacke suchen, dann wollten wir das Auto holen und euch gleich alle an der Tür aufsammeln. Aber sie ist mit irgendwelchen Freunden verschwunden. Keine Ahnung, wie lang sie noch braucht, um eine *Jacke* wiederzufinden.« Er schüttelt den Kopf und drückt meinen Arm. »Und? Spaß gehabt?«

»Ja, war gar nicht so übel«, sage ich. »Aber ich hab dich vermisst.«

»Tut mir leid«, meint er. »Ich wollte unseren Zuschauern mal was anderes bieten und habe mich an Elainas Freunde gehalten.« Er dreht sich zur Kamera. »Sagt uns Bescheid, was ihr von dieser Veränderung haltet, Leute. Ich fand es ganz cool.«

Er macht die Kamera aus und lässt seine Hand sinken. Ich lehne mich neben ihn gegen die Wand und streife dabei seinen Arm. Die Musik, die aus der Turnhalle dringt, überbrückt die kurze Stille zwischen uns.

»Alles okay mit dir?«, frage ich. Mir fällt wieder ein, dass Elaina gesagt hat, sie hätten sich gestritten, aber ich weiß nicht, ob er weiß, dass ich es weiß. Außerdem ist es eine unverfängliche Frage.

»Ja, mir geht's super.«

Ich blicke zu ihm auf, und er lächelt mich an. Aber das Lächeln erreicht seine Augen nicht. Er senkt den Blick und umklammert mit beiden Händen die Videokamera. »Du siehst hübsch aus.«

»Du siehst auch nicht übel aus«, sage ich so beiläufig wie möglich.

Der DJ in der Halle kündigt den letzten langsamen Tanz des Abends an und ich blicke auf meine nackten Füße hinunter. Mein Magen schlägt einen Purzelbaum, als ich merke, dass es einer meiner Lieblingssongs ist und dass wir ganz allein im Vorraum sind.

Plötzlich hält Jasper mir die Hand hin. »Darf ich bitten?«

Ich verschlucke mich vor Schreck und weiche zurück. »Spinnst du?«, platze ich heraus und blicke den Flur hinunter, ob Elaina irgendwo zu sehen ist. Immerhin hatte sie mich vorhin nach meinem Beziehungsstatus gefragt. Ich weiß nicht, was sie davon halten würde, wenn ich jetzt mit ihrem Freund tanze, und ich möchte es auch nicht herausfinden.

»Was ist?«, fragt er und legt die Kamera auf dem Boden ab. »Sie spielen *Drops of Jupiter*, June.«

»Ja – und das ist ein ganz langsames Stück.«

»Juniper May«, sagt er bestimmt. »Zu diesem Song haben wir schon in der fünften Klasse auf dem Couchtisch in unserem Wohnzimmer rumgehopst, und jetzt willst du nicht mit mir tanzen, weil er zu romantisch ist?«

»Ich will nicht, dass Elaina mir die Augen auskratzt.«

Er zuckt mit den Schultern, nimmt meine Hände und zieht mich von der Wand weg. »Das ist nicht ihre Art. Tanz mit mir!«

Widerstrebend überlasse ich ihm meine Hände, wiege mich im Takt hin und her und genieße das Gefühl unserer ineinander verflochtenen Finger. Während er den Text mitsingt, dreht er mich unvermittelt einmal um mich selbst und zieht mich dann wieder heran, dichter diesmal.

Ich lehne mich ein Stück zurück und lasse ihn eine Drehung machen. Als ich sehe, wie er sich duckt und sich unbeholfen unter meinem Arm hindurchwindet, muss ich lachen. Kaum hat er sich wieder aufgerichtet, hebt er meine Hände hoch über unsere Köpfe und lässt sie dann langsam zur Seite herabsinken.

Während wir uns an den Händen halten, stoße ich mich mit gestreckten Armen ab und lasse mich von ihm wieder heranziehen. Er dreht mich erst aus und dann wieder ein, sodass ich seine Brust an meinem Rücken spüre, während wir uns in dem verlassenen Flur vor und zurück wiegen und einzelne Textzeilen mitsingen.

Ich lasse meinen Kopf an seine Schulter sinken und wehre mich nicht dagegen, dass ein warmer Schauer durch meinen ganzen Körper bis zu den Zehenspitzen läuft. Meine Augenlider sind halb geschlossen und ich würde am liebsten so lange wie möglich in dieser Haltung verharren. Er ahnt nicht, dass ich mich in diesem Moment noch mehr in ihn verliebe.

Dann dreht er mich herum, drückt seine Stirn gegen meine und singt leise die letzte Zeile von *Drops of Jupiter*.

Ich stoße zitternd die Luft aus, trete einen Schritt zurück und löse mich aus seinen Armen. In diesem Moment kommt Elaina mit ihrer Clique den Flur hinunter. Eins der Mädchen jammert über einen Riss in ihrem Kleid. Vermutlich hat es deswegen so lange gedauert, bis sie zurückgekommen sind.

Ich weiß nicht, wie es passieren konnte, dass Jasper und ich gerade eben noch harmlos im Kreis herumgetanzt haben und uns dann plötzlich so nahe gekommen sind.

Ich habe ein furchtbar schlechtes Gewissen, und als Elaina Jasper ein strahlendes Lächeln zuwirft, fühle ich mich noch schrecklicher. Nachdem Jasper und ich einen so intensiven Moment hatten – zumindest habe ich es so empfunden –, kann ich unmöglich in Elainas Nähe sein, zumal sie mitbekommen hat, dass ich hier im menschenleeren Vorraum so dicht neben ihm stehe.

Während ich mir Mühe gebe, wegen der rasant anwachsenden Zahl von Schmetterlingen in meinem Bauch nicht allzu schuldbewusst auszusehen, winke ich Elaina zu und bewege mich unauffällig von Jasper weg.

»Hast du June gesagt, dass wir gehen wollen?«, fragt sie ihn. An der umständlichen Art, mit der er ihr die Jacke abnimmt, erkenne ich, dass er genauso durcheinander ist wie ich. Ich vermeide jeglichen Blickkontakt mit allen beiden.

»Ja«, murmelt er und hilft ihr in die Jacke. »Lass uns gehen.« Dann schaut er über die Schulter und sagt, ohne mich direkt anzusehen: »Ähm, könntest du die anderen holen? Wir sollten lieber jetzt fahren, bevor alle loswollen.«

Ich nicke, hebe die Videokamera auf und reiche sie ihm, bevor ich zurück in die Turnhalle gehe.

Die Rückfahrt ist ein einziges Chaos. Lenny sitzt vorn bei Jasper, und wir Mädchen quetschen uns auf dem Rücksitz zusammen. Zum Glück sitzt Allison zwischen Elaina und mir. Uns ist so heiß, dass es uns zum ersten Mal egal ist, dass Jaspers Autoheizung nicht funktioniert. Wir haben sämtliche Fenster heruntergekurbelt und reden so laut durcheinander, dass Jasper gar nicht erst versucht, Musik anzumachen.

Allison wird als Erste abgesetzt, gefolgt von Elaina. Jasper steigt nicht aus, um sie zur Tür zu bringen. Sie gibt ihm nur einen flüchtigen Kuss und verlässt den Wagen, ohne dass die beiden viele Worte wechseln. Niemand von uns gibt einen Kommentar dazu ab.

Obwohl es logisch wäre, mich vor Lenny zu Hause abzusetzen, fährt Jasper erst bei ihm vorbei. Lenny verabschiedet sich und nimmt die Kamera mit, um das Filmmaterial zu bearbeiten. Anschließend wendet Jasper und hält kurz darauf vor meinem Haus. Ich stoße die Autotür auf und will aussteigen, ohne mich zu verabschieden, als Jaspers Stimme mich aufhält.

»Gute Nacht, Juniper.«

»Nacht, Jas«, erwidere ich und schiebe mich aus dem Auto.

»Wir sind ziemlich daneben, was?«, platzt er heraus, bevor ich die Tür schließen kann.

»Irgendwie schon«, sage ich. Er nickt und legt den Gang ein. Ich schlage die Tür zu und gehe den Weg zu unserer Eingangstür hoch.

Ich glaube, wir wissen beide mehr, als wir voreinander zugeben wollen. Vielleicht weil wir Angst haben. Ich glaube, wir sind wirklich ziemlich daneben.

VIERUNDZWANZIG

Nachdem ich die Haustür zugemacht habe, lehne ich mich mit dem Rücken dagegen, fahre mir mit den Fingern durch die Haare und stoße die Luft aus, die ich, ohne es zu merken, angehalten habe. Bis auf einen matten blauen Schimmer, der aus dem Wohnzimmer dringt, liegt der Flur im Dunkeln. Ganz leise höre ich die dumpfen Stimmen aus dem Fernseher. Mir fällt wieder ein, dass ich meinen Vater vor dem Ball gebeten habe, wach zu bleiben, bis ich komme. Jetzt bin ich froh darüber. Ich muss mit jemanden über all das sprechen, was heute Abend mit Jasper und Elaina gelaufen ist.

Ich streife mir die High Heels von den Füßen und schleiche auf Zehenspitzen durch den Flur, um einen Blick ins Wohnzimmer zu werfen.

Den Kopf gegen die Polster gelehnt und mit halb zugefallenen Augen sitzt mein Dad im Schlafanzug auf der Couch. Als er mich sieht, richtet er sich auf.

»June, Süße, wie war der Ball?«

Ich zucke mit den Achseln und zupfe nervös an meinem

Kleid herum. »Wie Bälle eben so sind. Nichts Besonderes. Schläft Mum schon?«

Er rutscht nach vorn und klopft neben sich auf die Couch. »Ja. Möchtest du reden?«

Ich nicke und setze mich neben ihn. Doch statt mich in die Polster sinken zu lassen, hocke ich angespannt auf der Sofakante. Er wartet darauf, dass ich anfange, aber ich lasse mir ein paar Sekunden Zeit, um meine Gedanken zu sortieren. Schließlich sage ich: »Mum hat mir mal erzählt, dass sie dich fast nicht geheiratet hätte. Sie wollte das College beenden und du wolltest unbedingt heiraten. Aber sie wusste nicht, ob sie beides schaffen würde, eine Ehe und ihre Ausbildung – ob das nicht zu viel wäre. Sie wollte Schluss machen, doch du bist hartnäckig geblieben.«

Mein Vater lacht glucksend, stützt die Ellbogen auf die Knie und reibt sich das Gesicht. »Wir haben uns tatsächlich getrennt. Nur für kurze Zeit zwar, aber ich war am Boden zerstört. Es war eine schwierige Phase, aus der ich viel gelernt habe. Vor allem, dass ich nicht erwarten kann, dass sie sich so verhält, wie ich das möchte. Ich musste erst akzeptieren, dass ihre Bedenken berechtigt waren. Und weil ich mit ihr zusammen sein wollte, habe ich gewartet.«

Ich nicke.

»Geht es hier um Jasper?«, fragt er.

Als ich ihn anschaue, wandern seine Augenbrauen nach oben.

»Ich habe so getan, als hätte ich seine Gefühle für mich nicht bemerkt. Ich dachte, das wäre typisch Jasper – keine

Grenzen zu akzeptieren und ein bisschen rumzuflirten«, setze ich an und schlinge die Arme um meinen Oberkörper. »Er hat mich an Silvester um Mitternacht gefragt, ob ich mit ihm zusammen sein möchte, und ich hab's vermasselt. Ich wusste nicht, was ich davon halten sollte und was ich für ihn fühle. Ich konnte nur daran denken, wie sich das auf unseren Videoblog und auf Lenny auswirken würde. Seitdem hat mich diese Sache nicht mehr losgelassen, und ich glaube inzwischen, dass es gar nicht so viel ausmachen würde, wenn wir eine Beziehung hätten. Eigentlich waren wir ja sowieso zusammen.«

»Du hast Nein gesagt und das bereust du jetzt«, fasst Dad zusammen.

»Das Schlimmste ist«, sage ich, »dass wir beide versuchen, das Beste aus der Situation zu machen, es aber trotzdem nicht schaffen. Manchmal gehen wir einen Schritt aufeinander zu … Aber wir haben Angst.«

Mein Vater legt mir tröstend die Hand auf den Rücken. Es tut gut, das alles jemandem erzählen zu können, der einfach nur zuhört und nicht urteilt.

Ich berichte ihm, wie Elaina ins Spiel gekommen ist und wie ich zu Jasper gegangen bin und ihm alles gestanden habe. Wie Jasper mich zurückgewiesen hat und dass wir abgemacht haben, noch einmal neu anzufangen. Ich beschließe, auch mein Zusammentreffen mit Milo zu erwähnen und Dad zu fragen, was er über meine Freundschaft zu Jasper denkt – denn manchmal hat er wirklich kluge Ratschläge.

Mein Vater sitzt neben mir und hört zu, ohne mich zu unterbrechen. Als ich ihm von der Kette mit dem halben Herzen erzähle und wie wir im Schulflur miteinander getanzt haben, streicht er mir über den Rücken.

»Juniper«, sagt er. Es fühlt sich immer komisch an, wenn mein Vater mich bei meinem vollen Namen nennt. »Du kannst nicht ewig auf Jasper warten. Er kennt deine Gefühle für ihn, jetzt muss er eine Entscheidung treffen. Du hast ihm wehgetan, und er ist verletzt, aber nach allem, was du mir erzählt hast, glaube ich, dass er dich immer noch liebt. Und ihr seid sehr wichtig füreinander. Das weiß ich. Deine Mum und ich sind viel unterwegs, und Leeann ist auch nur selten zu Hause. Ihr beide seid so eine Art kleine Ersatzfamilie, und er wäre dumm, wenn er dich gehen lassen würde. Aber auf der anderen Seite sieht er, dass du ihn schon einmal abgewiesen hast, und er hat Angst, dass das wieder passiert. Er benutzt Elaina als Ablenkung, aber es klingt, als wüsste sie, was Sache ist. Jasper und du, ihr beiden seid beste Freunde; ihr kennt eure Macken und Eigenarten. Ich bin sicher, ihr findet eine Lösung. Und wenn es mit euch nichts wird, ist eure Freundschaft dadurch doch nicht weniger wert, oder?«

Ich weiß nicht, warum ich so emotional reagiere, aber ich kann nichts dagegen tun, dass mir die Tränen in die Augen schießen. »Danke, Dad«, stoße ich mit gepresster Stimme hervor.

Er drückt meine Schulter, und ich lasse zu, dass er mich für eine feste Umarmung an sich zieht. Es gibt viele Dinge, für die ich dankbar bin – diesen Mann als Vater zu haben, steht weit oben auf der Liste.

Wir sitzen noch eine Weile zusammen, bevor mein Dad beschließt, dass es Zeit ist, schlafen zu gehen. Nach dem Gespräch mit ihm deutlich erleichtert, gehe ich ebenfalls in mein Zimmer. Ich ziehe das Kleid aus, das ich zum Ball getragen habe, und entferne den Glitzerlidschatten. Dann stelle ich mich vor den Schrank und suche nach etwas, das ich zum Schlafen anziehen könnte. Mein Blick bleibt an Jaspers Blackhawk-Sweatshirt hängen. Automatisch hole ich es heraus und streife es über. Dann ziehe ich meine Pyjama-Shorts an.

Als ich zur Spiegelkommode gehe, um meine Haare zu bürsten, sehe ich aus dem Augenwinkel die Kette mit dem halben Herzen, die noch immer dort liegt. Ohne zu zögern, greife ich danach und lege sie mir um. Während ich mich im Spiegel betrachte, fahre ich die Konturen des Anhängers nach und drücke ihn sanft gegen mein Dekolleté.

Als ich am nächsten Tag aufwache, ist das Haus wie ausgestorben. Meine Mutter ist schon zur Arbeit gefahren, und mein Vater hat mir ein Post-it an der Haustür hinterlassen, das mich darüber informiert, dass er heute Bereitschaftsdienst hat und die Notaufnahme aus allen Nähten platzt.

Ich überlege kurz, ob ich zu Jasper rübergehen soll, aber ich glaube nicht, dass das nach gestern Abend so klug ist. Lenny möchte ich auch nicht stören, falls er gerade unser Filmmaterial bearbeitet. Also stehe ich im Eingangsflur unseres Hauses und starre ins Leere. Trotz der Stille lärmen die Gedanken in meinem Kopf.

Ich habe gerade ein paar Schritte in Richtung Küche gemacht, als es an der Haustür klopft. Überrascht drehe ich mich um und fahre mir durch die Haare. Wahrscheinlich mein Vater, der seinen Schlüssel vergessen hat, oder ein Paket für meine Mutter, das ich entgegennehmen soll.

Als ich die Tür öffne, steht Jasper davor. Ich erstarre und mein Herz beginnt zu flattern.

Bei meinem Anblick wandern seine Augenbrauen in die Höhe und sein Mund öffnet sich leicht. Ich wundere mich, warum er so überrascht aussieht, bis mir schlagartig klar wird, dass ich sein Sweatshirt und die Kette mit dem Herzanhänger trage. Ich erröte und verschränke schützend die Arme vor der Brust.

Jasper scheint sich auch nicht ganz wohl in seiner Haut zu fühlen. Jedenfalls scharrt er unbehaglich mit den Füßen. Er wirkt durcheinander und sieht müde aus, als habe er die ganze Nacht wach gelegen.

Für einen kurzen Moment bin ich versucht, ihm einfach die Tür vor der Nase zuzuschlagen, aber dann lasse ich ihn erklären, weshalb er hier ist.

»Ich bin gekommen, um dir zu sagen, dass ich es versucht habe. Ich habe es wirklich versucht, aber es hat nicht funktioniert. Elaina war stocksauer und du hast mich total durcheinandergebracht. Und jetzt weiß ich nicht, was ich tun soll …« Er bricht ab und ich runzele verwirrt die Stirn. »Ich weiß nicht, ob wir dasselbe wollen oder ob es reicht, wenn wir Freunde sind …« Er verstummt, den Blick auf sein Sweatshirt und die Kette gerichtet. »Du hast es an«, stößt er hervor und kratzt sich nervös am Kinn.

Ich habe keine Ahnung, was er mir gerade sagen will.

Er holt tief Luft. »Elaina und ich haben uns heute Morgen getrennt, June.«

Mein Herz klopft plötzlich wie verrückt und in meinem Kopf dreht sich alles. »Oh«, hauche ich. »Jas, das tut mir leid.«

Jasper senkt den Kopf. »Ich habe es wirklich versucht, dass alles wieder so wird wie früher.« Er blickt auf und sieht mich mit seinen braunen Augen an. »Aber ich hatte das Gefühl, das ist unmöglich, solange ich mit Elaina zusammen bin. Wir beide haben nun mal eine besondere Beziehung, und ich werde nicht zulassen, dass sich jemand zwischen uns drängt. Das waren nicht mehr *wir* in der letzten Zeit.«

Während er spricht, spiele ich nervös mit dem Herzanhänger um meinen Hals.

»Warum trägst du meine Sachen?«, fragt er plötzlich.

Jasper weiß genau, warum ich sein T-Shirt und die Kette trage. Er hat mich abblitzen lassen, weil er Elaina nicht betrügen wollte. Und er wollte auch nicht, dass wir Freunde bleiben – so, wie ich es Silvester vorgeschlagen hatte. Und zu allem Überfluss hat er mir nicht geglaubt, dass ich die Wahrheit sage, was meine Gefühle für ihn betrifft.

»Du weißt, warum, Jas«, sage ich leise und wende mich ab. Jetzt ist auf keinen Fall der richtige Moment, um darüber zu reden. Er hat sich gerade erst von Elaina getrennt.

Jasper schluckt und nickt.

»Alles in Ordnung mit dir?«, frage ich.

»Ja, mir geht's gut«, versichert er mir. »Ich muss das bloß erst mal alles sacken lassen.«

»Möchtest du reinkommen?«, frage ich ihn, als mir klar wird, dass wir schon die ganze Zeit in der offenen Haustür stehen. Langsam fange ich an, in der kalten Winterluft zu frösteln.

Jasper sieht aus, als sei er hin und her gerissen.

Ich verstehe nicht, was in seinem Kopf vorgeht und warum er hergekommen ist. Vielleicht glaubt er, dass wir jetzt, da Elaina aus dem Spiel ist, wieder normal miteinander umgehen können.

»Hmm.« Er denkt einige Sekunden nach und meint dann: »Nein, ich glaube, ich sollte besser gehen.«

»Bist du sicher?«

»Ja«, antwortet er. Dann tritt er einen Schritt vor und umarmt mich unbeholfen. Ich schließe die Augen und lege mein Kinn in die Kuhle an seiner Schulter. Als Jasper sich von mir löst, lächeln wir uns vorsichtig an, und dann geht er.

Ich bin glücklich und fühle mich gleichzeitig ganz furchtbar, weil Elaina jetzt sicherlich am Boden zerstört ist. Ich mag sie ja eigentlich. Aber ich bin auch frustriert, weil ich endlich mit Jasper zusammen sein möchte. Doch selbst mir ist klar, dass so kurz nach einer Trennung nicht der richtige Zeitpunkt dafür ist. Warten erfordert Geduld, und meine Geduld ist langsam zu Ende.

FÜNFUNDZWANZIG

Nach dem Winterball wieder zur Schule zu gehen, macht mich fertig. Die Luftschlangen und Ballons in den Fluren zur Turnhalle sind abgenommen worden, die Aufsicht patrouilliert wieder durch die Gänge, und alle sehen müde aus. Die Spuren des vergangenen Wochenendes sind komplett ausgelöscht. Glanz, Glamour und Drama sind vorbei und zurückgeblieben sind nur die guten alten Fliesenböden und meine vertrauten Begleiter. Die Hände tief in den Manteltaschen vergraben, gehe ich zwischen Jasper und Lenny her und streife sie dabei gelegentlich mit meinen Armen.

Es ist schon komisch. Normalerweise treiben die Leute als verschwommene Masse an einem vorbei, bis zu dem Tag, an dem man das Gefühl hat, einem von ihnen unrecht getan zu haben. Dann erinnert plötzlich alles an diese Person und das schlechte Gewissen lauert an jeder Ecke.

Als wir in den Flur mit unseren Spinden biegen, stehen wir plötzlich vor Elaina. Ihre Augen werden groß und sie macht einen Schritt zur Seite. Die Begegnung ist uns allen spürbar unangenehm. Elaina sucht kurz meinen Blick, dann den von Jasper, lächelt uns verkniffen zu und macht auf dem Absatz kehrt.

Sobald sie weg ist, stößt Jasper die Luft aus und reibt sich das Kinn. »Oh je«, murmelt er.

Lenny schnaubt. »Sie hätte dir auch den Stinkefinger zeigen oder June eine runterhauen können …«

Ich boxe ihm gegen den Arm. »Ich hab doch gar nichts getan!«

Aber ehrlich gesagt, bin ich mir da nicht so sicher. Jasper hat nichts dazu gesagt, wer mit wem Schluss gemacht hat oder warum die beiden sich getrennt haben.

Aber Lenny hat schon den ganzen Vormittag Witze darüber gerissen, dass ich Elaina das Herz gebrochen habe.

»Es reicht, dass es dich gibt«, meint er nun mit einem Seitenblick zu mir.

Jasper rollt nur mit den Augen. »Weißt du, was?«, sagt er. »Versuch *du* doch mal, mithilfe eines Mädchens über ein anderes hinwegzukommen, und verrat mir dann, ob es funktioniert hat.«

»Wieso *ich?*«, setzt Lenny an. »Ich habe dir gleich gesagt, dass es eine schlechte Idee ist, aber du hast ja nicht auf mich gehört. Wenn ich über jemanden hinwegkommen wollte, würde ich es ganz anders angehen.« Er verschränkt die Arme vor der Brust und nickt bekräftigend.

Ich ziehe die Augenbrauen hoch. »Und wie bitte schön?«

Lenny grinst. Dann legt er den Arm um meine Schulter und hebt die freie Hand. »Erstens«, sagt er und reckt den Daumen hoch, »exzessives Gucken sämtlicher Staffeln von

Desperate Housewives. Zweitens«, sein Zeigefinger schießt in die Höhe, »Frustessen. Und drittens«, fügt er hinzu, während sein Mittelfinger sich zu den anderen beiden gesellt, »mich wieder hoffnungslos in Eva Longoria verlieben, denn die kann mir nicht das Herz brechen. That's it!«

»Du spinnst«, murmelt Jasper.

»Ach ja?« Lenny schüttelt den Kopf und deutet zwischen uns beiden hin und her, als er in Richtung seines Spinds losgeht. »Ihr beiden seid ja auch ein Musterbeispiel an *Normalität.* Ich glaube, ich lasse es darauf ankommen.«

Damit dreht er sich auf dem Absatz um, verschwindet in einer Traube Schüler und lässt Jasper und mich allein. Für einen Moment stehen wir schweigend nebeneinander, dann macht sich auch Jasper auf den Weg zu seinem Spind. Leicht verwirrt von unserem Gespräch, folge ich ihm mit etwas Abstand. Als ich ihn einhole, wirft er einen prüfenden Blick über die Schulter und schaut mich mit hochgezogener Augenbraue an. »Ist Milo wieder hinter dir her?«

Ich schüttele den Kopf. »Nein, ich wollte dich bloß etwas fragen.«

Er zuckt mit den Achseln. »Ja?«

Es fühlt sich merkwürdig an, diese Frage zu stellen, weil es so egoistisch und eingebildet klingt, aber ich muss es wissen, um mit der Situation entsprechend umgehen zu können. Ich möchte nicht, dass Elaina sich unwohl fühlt, wenn wir uns begegnen. Sie ist nett zu mir gewesen und ich komme mir vor wie eine Verräterin.

»Als ihr euch getrennt habt, Elaina und du –«

»Sie hat gesagt, sie wollte nicht die zweite Wahl für mich sein. Sie wusste es, June, aber du kannst nichts dafür.«

»Das ergibt einfach keinen Sinn«, sage ich, während sich in meinem Kopf immer wieder das Gespräch mit Elaina am Abend des Winterballs abspult. »Ich habe ihr gesagt, dass zwischen uns nichts läuft. Sie war total erleichtert und meinte sogar, das hätte sie sich dann vermutlich nur eingebildet.«

Jasper hört auf, mit den Büchern in seinem Spind herumzuhantieren, und greift nach meiner Hand, damit ich mir nicht länger nervös eine Locke um den Finger wickele. »Wir hatten uns gestritten und dann hat sie uns beide auch noch eng tanzend in einem menschenleeren Flur entdeckt. Sie wollte dir glauben, aber ... Es ist alles meine Schuld. Das Ganze ging von mir aus und es war von Anfang an nicht ehrlich. Deswegen habe ich es beendet. Es ist endgültig vorbei.«

»Da haben wir wohl ziemlichen Mist gebaut«, murmele ich und entziehe ihm meine Hand. »Wir haben jemand anders mit hineingezogen. Das hat Elaina nicht verdient, Jas.«

Jasper legt mir die Hand auf die Schulter und holt tief Luft. »Ihr geht's so weit ganz gut. Ich habe sie gestern Abend angerufen. Es ist nur ein bisschen ... Na ja, du weißt ja, wie das bei Trennungen so läuft.«

»Zu meinen Exfreunden habe ich nicht gerade die beste Beziehung«, gebe ich zu.

»Du hast ja auch einen schlechten Geschmack«, kontert Jasper.

»Nicht immer.«

Unsere Blicke treffen sich für eine Sekunde und ich spüre wieder das vertraute Flattern im Magen. Dann senkt er den Kopf und stößt ein leises Lachen aus. Er stupst mich mit der Schulter an und murmelt: »Geh lieber zum Unterricht, Juniper. Deine Flirtversuche sind echt mies.«

Ich beiße mir auf die Lippe, um mir ein breites Lächeln zu verkneifen. »Na klar«, sage ich spöttisch und knuffe ihn beim Weggehen gegen den Arm.

Am Donnerstag nach der Schule quetschen wir uns in Jaspers Zimmer und bereiten uns auf unser wöchentliches Frage-und-Antwort-Video vor. Lenny lässt sich sofort auf die Matratze fallen und fischt sein Handy aus der Tasche. Ich setze mich neben ihn und beobachte, wie Jasper durch den Raum geht, um sich seinen Laptop vom Schreibtisch zu holen.

Nach der Trennung von Jasper und Elaina ist bei uns alles wieder beim Alten. Seit die beiden nicht mehr zusammen sind, können wir endlich wieder Zeit miteinander verbringen, ohne ein schlechtes Gewissen zu haben. Wie selbstverständlich legt er wieder den Arm um meine Schulter, redet offen und ungezwungen mit mir, und ist einfach wieder der alte Jasper.

Die VlogIt-Community ist über die Trennung ebenfalls informiert. Jasper hat eine Videobotschaft aufgenommen und ganz deutlich gesagt, dass er keine weiteren Hass-Kommentare über Elaina mehr hören will. Elaina war eine Bedrohung für Jasiper, weshalb sie bei unseren Fans nicht gerade beliebt war und dafür verantwortlich gemacht wurde, dass es keine *Kiss Cams* mehr gab.

Wir hatten in letzter Zeit auf VlogIt eine Menge geflunkert, um unser Privatleben zu schützen, uns dabei aber nicht wohlgefühlt. Lenny hatte uns daran erinnert, dass unsere Vlogs ursprünglich mal als Videotagebuch gedacht waren und dass wir uns inzwischen ziemlich weit von der ursprünglichen Idee entfernt hatten. Das hatte den Anstoß gegeben, endlich reinen Tisch zu machen.

Eigentlich fühlt sich alles so an wie vor ein paar Monaten. Wie beim ersten Mal, als wir eine Kussanfrage bekommen hatten.

Jasper stellt die Kamera so auf, dass sie wieder einmal genau aufs Bett gerichtet ist. Ich stöhne innerlich und Jasper grinst mich an, als wüsste er genau, was ich denke.

Plötzlich setzt Lenny sich auf. »Hat jemand von euch die Fragen für heute Abend schon durchgelesen?«

»Die neusten heißen Ideen unserer Fans?« Jasper hebt eine Augenbraue.

»Du redest so einen Mist!«, fahre ich ihn an und schüttele genervt den Kopf.

Jasper grinst und tritt ein Stück vom Stativ zurück. »Wenn du deine E-Mails nicht nur einmal die Woche checken würdest, würdest du die Liebesbriefe sehen, die sie uns schreiben.«

Ich beobachte, wie er den Beleuchtungsschirm ausrichtet, und schüttele noch einmal den Kopf. »Ich habe noch *nie* einen Liebesbrief bekommen. In den paar E-Mails, die bei *mir* eintrudeln, geht es nur darum, ob da was mit Jasiper läuft oder ob Lenny noch Single ist.«

»Was?«, krächzt Lenny und schießt hoch. »Das fragen sie *dich?*«

»Sie benutzen mich nur als Informationsquelle«, sage ich beleidigt. »Auf diesem Channel bin ich das fünfte Rad am Wagen. Ihr werdet angehimmelt und ich muss bescheuerte Fragen beantworten.«

»Tja, unsere Zuschauer sind nun mal zu siebenundachtzig Prozent weiblich«, sagt Jasper und dreht sich einmal um die eigene Achse, während er die Fernbedienung einsammelt und den Kabeln ausweicht, die ihm im Weg liegen. »Da wundert mich das nicht.«

Ich seufze und lasse mich auf die Matratze zurückfallen. Lenny beugt sich über mich. »Dich brauchen wir nur für *Kiss Cam*«, neckt er mich. »Und deinen Hintern kannst du nur retten, indem du wieder mitmachst.«

Ich schiebe seinen Kopf weg, setze mich auf und zeige anklagend auf ihn. »Ihr beide habt es auf mich abgesehen!«

Lenny kichert, und Jasper verkneift sich achselzuckend ein Grinsen.

»Mit euch hat man nichts als Ärger«, fauche ich.

Jasper lässt sich mit dem Laptop in der Hand zwischen Lenny und mir aufs Bett fallen. »Oh, Juniper«, seufzt er. »Du leidest echt unter Verfolgungswahn.«

Ich beuge mich ein Stück vor, um die Jungs zu mustern. Beide grinsen verschmitzt, aber ich bin mir nicht sicher, ob sie das nur machen, um mich zu ärgern, oder ob hier irgendetwas läuft, von dem ich nichts weiß. »Nicht vergessen, Jungs«, sage ich. »Das letzte Mal, als ihr beiden etwas ausgeheckt habt, hat es böse geendet.«

Jasper stößt mich mit der Schulter an. »Entspann dich.« Er lacht.

»Lasst uns einfach mit dem Video anfangen.«

Jasper nickt und drückt auf die Aufnahmetaste.

Nach dem Dreh geht Lenny nach Hause. Ich begleite ihn nach unten und warte am Fuß der Treppe auf Jasper. Es ist schon lange her, dass ich abends bei ihm geblieben bin. In letzter Zeit bin ich immer mit Lenny gegangen, damit Jasper und ich nicht wieder in unsere alte Routine zurückfallen. Aber heute möchte ich hierbleiben. Ich habe es satt, darauf zu warten, dass alle Wunden verheilt sind.

»Dann bleibst du also?«, fragt er, als er die Treppe herunterkommt.

»Ist das okay für dich?«

Als er neben mir steht, fasst er mich am Arm und zieht mich hinter sich her. »Das ist immer okay.«

Er führt mich ins Wohnzimmer, wo ich sofort meinen Lieblingsplatz auf der Couch ansteuere und es mir dort bequem mache. Er setzt sich kurz neben mich und steht dann wieder auf. »Eigentlich«, sagt er, »wollte ich dir etwas zeigen.«

Ich setze mich aufrechter hin und blicke Jasper hinterher. Da ich nicht weiß, ob ich ihm folgen soll, bleibe ich, wo ich bin, und knete nervös meine Hände im Schoß. Das letzte

Mal, als er das gemacht hat, kam er mit Schmuck und einer Liebeserklärung zurück. Bei der Erinnerung verkrampft sich mein Magen, und ich presse die Hände fester zusammen.

Nur nicht daran denken.

Nach einer Minute kommt er mit einem Umschlag zurück. Er legt ihn mir in den Schoß, setzt sich neben mich und sieht zu, wie ich mit dem Finger unter die Lasche fahre. Zum Vorschein kommt eine Einladung zum nächsten Meet-and-Greet von VlogIt.

»Es ist diesen Sommer«, sagt er. »Lenny weiß es schon.«

Das letzte Treffen war unglaublich. Da es in L.A. stattfand, waren wir in Begleitung von Lennys Eltern dort und trafen unsere Zuschauer und andere Vlogger. Es war ein Dreitage-Event und einfach unvergesslich. Aber schon damals hatten unsere Fans uns damit genervt, dass Jasiper oder Leniper sich endlich küssen sollten. Ich will mir gar nicht vorstellen, wie es diesmal sein wird.

»Oh«, sage ich und lese mit zusammengepressten Lippen den Rest der Einladung.

»Tja …« Er verstummt. Ich gebe ihm den Brief zurück. Zwischen uns breitet sich Schweigen aus, kein verlegenes, sondern ein angenehmes Schweigen, das entsteht, wenn beide in Gedanken versunken sind. Ich bin dankbar, dass wir unsere alte Freundschaft wiederhaben. Es ist entspannt und alles läuft gut, aber es ist trotzdem nicht dasselbe. Wir haben uns verändert, wollen das aber nicht wahrhaben. Im übertragenen Sinne könnte man sagen, wir waren so damit beschäftigt, das Hindernis namens Elaina zu umschiffen, dass wir nun, da wir drumherumgekurvt sind, die Tatsache ignorieren, dass wir dafür eine neue Route wählen mussten. Wir können so viel witzeln, uns gegenseitig aufziehen und um den heißen Brei herumreden, wie wir wollen, aber letzten Endes weiß ich, dass sich in uns etwas verändert hat und dass wir das nicht einfach ignorieren dürfen. Sonst wäre alles, was wir durchgemacht haben, umsonst gewesen.

»Jas«, platze ich heraus und schaue ihn an.

»Hm?«, brummt er, ohne von dem Umschlag aufzublicken, den er zwischen den Fingern hin und her dreht.

»Was wäre, wenn wir aufhören würden, uns voreinander und vor unseren Zuschauern zu verstecken?«, frage ich.

Er hört auf, mit dem Umschlag herumzuspielen, und blickt auf. »Was?«

»Unsere Zuschauer machen uns nur deswegen so einen Druck, weil sie in einer Jasiper-Fantasiewelt leben«, sage ich zu ihm. »Wenn wir wirklich ein Paar wären, würden sie sofort damit aufhören. Sie bestürmen uns so sehr, weil sie an uns glauben, aber das wäre nicht mehr nötig, wenn wir einmal an uns selbst glauben würden.«

»June.« Jasper kneift die Augen fest zusammen. »Ich finde, das ist etwas überstürzt.«

»Nein, ist es nicht, Jas. Ich meine es ernst«, widerspreche ich mit fester Stimme.

»Du weißt, dass ich dich liebe«, sagt er und legt eine Hand auf meinen Arm. »Aber nur den Fans zuliebe zusammen zu sein oder weil du dich einsam fühlst, hilft uns auch nicht weiter. Du liebst mich nicht, June. Manchmal glaube ich, dass du es doch tust, aber dann sagst du wieder etwas, das etwas ganz anderes vermuten lässt.«

Ich stöhne frustriert, stehe vom Sofa auf und gehe mit großen Schritten im Zimmer auf und ab. Ich kann einfach nicht still stehen, obwohl meine Beine sich ganz wacklig anfühlen. Ich weiß nicht, was ich noch tun soll. Ich habe versucht, ihm auf alle möglichen Arten meine Gefühle zu zeigen, aber er lässt mich jedes Mal abblitzen.

»Was willst du denn noch von mir hören?«, frage ich, fahre mir mit den Händen durch die Haare und drehe mich zu ihm um. »Du glaubst mir nicht, dass ich dich liebe? Okay«, stoße ich zwischen zusammengebissenen Zähnen hervor. »Du singst unter der Dusche, aber keine harten Songs, sondern Adele, und das auch noch völlig falsch. Aber ich liebe es, dir zuzuhören. Du lässt immer den Rand von deiner Pizza übrig, was ziemlich seltsam ist, aber auch irgendwie süß. Du besitzt hundertvierundachtzig Comics. Ich habe sie gezählt. Manchmal klaue ich dir einen und lese ihn, damit ich mitreden kann. Kurz nachdem wir uns kennengelernt haben, hast du mir gesagt, dass dir mein Parfüm gefällt. Seitdem kaufe ich kein anderes mehr. Du benutzt nie ein Deo, wenn du es irgendwie vermeiden kannst, und ich kann mir nicht erklären, warum du trotzdem so gut riechst. Ich bin das einzige Mädchen, das dich je mit freiem Oberkörper gesehen hat. Ich weiß nicht, warum das für mich so wichtig ist, aber es gibt mir das Gefühl, dass ich etwas Besonderes für dich bin. Du gehst nie ran, wenn dein Vater anruft, denn in dem Moment, als er gegangen ist, war er für dich gestorben. Leute aus deinem Leben verbannen, das kannst du gut. Oh, und möchtest du wissen, warum *Drops of Jupiter* mein Lieblingssong ist? Du hast es früher gesungen, um mich zu ärgern, aber ich habe mich heimlich in deine Version des Stücks verliebt. Und irgendwann habe ich mich heimlich in *dich* verliebt, aber du schienst kein Interesse an mir zu haben. Immer, wenn ich gerade anfing zu glauben, dass du mehr in mir siehst, hast du etwas mit einem anderen Mädchen angefangen. Also gib mir nicht die Schuld, dass ich auf deine Eröffnung nicht sofort reagiert habe. Ich habe dich die ganze Zeit angehimmelt. Aber weil du mir immer wieder falsche Hoffnungen gemacht hast, habe ich gelernt, mich davon zu überzeugen, dass ich mir das alles nur einbilde. Du liebst mich? Ich liebe dich auch. Glaub mir bitte, das tue ich wirklich.«

Als ich fertig bin, zittere ich am ganzen Körper. Jasper sitzt wie erstarrt vor mir auf der Couch und blickt mich mit offenem Mund an. Da er nichts sagt, beschließe ich, dass ich es endgültig satthabe zu warten, und marschiere mit brennenden Augen aus dem Zimmer.

Ich habe getan, was ich konnte. Angeblich gibt es hundert Arten, jemandem zu zeigen, dass du ihn liebst. Vergiss es! Du kannst einem Menschen deine Liebe gestehen, sie ihm sogar entgegenschreien, und doch wirst du manchmal nicht gehört. Es kommt vor, dass jemand fest davon überzeugt ist, dass man nicht die Wahrheit sagt. Bei manchen Menschen ruiniert eine einzige unglückliche Liebeserfahrung deine Chancen für immer. Dann musst du dich dazu zwingen zu gehen, egal, wie weh es tut, denn sonst wartest du wahrscheinlich eine Ewigkeit umsonst.

An der Haustür ziehe ich meine Schuhe an und nehme meine Jacke vom Haken. Ich hoffe die ganze Zeit, dass Jasper nach mir ruft oder mir nachkommt, aber da das nicht passiert, reiße ich die Tür auf und knalle sie laut hinter mir zu.

Nachdem ich die Straße halb überquert habe, beginne ich zu laufen. Ich möchte nur noch nach Hause und meinen Tränen unter der Bettdecke freien Lauf lassen. Da höre ich, wie Jasper meinen Namen ruft. Aber jetzt ist es zu spät. Ich bleibe nicht stehen.

»Juniper!«, ruft er noch einmal.

Ich schüttele wütend den Kopf und mache einen großen Schritt auf den Gehweg vor unserem Haus.

»Hey!« Diesmal klingt seine Stimme näher, eine Hand reißt mich am Arm zurück und hindert mich daran, die Stufen zu unserer Veranda hochzusprinten.

Ich fahre herum und brülle: »Was?«

»Liebst du mich *wirklich?*«, fragt er.

Ich wische eine Träne weg, die sich aus meinem Augenwinkel gestohlen hat. Ich sage es ganz langsam und betone jedes einzelne Wort. »Bedingungslos, wie verrückt und aus tiefstem Herzen.«

»Okay«, murmelt er und nickt. »Okay …«

Er sieht mich eine Weile an und lässt seinen Blick über mein Gesicht wandern. Als ich die Hand nach ihm ausstrecke, beugt er sich mit gesenktem Kopf zu mir, streicht mein Haar beiseite, legt zärtlich beide Hände um mein Gesicht.

Und dann treffen sich unsere Lippen. Wir schmiegen uns eng aneinander und küssen uns, als hätten wir es viel zu lange ohne den anderen aushalten müssen.

Als wir uns schließlich ein paar Zentimeter voneinander lösen, um wieder zu Atem zu kommen, sage ich: »Wenn du jetzt *Kiss Cam* sagst, dann schwöre ich dir …«

»Kein Angst. Das hier ist echt.«

EPILOG

Fünf Monate später

Wir beschließen, uns beim großen VlogIt-Treffen als Paar zu outen. Nach fünf gemeinsamen Monaten, in denen wir festgestellt haben, wie stark wir zusammen sind, habe ich eingewilligt. Es war immer schwerer geworden, unsere Beziehung geheim zu halten, weil Lenny beim Schneiden des Videomaterials absichtlich Szenen dringelassen hat, in denen wir uns ziemlich nahe gekommen sind.

Jasper drückt über die Armlehne seines Autos hinweg meine Hand, während ich aus dem Fenster starre und L.A. an mir vorbeiziehen lasse, als wir uns durch den dichten Verkehr schlängeln. Lenny sitzt eingezwängt neben unserem Gepäck auf dem Rücksitz. Den Laptop hat er ausgemacht und beschwert sich lautstark über die geringe Beinfreiheit. Wir nähern uns einem gigantischen weißen Gebäude mit riesigen Fenstern und einer bogenförmigen Markise über dem Eingang. Endlich haben wir unser Hotel erreicht.

»Das ist es«, sagt Jasper.

»Das ist es«, wiederhole ich und merke, dass mein Magen sich zusammenzieht. Ich zwinge mich zu einem Lächeln und das hilft. Ich kann förmlich spüren, wie Anspannung und Nervosität nachlassen.

Lenny schiebt seinen Kopf zwischen Jaspers und meinem Sitz nach vorn und starrt das Hotel an. »Hey, Leute … Wir sind tatsächlich wieder hier.«

Ich werfe ihm über die Schulter einen Blick zu und lächele. »Verrückt, oder? Wer hätte das gedacht.«

Wir werden ganz still und nachdenklich, als wir an all das denken, was uns hierhergebracht hat. Plötzlich drückt Lenny unsere Schultern und sagt: »Was wäre ich ohne euch, Leute.«

Nachdem wir geparkt haben, betreten wir hinter einer Gruppe von Vloggern das Hotel. Kaum sind wir durch die hohen, schweren Türen eingetreten, werden wir sofort von lautem Kreischen und Klatschen begrüßt, das aus jeder Ecke der Lobby dringt. Im ganzen Hotel wimmelt es nur so von Fans. Einige sitzen in der Lounge und nehmen uns auf Video auf. Wie auch beim letzten großen VlogIt-Treffen fühlt sich alles total irreal an. Angesichts so vieler Menschen, die uns Vlogger als Inspiration, Hoffnung und Freunde betrachten, fühlt man sich ziemlich klein und demütig.

Während ich all das in mich aufnehme, meldet sich mein Magen wieder, und vor Aufregung wird mir ganz heiß. Plötzlich ertönt ein schriller Schrei. Eine Gruppe von Mädchen, ein paar Jahre jünger als Jasper, Lenny und ich, hat uns mit gezückten Kameras aufgelauert.

»*Kiss Cam!*«, ruft ein kleines, dunkelhaariges Mädchen. Ihr gerötetes Gesicht und das nervöse Zittern in ihrer Stimme verraten mir, wie viel Mut es sie gekostet haben muss, uns anzusprechen. Ihre Freundinnen kichern und klammern sich hinter ihrem Rücken aneinander.

Lenny schaut mit einem leichten Schmunzeln zwischen uns beiden hin und her.

»Ist das nicht witzig?«, denkt Jasper laut nach. »Jetzt nehmen sie die Sache selbst in die Hand.«

»Wenn die Fans die Kontrolle übernehmen, gibt es kein Zurück«, sage ich mit einem breiten Grinsen und kratze mein ganzes Selbstvertrauen zusammen.

Jetzt meldet sich auch eins der Mädchen hinter der Dunkelhaarigen zu Wort und ruft fordernd: »*Kiss Cam!*« Sie zeigt auf Jasper und mich. »Küsst euch als Beweis, dass es Jasiper wirklich gibt!«

»Tja, wenn das so ist«, sagt Jasper. Er zeigt auf die Kamera in der Hand des dunkelhaarigen Mädchens und rattert im Telegrammstil herunter: »*Kiss-Cam*-Überfall – June küssen, Jasiper bestätigen. Beziehungsstatus ... noch ungeklärt.« Dann dreht er sich zu mir um. Ich ziehe eine Augenbraue hoch, und er macht es mir nach.

»Beziehungsstatus«, sage ich mit einem frechen Grinsen zu ihm, »wird geändert.«

Und damit treffen wir uns auf halbem Wege und bestätigen Jasiper mit einem Kuss, der warme Schauer der Erregung durch meinen Körper schickt und mir Gänsehaut bereitet.

Die Mädchen vor uns beginnen zu kreischen und aufgeregt auf und ab zu hüpfen, und irgendwann fangen Jasper und ich beim Küssen an zu lachen.

»Es stimmt! Sie sind wirklich zusammen!«, rufen sie immer wieder.

Als wir uns schließlich voneinander lösen, drängt Lenny sich dazwischen und legt uns mit einem triumphierenden Lächeln die Arme um die Schultern. »Okay, Mädels, das hier ist *mein* Ship. Hiermit erkläre ich mich zum Kapitän.«

»Wir vloggen hier!«, ruft Jasper und winkt in die Kamera.

Ich verberge mein Gesicht an Lennys Schulter, damit niemand sieht, wie ich rot werde. »Beziehungsstatus«, rufe ich dann über das Gekreische hinweg, »erfolgreich geändert!«

BONUS-KAPITEL

I MISS YOU

Mit einem frustrierten Seufzer lasse ich mich auf die durchgelegene Matratze in meinem Zimmer im Studentenwohnheim sinken und ziehe mir die Decke über den Kopf. Der Valentinstag letztes Jahr, als Jasper und Elaina noch ein Paar waren, war furchtbar, aber das heißt leider nicht, dass er dieses Jahr sehr viel besser werden wird.

Es ist eine Sache, sehnsüchtig zuzusehen, wie derjenige, den du liebst, eine andere datet, aber es ist nicht viel besser, mit diesem Menschen zusammen und trotzdem nicht am selben Ort zu sein. Fernbeziehungen sind echt scheiße.

Das Schlimmste ist, dass Jasper heute eigentlich hier sein sollte. Er hatte vor, mich dieses Wochenende zu besuchen. Aber wenn man sechs Stunden voneinander entfernt wohnt, läuft nicht immer alles nach Plan. Jasper hat ein Gruppenreferat, das morgen fertig sein muss. Das heißt, er kann es unmöglich schaffen, zwölf Stunden hin und zurück zu fahren, um mich zu sehen, *und* seinen Teil des Referats rechtzeitig abgeben. Er hat mir versprochen, dass wir uns auf jeden Fall nächstes Wochenende treffen, aber das hilft mir heute auch nicht weiter.

Ihr wisst ja, wie das am Valentinstag ist. Es fühlt sich so an, als würde jeder Junge auf dem Unicampus seiner Freundin Blumen oder einen überdimensionalen Teddybären schenken. Ich habe wahrscheinlich Hunderte von Pärchen beim Küssen und Händchenhalten beobachtet. Und jetzt kommt gerade meine Mitbewohnerin herein, um sich für ihr Date fertig zu machen.

»Hallo, June«, trällert sie, als sie auf der Suche nach den High Heels, die sie sich von mir ausleihen will, an mir vorbeitänzelt.

»Hi, Alex« murmele ich und setze mich auf.

Sie schaut zu mir herüber und registriert mein strubbeliges Haar und den fehlenden Enthusiasmus in meiner Stimme. Ihr Blick wird ganz weich.

»Oh«, sagt sie mitfühlend, während sie nach den Schuhen greift. »Harten Tag gehabt?«

Ich zucke mit den Achseln. Ich bin froh, dass ich mir mit Alex das Zimmer teile. Wir verstehen uns wirklich gut und sie ist inzwischen eine meiner besten Freundinnen. So weit weg von zu Hause braucht man unbedingt jemanden wie sie. Aber es ist natürlich nicht zu vergleichen mit Allison oder Lenny oder … Jasper.

»Tut mir leid«, sagt sie und setzt sich neben mich. »Ich

bin so aufgeregt, dass ich an nichts anderes denken kann, dabei geht es dir nicht gut. Bist du sicher, dass ich mir die hier trotzdem ausleihen kann?« Sie hält die Schuhe hoch. Als ich nicke, lässt sie sie auf ihren Schoß sinken.

»Mir geht's gut, wirklich«, versuche ich, sie zu beruhigen. »Ich vermisse nur Jasper. Er wollte heute eigentlich hier sein.«

Tröstend legt sie mir eine Hand aufs Knie. »Ihr skypt doch so oft. Warum redet ihr nicht einfach ein bisschen?«

»Er hat ein wichtiges Referat, das bis morgen fertig sein muss. Da möchte ich ihn nicht stören«, erkläre ich ihr. »Ich habe mir gestern ungefähr zehnmal seinen letzten Vlog angesehen, nur um seine Stimme zu hören. Dass wir alle getrennt für unseren Channel vloggen, war eine gute Idee, aber manchmal reicht das einfach nicht. Lenny vermisse ich auch. Ich wünschte, ich könnte die beiden endlich wieder in echt sehen. Alle sind immer so beschäftigt.

»Das tut mir leid, Süße«, sagt sie, und ich weiß, dass sie es auch so meint.

Als ich Alex zum ersten Mal getroffen habe, wusste sie gleich, wer ich war, weil sie *Wir-Vloggen-Hier* von VlogIt her kannte. Das war irgendwie komisch, aber auch ganz praktisch, weil sie genau wusste, was es für mich hieß, von Jasper und Lenny getrennt zu sein. Und sie war der erste Zuschauer, der mich wie einen normalen Menschen behandelte und nicht wie einen Promi.

»Tut mir leid, jetzt zieh ich dich auch noch mit runter«, sage ich und scheuche sie mit einer wedelnden Handbewegung weg. »Los, mach dich für dein Date fertig!«

Sie grinst und steht auf, um ein hautenges rotes Kleid anzuziehen, das wunderbar zu ihrem olivfarbenen Teint passt. Während sie sich schminkt, checke ich mein Handy, um zu sehen, ob Jasper vielleicht versucht hat, mich zu erreichen.

Alex bemerkt es im Spiegel. »Komm schon, June. Glaubst du im Ernst, dass Jasper im Moment zu viel zu tun hat, um sich bei dir zu melden? Er hat bestimmt irgendetwas geplant, um dich zu überraschen.« Sie lächelt mich beruhigend an.

Ich schüttele den Kopf und würde ihr gern glauben, aber ich kenne die Wahrheit.

Alex streift sich meine Schuhe über und schnappt sich ihr Portemonnaie von ihrem Bett. »Nur damit du das weißt«, sagt sie in der Tür, »du hast das Zimmer für dich allein. Ich komme heute Nacht nicht wieder.« Sie zwinkert mir zu, und ich muss gegen meinen Willen lachen.

»Ich hoffe, du bist vorbereitet«, ziehe ich sie auf.

»Ich bin doch nicht blöd«, sagt sie, während sie die Tür hinter sich schließt.

»Und«, sie steckt den Kopf noch mal ins Zimmer, »wenn er bis zehn nicht angerufen hat, rufst du ihn an. Dann gibt es keine Entschuldigung mehr.«

»Okay, okay«, sage ich und scheuche sie mit einem halbherzigen Lachen weg. »Hab verstanden. Und jetzt geh dich amüsieren.«

Nachdem die Tür leise hinter ihr ins Schloss gefallen ist, lasse ich mich mit einem Stöhnen auf das Kissen sinken. Wieder schaue ich auf mein Handy. Immer noch nichts, aber es ist ja auch erst halb sieben. Also versuche ich, das zu tun, was die meisten Leute, die kein Date haben, am Valentinstag tun. Ich vermeide romantische Filme auf Netflix und schaue mir stattdessen eine gute Sitcom an. Am liebsten würde ich Alex' Weinversteck plündern oder die angebrochene Schachtel Pop-Tarts aufessen, aber ich bin zu faul, um mich aus dem Bett zu bewegen. Also vergrabe ich mich tiefer unter der Decke und schlafe langsam ein, während ich dem Drang widerstehe, eine Taylor-Swift-CD einzulegen. *So* traurig bin ich nun auch wieder nicht.

Als mein Handy klingelt und dabei den Refrain von *Drops of Jupiter* spielt, zucke ich so heftig zusammen, dass ich fast aus dem Bett falle. Ich habe nicht lange geschlafen – mein Wecker sagt mir, dass es erst fünf nach zehn ist. Da ich weiß, dass ich *Drops of Jupiter* nur für Jasper als Klingelton eingespeichert habe, gehe ich hastig ran.

»Jas?«

»Hi, June. Wie war dein Tag?«

Als ich seine Stimme höre, fühle ich mich seltsam erleichtert, und mein Herz beginnt aufgeregt zu klopfen. Wenn man in einer Fernbeziehung lebt, zählen auch die kleinen Dinge.

»Im Moment ist er perfekt. Ich bin froh, dass du anrufst. Ich wollte dich nicht stören«, sprudele ich hervor. »Oh Gott, ich vermisse dich so sehr!«

Ich kann das Lächeln in seiner Stimme hören, als er darauf sagt: »Natürlich melde ich mich. Es ist Valentinstag, und ich liebe dich.«

Ich spüre, wie mir ganz warm wird und meine Haut zu kribbeln beginnt. Was würde ich dafür geben, jetzt bei ihm sein und mich in seine Arme schmiegen zu können. Es ist jetzt fast zwei Monate her, dass wir uns gesehen haben.

»Ich liebe dich auch. Ich wünschte mir nur so sehr, du wärst hier«, sage ich voller Sehnsucht.

Er lacht leise und räuspert sich dann. »Juniper, schau mal aus deinem Fenster.«

Mit gerunzelter Stirn setze ich mich im Bett auf und schlage die Decke zurück. »Was?«

»Schau sofort aus dem Fenster.«

Ich merke, dass mein Herz anfängt, noch heftiger zu klopfen und dass ich auf einmal Pudding in den Beinen habe. Plötzlich wird mir klar, dass meine Locken total verstrubbelt sind, mein Make-up verschmiert und meine Klamotten vom Schlafen zerknittert sind, aber das hält mich nicht davon ab, zum Fenster zu stürmen und den Vorhang aufzureißen.

Als ich draußen auf dem Rasen Jasper mit dem Handy am Ohr und der Kamera in der Hand stehen sehe, bleibt mir die Luft weg. Er schaut mit einem breiten Grinsen zu mir hoch, während Lenny neben ihm auf und ab hüpft und mit einem Schild winkt, auf dem in fetten Buchstaben steht: ICH LIEBE DICH – BEDINGUNGSLOS, WIE VERRÜCKT UND AUS TIEFSTEM HERZEN.

»Oh, mein Gott«, stoße ich hervor und höre Jaspers Lachen an meinem Ohr.

Adrenalin und Aufregung blubbern in mir hoch. Mit zitternden Fingern drücke ich das Gespräch weg und stürme wie eine Irre aus dem Zimmer. Ich glaube, ich bin noch nie in meinem Leben so schnell gerannt – nicht während des Sportunterrichts, nicht, als Lenny und ich von Jasper über den Parkplatz gejagt wurden, und nicht mal, als ich auf dem Heimweg von einer Party dachte, ich würde verfolgt.

In meinem Kopf beginnen sich die Fragen wie ein Karussell zu drehen – war das mit dem Referat gelogen? Ist er früher fertig geworden? Schwänzt er? Ist Alex eingeweiht? Wie ist Lenny hergekommen und – träume ich?

Doch dann renne ich lachend und weinend über den Rasen und die beiden sind auf einmal ganz nah. Lenny hält jetzt die Kamera, während Jasper die Arme weit ausbreitet und ich ihm aus vollem Lauf entgegenspringe. Dann wirbelt er mich herum und wir küssen uns. Ich drücke ihn so fest, als würde ich ihn nie wieder loslassen wollen. Lenny feuert uns an, und ich wünschte, dieser Moment würde ewig dauern.

Als Jasper und ich uns schließlich voneinander lösen, sind wir völlig außer Atem. Ich beginne zu kichern und zeige auf die Kamera.

»*Kiss Cam?*«

Lenny nickt heftig.

»*Kiss Cam!*«, verkündet Jasper plötzlich, als sei es ihm gerade wieder eingefallen. »Und – ich liebe dich! Alles Gute zum Valentinstag!«

»Wir haben das schon seit Wochen geplant. Hierher zu kommen, war das kleinste Problem. Das Schwerste war, uns eine glaubhafte Lüge einfallen zu lassen, damit wir dich überraschen konnten«, berichtet Lenny. »Wir haben sogar Alex eingeweiht.«

»Ihr seid verrückt! Ich kann das noch immer nicht glauben.« Meine Stimme klingt vor Aufregung ganz hoch. »Ihr habt mir so gefehlt!«

Als Jasper mich loslässt, umarme ich Lenny. Er drückt mich so fest, wie das mit der Kamera und dem Schild in der Hand eben geht.

»Ich bin so glücklich«, sage ich, lasse Lenny los und kehre in Jaspers Arme zurück. Er drückt mir einen Kuss auf die Wange. »Unser Vlogging-Team endlich wieder vereint.«

»So wie es sein soll«, stimmt Lenny zu.

Jasper presst sein Gesicht an meinen Hals. »Ich hab dich furchtbar vermisst. Du riechst so gut. Ich gehe hier nie wieder weg.«

Ich lache und drehe ihm mein Gesicht zu, damit er mich noch einmal küssen kann.

»Okay, während die zwei hier sich jetzt besser mal ein Zimmer suchen, beende ich diesen Vlog für heute«, sagt Lenny in die Kamera. »Danke, dass ihr reingeschaut habt. Wir vloggen hier!«

Vergesst, was ich gesagt habe. Dies ist der *beste* Valentinstag, den ich je erlebt habe.

ANMERKUNG DER AUTORIN ZUM BONUS-KAPITEL

Kiss Online hat ursprünglich als kleine Geschichte angefangen, die ich auf Wattpad gepostet habe, und die Zuschauer von June, Jasper und Lenny basieren zum größten Teil auf meinen eigenen Lesern, die mehr und mehr Anteil an der Geschichte und den Kuss-Abenteuern genommen haben. Womit könnte ich euch für all eure Unterstützung also besser danken als mit einem Bonuskapitel? Und natürlich einen ganz besonderen Dank an Alex Rodriguez für diese fantastische Idee.

DANKSAGUNG

Zuallererst dir, Jean Feiwel, herzlichen Dank, dass ich für dich schreiben darf. Ich kann dir gar nicht sagen, wie dankbar ich dafür bin. Du hast meine größten Träume wahr werden lassen. Dafür würde ich wahrscheinlich alles tun, worum du mich bittest (im Ernst).

Ohne meine Lektorin, Holly West, wäre diese Buch längst nicht so schön und perfekt geworden. Ich habe die Geschichte vielleicht geschrieben, aber sie hat durch ihr Schmirgeln und Polieren geholfen, sie zu dem Text zu machen, den ihr jetzt vor euch liegen habt. Vor allem meine Follower auf Wattpad werden das sofort sehen und verstehen. Also, vielen Dank, Holly! Wirklich. Wo wäre ich ohne dein scharfes Auge und deine unglaubliche Unterstützung?

Lauren Scobell habt ihr die Extra-*Kiss-Cam*-Szene am Ende des Buches zu verdanken. Vielen Dank für diesen genialen Einfall. Alex Rodriquez und A. Olivia Smith danke ich für den Hinweis, der als Inspiration für die Bonusszenen gedient hat.

Euch allen bei Swoon Reads, die diese Story zu dem gemacht haben, was sie ist, kann ich gar nicht genug danken. Vom Zurechtrücken meiner schrägen Wortkreationen über die Covergestaltung bis hin zum Vertrieb. Ich bin unglaublich beeindruckt von der Liebe und Hingabe, die ihr jedem einzelnen Buch entgegenbringt. Ich hätte mir kein besseres Team wünschen können.

Danke an meine kleine Schwester Isabel, die alles gelesen hat, was ich ihr vorgelegt habe. Und entschuldige, dass ich dich alle paar Sekunden gefragt habe: »Kann man das so sagen?« Du bist ein Star. Du verdienst einen Oscar für all die dramatischen Lesungen, in deren Genuss ich gekommen bin.

Mum, du bist die beste Spielerin in unserem Team. Du hattest recht damit, dass wir eines Tages Freundinnen werden würden. Und du hattest auch recht damit, dass ich irgendwann über meinen Schatten springen und ins Licht der Öffentlichkeit treten würde. Danke, dass du mir die Zuversicht gegeben hast, meine Träume zu verfolgen. Wie alle meine Verwandten so schön sagen: »Das Geschichtenerzählen liegt bei uns in der Familie.«

Und was meine Wattpad-Schreibfamilie angeht – euretwegen gibt es dieses Buch. Euretwegen habe ich es beendet. Euretwegen habe ich es gewagt, es bei Swoon Reads einzureichen. Dafür bin ich ewig dankbar. Ich bin mit euch erwachsen geworden. Ihr habt miterlebt, wie mein Schreiben sicherer geworden ist. Ihr habt immer an mich geglaubt. Ich habe die beste Schreibfamilie der Welt. Deswegen eine dicke Umarmung für euch alle. Und eine besonders dicke Umarmung für Stephanie, mein erster Fan und meine beste

Freundin. Sie versteht, wie sehr ich es hasse, meine Texte zu überarbeiten, und sie muss sich jedes Mal mein Gejammer anhören, wenn ich nicht weiterkomme. Ohne sie würde ich durchdrehen. Deswegen danke, Stephanie, für deine unermüdliche Unterstützung und Geduld.

Und schließlich ein Riesendank an alle Fan-Communities, Fanfictions und Ships, die ich jemals im Internet miterleben durfte. Sie haben mich zu dieser verrückten Geschichte inspiriert und mir mehr als genug Material dafür geliefert. Hört niemals auf, die Dinge zu unterstützen, die ihr liebt.

LESEPROBE

»Crazy in Love.
Vier Katastrophen und ein Liebesfall«
von Candy Harper
ISBN 978-3-473-58487-1

Montag, 5. September

Das war's jetzt. Ich gehe nie wieder in die Schule.

Heute Morgen wurde ich von Dad geweckt, der brutal die Vorhänge aufriss und völlig unnötigerweise in meinem Zimmer atmete und existierte. »Aufstehen, Süße. Erster Schultag!«

Würg. »Süße« sagt er nur zu mir, wenn ich was Grässliches machen soll, wie zum Beispiel den Tisch decken oder Granny küssen. Und prompt hielt er mir seinen üblichen Vortrag, den ich mir in jedem neuen Halbjahr anhören muss.

»Das letzte Halbjahr vergessen wir. Aber von jetzt an gibst du dein Bestes, Faith – mir zuliebe. Mehr sag ich nicht. Das und: benimm dich anständig.« Er warf mir einen strengen Blick zu. »Und damit meine ich: tadellos. Sonst kommst du auf die Militärschule – und du weißt, da gibt es Uniformen.«

Also echt. So geht das nun schon seit Tagen. Meine älteren Verwandten, alias Mum und Dad, tun so, als hätte ich die ganze Zeit nichts anderes in der Schule gemacht, als meine Lehrer zu verstümmeln und in seelische Wracks zu verwandeln.

Und alles nur wegen diesem einen Mal. Lächerlich.

Trotzdem war ich froh, dass die Schule wieder anfing. Ich hatte sogar mein Haar geglättet, die Augen aufgemacht *und* war aus dem Bett gestiegen (allerdings nicht in dieser Reihenfolge, weil meine Bettdecke ein bisschen angekokelt ist, als ich es mal so versucht habe, woraufhin Dad mich angeschnauzt hat, dass er es satt habe, »alle fünf Minuten« die Feuerwehr zu rufen).

Und da war ich also. (Praktisch) Punkt 9 Uhr 7 saß ich in meinem Klassenzimmer und versuchte, Mrs Hatfields Geschwafel zu überhören, um mit Megs über die wichtigen Dinge des Lebens zu reden. Zum Beispiel, dass wir uns in diesem Halbjahr ein paar gut entwickelte Jungs angeln wollten. Aber dann tauchte unsere Stufenleiterin Miss Ramsbottom auf und funkelte mich an. Miss Ramsbottom ist ungefähr zwei Meter groß, hat glänzendes schwarzes Haar und schneeweiße Haut. Sie sieht aus wie ein Supermodel, das gestorben und als Vampir zurückgekehrt ist. Ihre Augen sind dick mit Kajal umrandet, damit ihr böser Blick nur ja nicht zu übersehen ist. Ich musste mich also Miss Ramsbottom zuwenden, nachdem ich Megs noch schnell erklärt hatte, wie man Rouge aufträgt, um die Illusion von Wangenknochen zu schaffen. Miss Ramsbottom hasst mich, und es machte ihr höllischen Spaß, mir mit folgender grauenhafter Nachricht die Laune zu verderben: Megs und ich werden getrennt!

Unglaublich. Seit der Siebten ist Megs meine beste Freundin. Ohne Megs und ihre kleinen Freundschaftsdienste kann ich praktisch nicht überleben. Wer soll mich jetzt mit Süßigkeiten füttern, wenn ich eine Nachricht tippen muss und keine Hand freihabe? Oder nachschauen, ob meine Haare von hinten gut aussehen? Aber klar, Miss Ramsbottom ist das alles egal. Sie steckt mich einfach in eine andere Klasse, ohne einen Gedanken daran zu verschwenden, wie ich ohne meine beste Freundin klarkommen soll. Wer nimmt mich jetzt huckepack, wenn ich müde bin, oder sagt mir, dass mir ein Popel aus der Nase hängt?

Womit in aller Welt haben wir so eine grausame Behandlung verdient? Genau das fragte ich sie höflich, aber entschieden: »Warum, Miss Ramsbottom? WARUM? OH, WARUM? WARUM NUR?«

Aber die Ramsbottom, diese Hexe, laberte nur lang und breit über angebliche »Zwischenfälle« im letzten

Halbjahr. Wie oft will sie mir das noch aufs Brot schmieren? Ein paar witzige Sprüche auf der Schul-Website, eine Lehrerin mit einer neuen Frisur (die noch dazu wesentlich vorteilhafter war als die alte) und eine kleine Explosion. Man sollte meinen, dass unsere Lehrer sich darüber freuen, wenn wir lebhaft und innovativ sind. Aber nein, stattdessen reißen sie mich von meiner besten Freundin weg. Ich bin am Boden zerstört.

Am Nachmittag hatten wir dann eine Schulversammlung, die von Miss Peters, unserer Direktorin, geleitet wurde. Miss Pee (alias Pipi) spielt die liebe alte Omi, indem sie Pastellfarben trägt und Begeisterung für die Herbstgedichte der Fördergruppe heuchelt. Aber in Wahrheit würde sie ihrer eigenen Mutter den Kopf abreißen, nur um den Notendurchschnitt an der Schule zu verbessern. Die Frau ist eisenhart.

Miss Pee brachte uns erst mit ihrem tödlichen Laserblick zum Schweigen, dann tätschelte sie ihre graue Dauerwelle (die jeden Stahlhelm in den Schatten stellt) für den Fall, dass sich irgendwo ein einsames Härchen unter den acht Schichten Haarlack hervorgekämpft hatte. Danach betäubte sie uns mit ihrem üblichen Geschwafel, wie toll unsere Schrottschule sei und wie gut wir hier unsere Fähigkeiten entfalten könnten. Miss Pee hat ja keine Ahnung – ohne Megs kann ich überhaupt nichts entfalten. Warum ist es erlaubt, dass unschuldige Schülerinnen so gefoltert werden? Aber das wird ihnen noch leidtun. Ich gehe einfach nicht mehr in die Schule.

Ich muss es nur noch irgendwie Mum und Dad verklickern.

Ich glaube, vorher brauche ich ein Snickers (oder auch sechs), um meinen Blutzuckerspiegel für die große Ankündigung im grünen Bereich zu halten.

Später

Ihre Begeisterung hielt sich in Grenzen.

Noch später

Um genau zu sein, drohte Dad mir sogar damit, mein Taschengeld zu streichen oder mich anderweitig zu verstümmeln, wenn ich morgen nicht in die Schule gehe. Selbst meine Hippie-Mum, von der ich etwas mehr Verständnis dafür erwartet hätte, dass ich meine Ausbildung künftig selbst in die Hand nehmen will, war auf Dads Seite.

Ich protestierte: »Ihr sagt doch immer, die wahre Schule ist das Leben, und am meisten lernt man in der Natur, unserer größten Lehrmeisterin. Was habt ihr also dagegen, euer Kind in seiner natürlichen Umwelt aufwachsen zu lassen?«

»Nichts«, sagte Mum. »Vorausgesetzt, man könnte dieses Kind in seiner natürlichen Umwelt allein lassen, ohne dass es gleich das ganze Haus abfackelt.«

Was eine total unfaire Anspielung auf ein kleines Missgeschick war, das mir unterlaufen ist, als ich zum Hochzeitstag meiner Eltern mit ein paar Kerzen eine romantische Atmosphäre schaffen wollte. Kein Wunder also, dass ich hochging wie eine Rakete, worauf Mum mir riet, es doch mal mit Meditation zu versuchen (nur über meine Leiche). Dann mischte sich mein kleiner Bruder ein, dieser Giftzwerg: »Dad, an deiner Stelle würde ich mir das echt überlegen. Wenn Faith an der Westfield High nicht klarkommt, musst du sie vielleicht in so eine Schule schicken, wo sie einen Betreuer kriegt, der ihr aufs Klo hilft.« Dann schrie er wie am Spieß und behauptete, sein Arm wäre gebrochen. Was totaler Quatsch war, denn sonst hätte ich das ja beim Verdrehen gemerkt.